Sonya
ソーニャ文庫

ワケあり執事の策略愛

山田椿

JN132266

イースト・プレス

contents

プロローグ　少年、拾いました

十五の冬、ライラは少年を拾った。


「ねえ、大丈夫？」

木の枝に結ばれた道しるべのための赤いリボン。ライラはそれを頼りに、初めてひとりで森を訪れていた。

夏はオークやバーチなどの樹木が生い茂り、秋は祖父といっしょにキノコ狩りにきたこともある。同行者がいれば馴染みのある森だが、深い森だけに迷ってしまえば自力で家に戻ることはできないだろう。

決して平坦とは言えない杣道《そまみち》を歩いていると、そこから少し外れたところに雪の吹きだまりができていた。

少年はその雪と倒木の陰に挟まるように、半分埋もれかけていた。

「動けないの？」

ライラは道を逸れて恐る恐る近づくと、もう一度声をかける。

年はじぶんより少し上くらいだろうか。

目を閉じて寒空を仰《あお》ぐ少年は、驚くほど綺麗な顔立ちをしていた。

冬の日差しに煌めくブロンドの髪と長い睫毛《まつげ》。形の良い唇と肌理《きめ》の細かな肌は血の気が失せて、まるで陶器の人形のようだ。

じぶんの髪色が燃え盛る炎なら、少年の髪は湖面に反射する朝陽《あさひ》に見える。

「怪我してないなら、起きてよ」

ライラはドレスの裾《すそ》を雪まみれにしながら、少年の横にひざまずいた。

この一帯はライラの祖父が所有するバーネット伯爵家の森だ。周囲に人家などあるはずがない。

いったいこの少年はどこからやって来たのだろう。もしかしたら、天使がうっかり地上に落ちてきたのかもしれないと、ライラは思わず空を見上げた。

だが、冬晴れに刺さるオークの樹の枝に折れた様子がないところを見ると、少年は空から落ちたわけではなさそうだ。

「生きてる、わよね？」

そっと胸のあたりに触れてみたが、手袋と冬服の上からでは確かめようもない。

よく見ると少年は、首と袖《そで》まわりにリンクスキャットの毛皮をあしらった、見るからに上質な白いコートを着込んでいた。

となると裕福な商人の子どもか、じぶんと同じ貴族階級ということも考えられる。

「そうだわ」

ライラは背中を深く折り曲げると、呼吸を確かめようと少年の顔を覗き込んだ。

「ん……」

そのとき鳥が飛び立つような勢いで、長い睫毛がばさりと開く。

ライラのすみれ色の瞳に映り込んだのは、焦げ茶色の潤《うる》んだ眼差しだった。

どこか大人びた双眸《そうぼう》がライラをじっと見上げてくる。

見られていると落ち着かない。けれど目を逸らすこともできずに心を騒がせていると、天使の顔が思わぬ悪態《あくたい》をついた。

「……恥知らずな女だな。人の寝込みを襲うつもりか」

「ご、誤解よ」

真っ赤になって、ライラは上体を起こす。

「わたしはただ、あなたが生きてるか確かめようとしただけだわ」

すると、わずかに伏せた睫毛の下で少年の瞳に翳《かげ》が走った。

「死んでない。残念ながらな」

なんていう言い草だろう。ライラは呆れた。

じぶんの命のことなのに、少年の言葉にはどこか他人事のような無関心さがある。

身内に病人がいるライラにとっては、それが無神経に感じられて思わず語気を荒らげた。

「馬鹿なこと言ってないで、さっさと起きなさいよ」

「放っといてくれ」

「そんなわけにはいかないわ。ここにいたら凍えちゃうじゃない」

「誰も助けてくれと頼んでいない。赤の他人がどうなろうと、おまえには関係のないことだろう」

「な……っ」

どこまでも投げやりな少年の言葉にライラは酷く苛立《いらだ》った。

親切に声をかけた相手に、よくもこんな辛辣《しんらつ》な態度が取れるものだ。

そもそもライラがこの森を訪れたのは、薬草探しのためで遭難者を助けるためではない。

雪中草――そう呼ばれる毒草は、白い花を咲かせるときだけ毒消しや痛み止めとしての効果を発揮する。

その花が咲くのは、一年の一時期だけ。それも雪に隠れるようにひっそりと咲くため、雪にまぎれた白い花を見つけるのは容易ではない。

望まぬ病で寝込む祖父を看ているから、じぶんの命を軽く扱う少年の態度にはどうしても我慢ならなかった。

「頼まれないと、人を助けちゃだめなの？」

「は？」

少年が鬱陶《うっとう》しげに眉をひそめる。

「目的はなんだ」

「あなたを助けることよ」

「そうじゃない。どんな行為にも見返りはつきものだろ」

「え、そうなの？」

なにも考えていなかったライラは素直に戸惑う。

「目の前に困った人がいれば、声くらいかけると思うけれど」

真面目に言っただけなのに、少年は小馬鹿にしたように鼻で嗤《わら》う。

「一方的にお節介を焼いておきながら、じぶんの期待どおりに相手が反応を示さないと不満を募らせるのが人ってものだ」

あまりに達観した物言いに、ライラは驚きのまま口にした。

「あなたってずいぶん冷めているのね。と言うよりひねくれているのかしら？」

少年はムッとした様子で反論する。

「こんなの普通だろ。見返りがなきゃ誰も本気で動かない」

その言葉を聞いてライラの気持ちは固まった。

「うん、決めた。わたし絶対にあなたのことを助けるわ」

半分意地になっていたのだろう。じぶんに他意がないことや、見返りがなくても人助けをする普通があることを証明するためにも、ここで少年を見捨てるわけにはいかない。

ライラは少年の両脇に腕を差し込むと、そのまま体を引きずり出そうとした。

「やめろ」

少年が身じろいだ瞬間、体勢が崩れ、互いの瞳を覗き込むようにして唇が重なる。

「――っ」

それは一瞬の出来事だったが、少年の唇の熱さを感じるにはじゅうぶんな時間だった。

「ひ、酷いわ！　初めてのキスは愛する人に捧げるって決めていたのに！」

「被害者面するな。襲われたのはおれの方だ」

「な……っ」

ぶれないひねくれ加減にライラは呆れを通り越して、思わず吹き出してしまう。

こういう個性の強さは嫌いではない。変に善人面されるより、よほど好感が持てると思った。

「本当にあなたって素直じゃないのね。そんなことだと周りから嫌われちゃうわよ」

するとと少年は寂しげに笑った。

「ああ、そうだな。おれが死んだところで誰も悲しまない」

てっきり憎まれ口を叩かれると思っていたのに、なんの気なしの不用意な言葉が、思いがけず少年の心の傷を曝《あば》いてしまったようだ。

どういう事情かは知らないが、ライラは少年の中にじぶんとおなじ孤独を見つけた気がした。

「そんなことないわ」

ライラは真顔で言い募る。

「あなたになにかあったら、わたしは悲しいわ」

「ここで見殺しにしたら後味が悪いからな」

「もうっ！」

さっきから、どうしてこの少年は人の好意を素直に受け取ろうとしないのだろう。目覚めてからの印象は最悪で、ちっとも懐《なつ》かない野良猫みたいに可愛げがない。

それでも放っておけないのは、少年の瞳にじぶんとおなじ翳りを見つけたからだ。

——満たされない、理解されない、顧《かえり》みられない孤独。

少年の言葉に一瞬怯《ひる》んだものの、ライラはすぐに気を取り直した。

「言っておくけど、あなたを助けるのはじぶんのためよ」

彼の翳りを見過ごすことは、じぶんの闇に負けるようなものだ。

「いまここでできることがあるのに、それをしなかったら後悔するに決まってる。だからあなたは大人しく、わたしに助けられたらいいの！」

「どんな開き直りだ」

少年は目を瞠《みは》ると、戸惑うようにライラから目線を逸らした。

「……助けたいなら勝手にしろ。言っておくが、礼なんて絶対言わないからな」

それだけを言い放つと、腕に抱えた体がずしりと重くなる。

そういえばさっき重なった唇が酷く熱かったのを思い出した。少年は高熱を出して、意識を失ってしまったようだ。

「ちょ、ちょっと待って！　こんなところで寝ないでよ！」

体を揺さぶっても目覚める気配がない。

ライラは何度も尻もちをつきながら、雪の中から少年を引きずり出した。

すると、あれほど探しても見つけられなかった雪中草の花が、少年の倒れていた場所から姿を現した。

小さく可憐《かれん》な白い花は、雪以上に清らかだ。

「すごいわ、これって奇跡よね」

ただし見つけた薬草は、祖父に与える前に少年に使うことになりそうだ。

ライラは急いでコートのポケットに薬草をしまうと、少年を引きずりながらよろよろと歩きだす。

邸《やしき》までの道のりは四キロ。少し先に馬を繋いでいるが、少年を無理やり起こして乗せて帰るとしても小一時間はかかるだろう。

「元気になったら絶対、文句を言ってやるんだから」

それがふたりの初めての出逢いだった。

1章　バーネット伯爵家

畑の作物はとうに実っていた。けれど収穫時期を過ぎたせいで、林檎《りんご》の三分の一は鳥や獣に食われ、残りは手つかずのまま放置されている。

乗馬服のライラは、地に落ちた歪《いびつ》な林檎を拾い上げた。

この果実はもとから傷んでいたのか、それとも誰にも見向きもされず放置されたことで腐ってしまったのだろうか。

荒廃しかけた農地はじぶんの心象風景を映し出しているかのようだ。

十七歳になるまで、ライラはバーネット伯爵家の令嬢として何不自由なく過ごしてきた。けれどこの二年については、幸せかと問われてもすぐには答えられない。

いまのライラの心はちょっとした風向きでほころびが生じやすくなっている。きっと心のよりどころにしていた祖父を失ったせいだ。

手の中の林檎は甘酸っぱい芳香《ほうこう》を放ちながら、その一部を黒く変色させていた。このまま腐った果実を握っていたら、じぶんまで黒く染まってしまいそうだ。

ライラは黒い実を大地に還《かえ》すと、樹に実る艶《つや》やかな果実に目を向けた。

これを救う手立てを考えなければ。ライラが思案していると、近くに控えていた農婦が涙ぐみながら頭《こうべ》をたれた。

「申し訳ありません、お嬢様。夫が病で寝込んでしまって、わたしひとりでは収穫が追いつかなくて……」

うなだれる農婦の背中には泣き叫ぶ赤ん坊が張りつき、その足もとには幼い男の子が指を咥《くわ》えて立っている。

子守りと看病を同時に行いながら収穫作業までこなすなど、とうてい無理な話だ。

「わたしのほうこそ、早く気づいてあげられなくてごめんなさい。それより、あなたたちは食事はできているの？」

農婦はうなだれたまま答えない。

私有地を持たない農民は、領主の土地を借りて作物を育てる。農民はその小作料として、畑で採れた収穫物を領主に納めることになっていた。

そのため、いくら目の前に食べ物があっても、農民たちはそれに手をつけるわけにはいかない。だから農婦は乳の出が悪く、赤ん坊も泣き止まないのだろう。

ライラは、これ以上農婦を萎縮《いしゅく》させまいと明るく微笑みかけた。

「大丈夫、心配いらないわ。収穫は隣のスミスさんに交渉して、しばらく手伝いにきてもらいましょう。当面の食料も、明日邸から届けさせるわ」

「ありがとうございます、お嬢様」

農婦はライラの手を取ると、泣きながら革手袋の上にキスをした。

「ほかにも手伝えることがあれば、遠慮なく言ってちょうだいね」

ライラが馬に跨《また》がると、なんとか持ちこたえていた曇天《どんてん》のすき間から雨粒が落ちてくる。

「誰かさんが嫌みを言いそうだわ」

栗毛の愛馬を走らせると、すぐに驟雨《しゅうう》に襲われた。


バーネット伯爵家のカントリーハウスは、噴水を中心に左翼に広がる邸宅だ。

貴族の中では中規模程度の邸だが、その歴史は二百年前まで遡《さかのぼ》ることができる。そのため定期的な補修や改修は欠かせない。けれど、西の窓には補修用の布が半年前からかけられたままになっている。

ライラは玄関前で軽く身震いしてから、扉の取っ手に手をかけた。

「お帰りなさいませ、お嬢様」

玄関ホールに足を踏み入れると、執事のサイラスに恭《うやうや》しく出迎えられる。

「メアリー。お嬢様の部屋へ行って、暖炉の火を強くしてきてくれますか」

彼は、物腰も柔らかく控えていたメイドに指示をすると、声をかけられたメイドは頬を染めながら急いで二階へ向かった。

ふたりきりになった途端、執事の顔からは愛想笑いが消える。

「ずぶ濡れだな。だから止せと言ったのに」

二年前、領地の森で拾った少年は十八歳ながらバーネット伯爵家の執事を務めている。

「明日までに四人分の食料を用意してもらえる？　小作人が困っているの」

「取り立てに行って、食べ物をわけ与えるとは相変わらずのお人好しだな。前にも騙されかけて、おれに止められていたのを忘れたか？」

美形の執事が鼻白む。

出会いのせいか、それともライラがひとつ年下のせいか。ふたりでいるときのサイラスの態度はかなり不遜《ふそん》だ。

人前では冷静沈着で柔和な笑みをたたえる人当たりの良い執事として振る舞うが、なぜかライラの前だと辛辣な素顔をさらけだす。

出会いで素《す》を晒《さら》したために、いまさら猫を被るというわけにもいかないのかもしれない。

彼にとっては通常運転だ。ライラは気にせず先を続けた。

「ええ、そうね。だからちゃんと相手の家に行って確かめてきたの。彼らは本当に困っているのよ。とりあえず一週間分でいいから用意してちょうだい」

「……仕方ない、手配しておこう。それより風邪を引く前にさっさと着替えろ」

この時期は冷涼で天気が変わりやすい。

前髪から落ちた雨滴《うてき》が執事の袖を濡らすと、サイラスは熱湯でもかかったように慌てて腕を引っ込めた。

「気をつけろ」

自他共に認める有能な執事は、雨の日になると途端に使えなくなってしまう。

「そんなに濡れたくないのなら、髪なんて染めなければいいのに」

髪を黒くしているサイラスは、空模様が怪しくなると水を避ける猫のように外出を拒む。染め粉が雨で落ちるのを危惧《きぐ》しているのだ。

「若い執事というだけで、相手に侮《あなど》られるのは我慢ならないからな」

十六で伯爵家に引き取られ、その才覚で執事に抜擢《ばってき》されたサイラスだが、そのことに不満を持つ使用人は少なからずいる。

年齢対策なのか、サイラスは髪を黒に染めてオールバックにすると、伊達《だて》眼鏡までかけるようになった。おかげで見た目は二十代でも通用するはずだ。

「水嫌いもいいけど、ちゃんとお風呂に入ってる？　執事が不精なのはいただけないわよ」

軽口のつもりで忠告すると、サイラスがふんっと鼻を鳴らす。

「よく見ろ。おれのどこが不潔だって？」

長身の体軀《たいく》にしわひとつない執事服。その優雅で気品溢れた雰囲気と、やや垂れ目がちな色気のある面差しのせいで、無駄に相手の心をときめかせてしまう。

さっきのメイドのようにライラまでつい見蕩《みと》れてしまうが、すぐに我に返るはめになる。

「言っておくが、水を避けるのは髪の問題があるからで、中途半端に濡れて汚れなければむしろ風呂は好きだ。不潔な連中といっしょにするな」

「ですよね」

悲しいかな、サイラスは見た目と違い何事にも辛辣なところがある。

生い立ちのせいなのか、はたまた過去に酷い目にでも遭ったのか。サイラスはいまだに森で行き倒れていた理由を語ろうとしない。

周囲には名前以外記憶がないとうそぶいているが、それはよけいな詮索《せんさく》を避けるための方便だとライラは睨《にら》んでいる。

執事の素性が気にならないと言えば嘘になるが、本人が隠したがっているものを無理に聞き出すこともしたくない。

それに時が来れば、じぶんにだけは真実を打ち明けてくれるはずだと信じている。

そんなことを考えていると、頭を柔らかいもので包まれた。サイラスが用意した布で雨滴を払ってくれたのだ。

「濡れるのは苦手なのに、ちゃんと世話はしてくれるのね」

「当然だ。おまえに風邪を引かれたら困る」

普段は辛辣なのに、バーネット家の執事は気まぐれにやさしい。

「ありがとう」

はにかみながら礼を言うと、サイラスがにやりと嗤う。

「おまえに寝込まれると、おれの仕事が増えるだけだからな」

どうしてこの男は、素直に気遣っていると言えないのだろう。それともじぶんを茶化すのが彼の趣味なのだろうか。

ライラはわずかに呆れてサイラスの手から布を奪った。

「もういいわ。あとはじぶんでやるから」

しかし、髪や乗馬服を拭いながら二階の部屋へ移動しようとしていると、どこからともなく女の悲鳴が上がる。

「居間だな」

サイラスの声に頷き、彼とともに慌てて居間に駆けつけると、ソファのそばでライラの妹マイラと母のバーネット伯爵夫人が青ざめた様子で立ち尽くしていた。

「奥様、マイラ様、どうなさいましたか？」

「いまの悲鳴はなんだ？」

すっかり猫を被ったサイラスが声をかけると、わずかに遅れて父であるバーネット伯爵も顔を出す。

「お父様、サイラス、大変なことが起きたの」

愛らしい顔をわずかに強張《こわば》らせて、妹のマイラが真剣な顔で訴える。

「このままだと、家が沈んでしまうわ」

妹が指差す方向には、やりかけの刺繍《ししゅう》が置かれたソファがあった。

執事は片方の白手袋を外すと、指先で座面にできた濃い染みを確かめ、天井を見上げながら報告する。

「どうやら雨漏りのようですね」

「なんだ……」

大事《おおごと》でなくてほっとするライラの前で、家族はこの世の終わりが訪れたかのように嘆き始めた。

「なんということだ。伯爵家で雨漏りとはみっともない」

「このまま雨が降り続いたら、我が家はどうなってしまうのかしら？」

「明日はハドリー伯爵とピアース子爵がお見えになるのよ。この部屋が使えないなら、ふたりとどこでお茶をしたらいいの？」

ライラの脳裏に荒れゆく農地の光景が浮かぶ。

もとは豊かだった大地に、腐りかけの果実が甘い腐臭《ふしゅう》を漂わせていくつも転がっている。

雨漏りの前にもっと気づくべきことがあるはずだ。

ライラのほころびかけた胸にすきま風が入り込む。

いつからだろう。じぶんの家族にわずかな嫌悪と違和感を覚えるようになってしまったのは。

どこか醒《さ》めた気持ちで両親たちを見つめながら、ライラは笑顔を取り繕《つくろ》おうとした。

「大丈夫よ、雨漏りならわたしがなんとかするわ」

けれど家族は自身の不安や心配ごとにばかりかまけ、ライラの言葉の半分も耳に届いていないようだ。

「まったくもって嘆かわしい。なぜこうなる前にちゃんとしておかなかったんだ」

「……っ」

　こちらを問いただすような父の視線に息苦しさを覚え、ライラは反射的に居間を飛び出す。

「お嬢様、お待ちください！」

　サイラスの呼び止める声が聞こえたが、構わず階段を駆け上がる。

「待て、どうするつもりだ？」

　すぐに長い脚に追いつかれると、階段の踊り場でサイラスに腕を摑まれた。

「この前の嵐で二階の窓に木の枝が飛び込んできたでしょ？　そこの修理がまだ終わっていないから、きっとあそこから雨が吹き込んでいるのよ」

「だったらおれが対処する。雨が止むまで少し待て」

「だめよ、いまのうちになんとかしなきゃ」

　ライラはドレスの膨《ふく》らみをぎゅっと握り締める。

「さっきの反応を見たでしょ？　うちの家族は雨漏りだけであの騒ぎよ。本当ならもっと気にかけなきゃいけないことがたくさんあるのに……」

　ライラの家族は純血種の家猫同然だ。彼らは外の世界を知らないし、知ろうともしない。

　そんな彼らに自力で餌《えさ》を獲る方法や、外敵から身を守る手段が必要だと諭したところで耳を貸すはずがない。そんな説得はとうに試みて失敗に終わっていた。

「ライ……」

何かを言いかけたサイラスがふいに手を放すと、すぐにメイドが下りてくる。彼女はサイラスの姿を見つけるなり、弾んだ声で報告した。

「ご指示通り、お嬢様の部屋を暖めておきました」

「結構。居間で雨漏りをしているので対処してもらえますか。二階は私が見てきます」

「かしこまりました」

ふたりがやりとりする隙にライラは二階へ上がったが、またもサイラスが追ってきた。

「待てと言っているだろ」

サイラスは周囲を見渡すと、目の前の部屋にライラを連れ込んだ。

「なにするの？」

「いいから落ち着け」

ふいに抱き寄せられると、子どもをあやすみたいに背中をそっと撫《な》でられる。

「サイラス……」

慰めのためだとしても、令嬢と執事が抱き合うなんてありえない。

「だめよ、こんなところ誰かに見られでもしたら……」

「おれの指示なしに、無断で客間に入るものか」

眉目秀麗《びもくしゅうれい》な執事が冷静な目で見下ろしてくる。

「そう言われても……」

なんだか後ろめたいことをしているようで落ち着かない。

サイラスは小さなため息をつくと、ライラを胸に抱いたまま撫でる手を止めた。

「あまりひとりで抱え込むな。たとえ家族のためでも、じぶんを犠牲にする必要はない」

「だけど」

「血を分けた家族だからといって、考えや行動が共感できるとは限らない。変に期待しすぎるとじぶんが傷つくだけだぞ」

つねにライラのかたわらで伯爵家の問題を見てきたからこその意見だろう。

サイラスが拾われてきた頃の伯爵家はいまと違って安泰だった。病に冒されながらも先代当主の祖父が健在だったからだ。

祖父は豪胆だが偏屈なところがあり、ライラ以外の家族とは折り合いが悪かった。人の好き嫌いも激しいのに、なぜかサイラスのことは気に入って、体調が良い日には散歩やチェスの相手をさせるほどだった。

おそらく祖父はサイラスの高い知性と教養に早くから気づいていたのだろう。

時にはライラが詩集を読んでいる横で、祖父とサイラスはアヴァロン王国でかつて起きた戦争や事件について議論を交わしたりしていた。

いまは平和なアヴァロン王国だが、祖父が幼い頃までは内乱や血なまぐさい事件も起きていたらしい。

さすがに孫娘相手だとそうした話題は避けていたが、おそらく祖父はじぶんの息子と歴史について語りたかったに違いない。

けれどライラの父は狩りや戦略よりも、芸術や社交を好む性格だった。

どちらが良いとか悪いとかではなく、生まれ持った気質や嗜好《しこう》の相性が合わなかったというだけだ。

ライラも母や妹のように家で刺繍をしているより、乗馬や外を散歩するほうが好きだった。サイラスはライラにとっても良い遊び相手だった。

彼はほかの使用人たちと違い、対等な付き合いができる。そんな孫娘とサイラスのやりとりを、祖父もどこか面白がっているようだった。

その祖父が昨年急逝《きゅうせい》すると、ライラの父が爵位を継いだ。

新たなバーネット伯爵は善良だが世間知らずなところがあり、叙爵《じょしゃく》して間もなく投資詐《さ》欺《ぎ》に遭ってしまった。

そのことがよほどこたえたのだろう。父は犯した過《あやま》ちから目を背けるように、妻と妹のマイラを伴って社交にばかりかまけるようになっていった。

もちろん詐欺に遭ったことは外ではひた隠しにしていたが、使用人たちに知らない者はいない。領主がそんな調子では、仕える者の中に不正や悪事を働く者が出てきてしまう。

雇っていた会計士が土地の一部を売却し、その代金を持ち逃げする事件が起きた。

そのことで父はますます現実逃避するようになり、いまでは領主の務めも放棄して、領内の見回りや帳簿の管理まで滞るようになっている。

幸い祖父の代から仕える老執事が残っていたので、ライラは彼の助けを借りながら領主代行を務めることにした。

けれどその老執事も病気を理由に引退することになり、見かねたサイラスが無給で後任を引き受けてくれたのだ。

『いままで世話になったからな』

そう言って、執事となったサイラスはひっ迫した財政を立て直すため、使用人の三分の一を解雇すると、残りの半数を通い制にするなどして出費の見直しをはかった。

おかげで祖父の代ほど贅沢はできないが、伯爵家の経済状況はこれ以上悪化することもなくいまに至っている。

けれどそのせいでサイラスは、一部の使用人から反感を買うことになった。

あれはひと月ほど前。領地の見回りから戻ったライラが厩舎《きゅうしゃ》に馬を戻そうとすると、そこでサイラスが四人の男たちと争っているところに出くわした。

彼らは元使用人で、解雇された腹いせを執事にぶつけようとしたらしい。

ライラはそのときのことを思い出して、申し訳なさに胸を痛めた。いまや家族よりも、サイラスのほうがよほど頼りになる。

頼もしい腕に抱き締められたまま、ライラはサイラスを見上げた。

拾ったことを言葉で感謝されたことはないが、彼の働きはそれ以上のものだ。

「わたしには抱え込むなと言うくせに、あなたも独りで対処しているじゃない」

執事はわずかに眉をひそめ、探るようにライラを見据《みす》えた。

「なんの話だ？」

「とぼけないで、厩舎での一件よ。あれは、お父様に代わってあなたが解雇を言い渡したから逆恨みされてしまったのでしょう？」

厩舎の一件でサイラスに目立った怪我はなかったが、それでもシャツの片袖が取れかかり、破れた生地にうっすら血が滲《にじ》んでいた。

ライラは傷ついた彼の姿に熱い想いが込み上げて、思わずサイラスを抱き締めてしまったのだった。

『おれは平気だ』

その言葉に安堵した直後、涙が溢れ泣きじゃくった。

彼が危険に晒されたことが耐えられなかった。彼を失うと思うだけで怖くてたまらなくて、ライラがそんな想いを涙ながらに訴えると、彼はライラが泣き止むまで抱き締めてくれた。

きっとあのときからだ。ライラが不安を感じると、サイラスがすぐに抱き締めて慰めるようになったのは。

最初に触れたのはじぶんだから、こうして抱き締められていてもいまさら止めてほしいとは言い出せない。

それに正直なところ、彼の温もりを感じているだけで荒《すさ》んだ気持ちが晴れていく。胸のほころびも広がらずに済んでいた。

「……ごめんなさい」

「なぜおまえが謝る？」

サイラスは心底わけがわからないという顔をする。

「だって、うちの執事にならなければ酷い目に遭うこともなかったのに」

「おまえは……まるでわかっていないな」

どこか呆れたような声が鼓膜に響く。

「わかってないって、なにが？　もしかしてわたしが知らないところで、もっと酷い目に遭っていたの？」

だとすれば、すべてじぶんの責任だ。サイラスのあまりの有能さに甘えて、邸や使用人の采配を彼に一任していたのだから。

「解雇した使用人たちに責められるべきなのは、わたしやお父様なのに……」

あまりの不甲斐なさに涙が出そうになる。

「わたしが領主代行としてもっとしっかりしていたら、サイラスやほかの人たちにも嫌な思いをさせずに済んだのに……」

ライラの嘆きを聞いて、サイラスがため息を重ねた。

「おまえはどれだけお人好しなんだ。あいつらが狙っていたのはおれじゃない」

「なに言ってるの？　あなたはあのとき襲われて怪我までしていたじゃない」

どう考えても厩舎の件の被害者はサイラスだ。

「おれはあいつらの目的を妨害しただけだ。厩舎に忍び込んで、計画を練っているところを察知したからな」

「どういうこと？」

ライラが首を傾《かし》げると、彼の口から大きなため息が漏れる。

「もういい、なんでもない」

嚙み合わない会話に見切りをつけると、執事はライラの頭に片手をやった。

「あんな連中、気にかけるだけ無駄だ」

「だけど……」

ライラが目を伏せると、サイラスが憂いを払うようにライラの髪をくしゃくしゃにする。

「おれはよそ者で、おまえや先代伯爵と親しくしているのを見て、やっかんでくる連中が前からいた。人員削減は良い機会だから、扱いづらい連中のクビを切ってやったまでだ。そもそも不要なトラブルが起きるのは、バーネット伯爵がいつまでも不始末の責任を取らないからだ。なんならバーネット伯爵におれから一言言ってやろうか？」

「それは……」

執事に説教されて改心してくれるなら願ってもないことだ。

「サイラスの気持ちはうれしいけど、忠告したところですぐに改心するとは思えないわ」

「だろうな」

執事は小馬鹿にしたように鼻で嗤う。

「無知より厄介なのは、事実から目を背け、なにも学ばずなんの行動も起こさないことだ」

サイラスの言い分はよくわかる。

気づかないふりさえしていれば、問題など存在しないも同然だ。けれど実際には問題が起きていて、対処が遅れるほどに事態は悪化して複雑になっていく。

領主代行を務めていると、なにか起きたら早急に対処しないと取り返しがつかない状況に陥るのだと、嫌というほど思い知らされた。

「おまえもいい加減この家から解放されて、じぶんの幸せについて考えろ」

家からの解放、令嬢としての幸せ――そこから導かれる答えは他家へと嫁ぐことだ。

けれどライラは十七になっても、家の問題を優先するあまり社交界から遠ざかってしまっている。

おなじ年頃の令嬢なら、とっくに婚約しているか結婚していてもおかしくない。

それとなく両親から参加を促されることもあったが、とてもそんな気持ちにはなれなくて出席を断ってばかりいた。

もしかしたらサイラスも、執事としてそのことを気にかけているのだろうか。

心では家から解放されたいと願ってはいるけれど、それを実現するには誰かと結婚するしか道がない。そうなってしまったらサイラスとは――。

「ライラ？」

気遣わしげな視線に気づき、ライラは行き場のない思考に蓋《ふた》をした。

「とにかくいまは伯爵家を立て直すことが先決よ。でないと使用人や領民にも迷惑がかかってしまうわ」

「それがすべて片づく頃、おまえはいくつになっていると思う？　第一おまえが努力したところでどうにかなる問題じゃないだろう」

「それは……」

反論できずライラは押し黙った。

彼が言うとおり十七の娘ができることには限界がある。それにこの先も、ライラが領主代行を続けるわけにもいかない。

そもそも爵位は男にしか継承権がない。だとしたら、浮かぶ解決法はひとつだけだ。

「……そろそろ婿養子を迎えるべきかしら？」

思いつきを口にした途端、サイラスが露骨に不機嫌顔になる。

「そんな話はしていない。おれが言いたいのは、いい加減じぶんの気持ちを受け入れて、このおれを――」

「……っしゅん」

ふいに寒気がして小さなくしゃみが出た。

「いけない、このままだとサイラスまで風邪を引いちゃうわね」

ずぶ濡れのライラを抱き締めていたから、執事の服まで湿ったはずだ。

ライラはサイラスの胸を押しやると、身震いした。

「とりあえず服を着替えて、雨漏りの様子を見てくるわ。サイラスはみんなが落ち着くようお茶でも出してあげて」

まだなにか言いたげな執事に背中を向けると、背後で深いため息を聞いた。

彼との付き合いはたったの二年。それでもいまは誰よりも信頼を寄せている。

いずれライラが他家へ嫁ぐか婿養子を迎えることになれば、彼とこうして話すことも無くなるだろう。

それを思うと、胸が詰まって苦しくなる。

ライラはそんな思いから逃れるように急いで廊下に出ると、執事の気遣いで熱いくらい暖まった部屋に入り、着替えを始めたのだった。

2章　招待状

客人を出迎えるため、ライラは妹のマイラといっしょに玄関ホールに向かった。

いつもお洒落《しゃれ》に余念のない妹だが、今日は特別気合いが入っているようだ。

開いた扉の横でサイラスが恭しく頭《こうべ》をたれていると、近頃爵位を継いだばかりのハドリー伯爵とその従兄弟ピアース子爵が競うように歩み寄ってくる。

「お会いできてうれしいですわ」

マイラがとびきりの笑みを浮かべた。

彼らはマイラが社交界デビューしたときに知り合った独身貴族で、なにかにつけてバーネット伯爵家を訪れる。

家格や財産もバーネット家より上で、嫁ぎ先としては申し分のない条件を揃えていた。

「ごぶさたしております、マイラ嬢。今日もまた一段と可愛らしいですね」

自慢の口髭《くちひげ》に触れながら、ハドリー伯爵がマイラにねっとり微笑みかける。

「わ、私もマイラ嬢にお会いするのを心待ちにしていました」

気障《きざ》で高慢《こうまん》なハドリー伯爵と違い、ピアース子爵は公爵家の次男ながら偉ぶるところがない。人当たりの良さから言ってもピアース子爵のほうが好感を持てる。

「ご機嫌よう。ハドリー様、テディベアさん」

マイラにあだ名を呼ばれ、小太りなピアース子爵が恥ずかしそうに頬を染めた。

少し離れたところから三人の様子をみていたライラは、思わず笑みを零す。

彼らを見ていると、女の子の人形を取り合う兵隊と熊のぬいぐるみを連想してしまう。

彼らの当初のお目当ては、年頃のライラだった。

けれど領主代行で邸を空けがちだったライラに代わって妹が相手をしているうちに、彼らの興味の対象はいつしか妹のほうへ移ったらしい。

マイラは十六歳でまだ少し幼いところはあるが、姉の目から見てもあどけない表情や仕草は頬ずりしたくなるほど愛くるしい。

容姿の点でライラも劣るわけではないが、いかんせん祖父譲りの赤毛と物怖じしない態度のせいで、姉妹で並ぶと妹のブロンドと可憐な姿がどうしても強調されてしまう。

口の悪い執事いわく『マイラには異性の庇護《ひご》欲をかき立てる従順さがあるが、長女気質でなんでもひとりで行いがちなライラにはそうした愛嬌が不足している』らしい。

確かに昔から誰かに頼ったり甘えたりするのは苦手だ。

だからといって独りでいるのが平気というわけではない。だがそんなことを初対面の相手にうまく伝える術《すべ》などライラは持ち合わせていない。

ライラが遠巻きに三人の会話を笑顔で見守っていると、

「ライラ嬢もご機嫌麗しくなによりです」

こちらに気づいたハドリー伯爵が両手を広げて近づいてくる。この流れだとハグすることになりそうだ。

わずかに身構えていると、サイラスがするりとあいだに入り、慇懃《いんぎん》無礼《ぶれい》に申し出た。

「皆様、応接室にお茶と軽食のご用意がございます。ここではなんですから、どうぞお移りください」

「君は……まだいたのか」

出鼻をくじかれたハドリー伯爵が苦々しく頬を引きつらせた。

無駄に美形な執事はバーネット家を訪れる客人、とくに同性からは嫌厭《けんえん》されがちだ。容姿端麗なサイラスがそばに近づくだけで妻や娘が女の顔に変わるのを不安に思うのだろう。

実際妹もサイラスに憧《あこが》れている節があり、ハドリー伯爵はそうしたマイラの態度の変化を敏感に察してサイラスに敵意を抱いているようだ。

一方執事は、客人の嫉妬《しっと》を涼《すず》しい顔で受け流して終始にこやかに対応するのだが、彼らが帰るなりライラの前で悪態をつくのが常だった。

そんなことを考えてライラが忍び笑いしていると、それを目にしたサイラスが渋面を作る。本当に嫌になるくらい察しの良い執事だ。

ライラは取り澄ました顔で雨漏りのあった居間の前を通り過ぎ、奥の応接室へと入っていく。

両親を交えたお茶会が始まると、ピアース子爵が落ち着かない様子でしきりに額の汗を拭っていた。

父もさすがに気になったのか、それとなく彼に話題を振る。

「ここは暑いですかな？　なにか冷たいものでも飲みますか？」

「い、いいえ。お構いなく」

ピアース子爵は思い出したように紅茶に口をつけた。

「ところでピアース子爵、父君はお元気ですかな？　なんでも体調を崩されて、邸で療養をされているとか」

「じつはこのたび父の隠居が正式に決まって、兄が公爵家を継ぐことになりました」

「そうでしたか。父君もさぞご安心でしょう」

「そ、それで今日はバーネット伯爵に折り入ってお話がありまして」

声を裏返しつつ、ピアース子爵が前のめりになる。

「ほう、私に？　いったいどのようなご用件でしょう？」

ピアース子爵に視線が集まる。だがライラだけは、侍女がそっと部屋に入ってきて扉のそばに立つサイラスへ封筒を差し出す姿を捉えていた。

来客中の部屋に入ってわざわざ届けるほどだ。よほど急用なのだろうか。

サイラスはペーパーナイフで封を開くと、中身に目を通した。その顔が次第に険しくなるのを見て、ライラはますます目が離せなくなる。

なにかあったのかと、ライラが声をかけるより先にピアース子爵が口火《くちび》を切った。

「ど、どうか私とマイラ嬢の婚約をお許しいただけないでしょうか？」

「ええっ」

その場にいた全員が驚き、ライラも首を戻す。

「婚約？　うちの娘と？」

「はい」

誰より狼狽《ろうばい》していたのがハドリー伯爵だった。従兄弟のプロポーズは、彼にとっても初耳らしい。

「それで、マイラ嬢は彼との婚約を望んでいるのですか？」

ハドリー伯爵が勢い込んで尋ねると、マイラははにかみながらも大きく頷いた。

「私と結婚できるなら、ピアース子爵はバーネット家の婿養子に入るとまで仰《おっしゃ》ってくださったんです」

「婿養子？」

今度はライラが驚く番だった。

アヴァロン王国では、爵位は男性にしか継承権がない。跡継ぎのいないバーネット家も、当然娘のどちらかが婿養子を迎える必要があった。けれどまさか家の事情に一番無関心だった妹が婿養子を見つけてくるとは夢にも思わなかった。

「それはなんともありがたい申し出だ」

父は思わず立ち上がると、ピアース子爵に握手を求めた。

「では、マイラ嬢との婚約を認めてくださるのですね？」

「当然だとも！」

「失礼ですが、このことは公爵様もご存じでいらっしゃるの？」

男親と違い、母は結婚の障害について真っ先に質問する。

「もちろん父と兄からは了承を得ています。私がバーネット家に婿入りするのなら、援助を惜しまないと約束してくれました」

「そういうことなら私と妻に異存はない。喜んでふたりの婚約を認めよう」

「本当に素晴らしいご縁ですわ」

両親は手を取り合って喜ぶ。思わぬ良縁に浮き立ち、不安から解放された喜びがひと目で見てとれた。

ピアース子爵の実家である公爵家の援助があれば、いまの財政難などすぐに立て直せる。それどころか以前よりもっと豊かに暮らせるだろう。

「そういうことなら私も祝福しよう。私の分までマイラ嬢を幸せにしてやってくれ」

「ありがとう、ハドリー伯爵」

室内に祝福ムードが広がり、誰もが笑みを浮かべている。

「……」

それなのになぜだろう。ライラの胸には喜びと同時に虚《むな》しさが広がっていく。

妹の婚約は喜ばしいことなのに、なぜか満たされない思いがわだかまる。

「おめでとうマイラ」

祝福の言葉を口にしながら、ライラは複雑な気分を味わっていた。

バーネット伯爵家の家族の席は四つ。そこにピアース子爵が加われば、単純に席がひとつ増えるだけだ。それなのにいまの家族の様子を見ていると、これまでいたライラの席にピアース子爵が収まる気がしてならない。

ライラだけが蚊帳《かや》の外。そんな空気を勝手に感じて、盛り上がる家族の輪の中にすんなり入っていけない。

「じつはライラが社交界デビューしたとき、長女として婿養子を迎えることを期待していたんだが、ライラは社交界より馬を乗り回すほうが性に合っているようで困っていたんだよ」

「本当に困った子で……。いくら社交界に出るよう言っても、ドレスを仕立てるのが嫌だと言って飾りがいがありませんでしたわ」

「……っ」

両親の言葉に深く胸が抉《えぐ》られる。

馬に乗っていたのは父に代わって領内の見回りに出かけていたからで、新しいドレスを仕立てなかったのは傾いた財政を少しでも立て直したかったからだ。

娘としてこれまで家族を助けていたつもりだが、すべて空回りしていたと知ってライラは深く傷ついた。

ライラの取るに足らない努力や節約よりも、莫大な持参金をもたらす婿養子のほうが両親にとっては何倍もありがたいのだろう。

この家にじぶんの居場所はあるのだろうか。そもそも初めからじぶんの席はあったのだろうか。

「ピアース子爵が夫になればなんの問題もないわ」

無邪気な妹の発言がライラに追い打ちをかける。

家族に悪気がないことくらいわかっている。互いの期待と行動が噛み合っていない、ただそれだけのことだ。

ライラはドレスの裾をきゅっと摑み、強張る笑顔の下で孤独を感じていた。

すると、ふと肩に誰かの手が触れた。

「サイラス？」

見上げると、なにもかも見通すような眼差しとぶつかる。

「おまえは間違っていない」

執事は人目を盗んでライラの耳もとで囁くと、なにを思ったか前に進み出た。

「旦那様。差し出がましいことですが、一言申し上げてもよろしいでしょうか？」

「なんだね、サイラス」

上機嫌の父が尋ねると、執事は淡々と言い放つ。

「このたびの婚約でバーネット伯爵家が安泰となるのは喜ばしいことです。ですが窮地にあった当家を陰ながら支えていらしたのはライラ様です。どうかそれをお忘れなきようお願いいたします」

「なんのことです？」

ピアース子爵が首を傾げると、父が慌てて取り繕う。

「いやはや、なんのことだかさっぱり」

父が投資詐欺に遭ったことや、会計士に裏切られたことは公にされていない。それなのにこんなところで知られてはばつが悪いにもほどがある。

もちろんサイラスは暴露するつもりはないようだ。その証拠に、こちらを見てかすかに意地の悪い笑みを覗かせている。

彼にしてみれば、ちょっとした懲《こ》らしめなのだろう。

慌てる父の姿にライラも思わず苦笑を漏らす。

――どんな行為にも見返りはつきものだろ。一方的にお節介を焼いておきながら、じぶんの期待どおりに相手が反応を示さないと不満を募らせるのが人ってものだ。

二年前、サイラスにそう言われた十五のときは反発心しか生まれなかったが、いまなら彼の言い分が理解できる。

ライラが領主代行を務めていたのは、誰かに頼まれたからというわけではない。落ち込む父を放っておけず、みずからの意志で行動しただけだ。

それでも家族から労いや感謝の言葉がないことに虚しさを覚えていた。

ほんのわずかでいい。じぶんがやっていることを認めて欲しかった。この家に必要な人間だと思ってほしかった。

見返りなど期待していなかった。ただ密かに願っていただけだ。家族の役に立てば、もっとじぶんの存在を認めてもらえて、この家に本当の意味で居場所ができるかもしれないと。

けれどその願いも、見返りの一部だった。だから望んだ結果が得られないことに、こうして虚しさを覚えている。

サイラスはそのことがわかっていたから、ライラに、家から解放されてじぶんのことを考えろと諭してくれていたのだろう。

言葉もなく執事と視線を交わしていると、ふいに叱責《しっせき》の声が響いた。

「執事風情で主人に意見するとは何事だ！　身のほどをわきまえろ！」

父に代わって声を荒らげたのはハドリー伯爵だ。

「なにが言いたいのか知らんが、客人のいる前で主に恥をかかせるつもりか！」

「出過ぎた真似をして申し訳ございません」

執事は涼しげな顔で淡々と謝罪する。

それがよけい癇《かん》に障《さわ》るのか、ハドリー伯爵が怒気を強めた。

「だいたい貴様は、執事のくせに以前から態度がでかいのだ！　そもそも私がライ――」

「申し訳ありません、ハドリー伯爵」

口角泡《こうかくあわ》を飛ばす勢いに、ライラはとっさに口を挟んだ。

「執事の振る舞いについては、わたしからも謝罪いたします」

「そんな、ライラ嬢に謝っていただくなど」

「いいえ、きっと彼は父に至急知らせたいことがあって出過ぎた真似をしたのだと思います。サイラス、さっきの侍女はなにを届けたの？」

話の続きを執事に振ると、彼は紫色の封筒をかざした。

「こちらのことでしょうか？」

「それを見て、あなたが顔色を変えるのを見たわ。なにか良くない知らせでも届いたの？」

するとサイラスは手にした封筒を父に差し出しながら伝えた。

「旦那様、マイラ様とピアース子爵の婚約は大変喜ばしいことですが、いますぐお決めになるのは賢明ではございません」

「どういうことだ？」

訝りながら、父が封筒に入った金箔《きんぱく》に縁取られた招待状を開く。

「こ、これはアヴァロン王からの招待状だ。当家から娘をひとり、プレマリアージュに参加させよとのご下命だ」

「そんな……このタイミングで……」

ピアース子爵の顔がたちまち青ざめる。

「プレマリアージュってなんのこと？」

どうやらこの場で招待状の意図を理解していないのはじぶんたち姉妹だけのようだ。

重苦しい空気の中、サイラスが答えた。

「プレマリアージュというのは、王子の花嫁探しのことです。王位継承権のある王子が十六になると、貴族の娘を花嫁修業を名目に王都に集め、婚約者を内定するのです」

「王子の婚約者……」

降って湧いた話にライラは呆然とし、マイラとピアース子爵は互いの手を握り締めた。

「すまないが、ライラとマイラは席を外してくれないか」

父が険しい顔で娘たちに退出を促す。

「待って、お父様どうなさるおつもりなの？」

「いいから落ち着いて。いまはお父様に従いましょう」

ライラは嫌がる妹を連れて廊下に出ると、ひとまずじぶんの部屋へ移動した。

「さあ、マイラ。そこに座って。気晴らしに話でもしましょう」

ライラは妹をソファに座らせると、じぶんは向かいの椅子に腰かけた。

「それにしてもいつの間にピアース子爵とお付き合いしていたの？　それこそ急な話でびっくりしたわ」

興奮して涙目になっている妹にハンカチを差し出すと、マイラはその手を払い除けた。

「お姉さまって無神経ね」

妹に睨まれて、ライラは睫毛を瞬かせる。

「どういう意味？」

「私とピアース子爵が交際を始めたのは、おなじ頃に失恋したからよ」

「マイラが失恋？」

身内の欲目を差し引いても、愛らしいマイラを妻にと望む貴族は多いはずだ。その妹がいったい誰に失恋したというのだろう。

「お姉さまはずるい」

マイラは神経を昂ぶらせたまま、堰《せき》を切ったように感情をぶつけてきた。

「もともとピアース子爵は、お姉さまのことが好きだったのよ」

「ええっ」

ライラは思わず目を丸くした。

「なにかの勘違いじゃない？　ピアース子爵がお菓子やお花を贈るのはいつもマイラで、わたしはそのついでという感じだったわよ」

「いいえ、その逆よ」

マイラは涙ぐみながら、じぶんのハンカチを取り出して涙を拭う。

「ピアース子爵が本当に贈り物を届けたかったのはお姉さまよ。だけどお姉さま宛てだとサイラスが受け取ってくれないから、私宛てということにしていたのよ」

「え、待って。どうしてサイラスがわたしへの贈り物を受け取らないの？」

「決まってるでしょ。お姉さまに渡したくないからよ。きっとお姉さまが好きなんだわ」

「え……っ」

予期せぬ話にライラは目を瞠った。

「なにか行き違いがあって、ピアース子爵が誤解しただけじゃないかしら？」

「三度続いても？」

「それは……」

ライラが戸惑っていると、さらに妹が思いがけない告白をする。

「私、半年前にサイラスに告白したの」

「えっ」

「彼がこの邸にきてから、私はずっとサイラスに憧れていたの。話しかけたらやさしく応じてくれるし、いまは執事として私のことを丁重に扱ってくれる。だから好きだと告白したの」

妹の話にライラは落ち着かない気分になった。先が気になるのに知りたくない気もする。

「彼は言ったわ。貴女が令嬢で私が執事である以上、その気持ちには応えられません、て」

つきりと、胸の奥に鋭い杭が刺さった気がした。

「それならサイラスがわたしを好きだということもありえないじゃない」

じぶんで言った言葉に、なぜだか胸が痛む。

けれど妹はいいえと首を横に振った。

「私が呼ばないとサイラスは来ないけど、お姉さまのときは黙っていても隣にいるわ」

「それはサイラスが領主代行の手伝いをしているからでしょう?」

「いいえ、違うわ」

マイラはきっぱりと否定する。

「私は彼に片想いしていたからわかるの。彼の視線の先には、いつもお姉さまがいた。サイラスはお姉さまのことばかり目で追っていたわ」

「そんなことは……」

妹の勘違いとしか思えない。

普段サイラスは猫を被っているので、はたから見るとライラにだけ気安く話しかけているような印象を受けるのかもしれないが、実際は実務的な会話ばかりで、マイラが勘ぐるような甘い雰囲気などどこにもない。

「彼がうちに来た頃だって、お姉さまがひとりで本を読んでいると、髪やドレスのリボンを解いたりしてなにかとちょっかい出していたでしょ」

言われてみるとそんなこともあった気がするが、なにしろ二年前はまだ子どもだ。

「前はお姉さまに意地悪しているんだと思っていたわ。だけどいま考えると、あれはお姉さまに構って欲しいときに出すサイラスの合図だったのよ」

そういえば、サイラスの悪ふざけに振りまわされつつも、気がつくといっしょに遊んだり出かけたりしていた。

けれどバーネット家の執事になる少し前くらいから、サイラスはライラに対して一線を引くようになっていた。

お互い無邪気に戯《たわむ》れるような年齢や立場ではなくなったということなのだろう。

そんなふうに頭では理解できても、以前と比べよそよそしくなったサイラスとの関係に寂しさを感じていたのも事実だ。

「昔の話を引き合いに出されても困るわ。それにいまは令嬢と執事という立場よ。マイラだってそれを理由に断られたのでしょう？」

「だったらどうして、彼はいまだにお姉さまへの求婚者を遠ざけるの？」

「どういう意味？」

困惑するライラにマイラが言い募る。

「ピアース子爵が言っていたわ。彼だけじゃなく、ハドリー伯爵がお姉さまと会うために来訪しても、いつもサイラスに断られるか追い返されるそうよ」

「それは……たまたまじゃないかしら？　わたしは領地の見回りに出かけていることが多いから、きっと行き違っただけよ」

「それじゃあサイラスから来訪の知らせは聞いている？　事前に来客があると知らされていれば、お姉さまだって予定の調整ができるはずよ」

「それは……」

反論したいが確かに来客の予定など聞いた覚えがない。もしかしたらライラの行動を優先して断ってくれていただけかもしれないが、当日でなければマイラの言うように予定は空けておけただろう。

「ハドリー伯爵も最初はお姉さま目当てだったのに、私が彼に気があるみたいにサイラスが誤解させたから途中で乗り換えただけなのよ」

「そんなこと……」

あるはずがないと言いかけてライラは口を噤む。

こちらを睨む表情が妹ではなく、ひとりの女のものに変わっていたからだ。そこには恋敵に対する嫉妬の炎が揺らめいていた。

「みんなから好意を向けられて、お姉さまはさぞ満足でしょうね。だけどサイラスがどんなにお姉さまを想っていても、執事と令嬢が結ばれることなんて不可能よ」

マイラは泣きながら、さらに続ける。

「お姉さまは社交界に興味がないから耳に入らないでしょうけど、以前にも公爵家の令嬢とピアノ教師の男が駆け落ちしてすごい騒ぎになったのよ。もちろん令嬢はすぐに連れ戻されて、年の離れた貴族のもとへ無理やり嫁がされたわ。噂だと相手の男は手切れ金を受け取って国外へ出たとか、二度とピアノが弾けない体にされて命まで落としたって話よ」

マイラは洟《はな》をすすりながら、泣きはらした目で姉の顔を見据えた。

「それを聞いて私も目が覚めたの。身分相応の人を選ばないと、お互い不幸になるだけだって……」

まだ幼いと思っていた妹がじぶん以上に悩んだ末に、ピアース子爵との婚約を決めたのだと知ると、妹にかける言葉が見当たらない。

ライラは泣きじゃくる背中を、ただそっと撫で続けることしかできなかった。

3章　プレマリアージュ

プレマリアージュの招待状が届いた二週間後、ライラは馬車でアヴァロン王国の王都ヴァロンに向かった。

「ねえ見て、サイラス。なんて大きな市場かしら」

王都の手前で通行証を受け取り、検問所を抜けると、茶色い道は馬車三台分が往き来できそうな石畳の大通りに変わる。

大通りの両脇には食べ物や服飾品などを扱う露天商が軒《のき》を連ね、店の前を行き交う人々を呼び込もうと威勢の良いかけ声が飛びかっていた。

一年前に初めて訪れる王都の光景に、ライラは驚きと興奮を隠せない。

社交界デビューを果たしたライラだったが、当時は祖父の病状が悪く、その後はバーネット伯爵家の財政悪化という事情で王都を訪れる機会を逃していた。

目的はどうであれ、家を離れるのは思いのほか解放感があった。

「せっかくだから、あちこち見てまわりたいわ」

ちょっとした観光気分に浸っていると、馬車に同乗していたサイラスが絵に描いたような仏頂面で長い脚を組み替えた。

「ずいぶんと脳天気だな。王都に来られてそんなにうれしいか？　出発前はあんなに嫌そうだったのに……本当はプレマリアージュに参加できて喜んでいるんじゃないのか？」

「……もしかして、まだ怒ってる？」

当然だと言わんばかりにサイラスの眉間にしわが寄る。

ライラがプレマリアージュへの参加を表明した直後から、サイラスはずっとこの調子だ。

おまけに参加を許可した父がたじろぐほど、サイラスはライラの参加に反対して抗議を続けた。それでもライラの意志が変わらないと知ると、今度は一転、王都にはじぶんが同行すると主張して譲ろうとしなかった。

本来、執事とは邸で使用人の管理をするのが仕事だ。その執事が長期にわたり邸を空けて、令嬢に同行する話など聞いたことがない。

けれどサイラスの勢いに完全に気圧された父は、執事の同行を許可した。

もともと父は面倒を避ける傾向があるので、機嫌を損ねた執事が邸に残ってもかえって煩わしいと思ったのだろう。

そんなやりとりの末に、ライラたちはプレマリアージュの日程に合わせ二日前に伯爵領を出発したのだが、そのときからサイラスはなにやら考え込んでいる様子で、どちらが使用人かわからないほどライラに気を遣わせていた。

「国王直々の招待なんだから、誰も参加しないわけにはいかないでしょう？」

「だとしたらマイラが適任だ。年も王子とおなじ十六だし、彼女のほうが男受けする」

ようやく口を開いたかと思えば、執事の憎まれ口が炸裂する。

遠回しに女としての魅力不足を指摘された気がするが、そこは受け流すことにした。

「だけどマイラにはピアース子爵がいるのよ。もしも妹が参加して、婚約者に選ばれでもしたらどうするの？　ふたりが可哀想じゃない」

貴族社会は身分がすべてだ。たとえ公爵家でも、相手が王族であれば大人しく従うしかない。恋人を妻に差し出せと命じられれば、ピアース子爵は黙って身を引くだけだ。

人知れず思い悩んでいた妹の胸中や、ふたりの想いを知ったいまとなっては、妹を王都に行かせるという選択肢はない。

「どうせマイラに行きたくないと泣きつかれたんだろう」

見透かすように図星を指され、ライラは一瞬言い淀んだ。

「べ、別に頼まれなくても、わたしが参加するのが順当でしょ。誰からも求婚されていないし、婚約者だっていないのだから」

じぶんで言って惨めになる。

サイラスは長い指をこめかみに当てると、盛大にため息を吐いた。

「万が一、いや億が一でもおまえが婚約者に選ばれたらどうするつもりだ？」

「億って……」

さっきから失礼なことばかり言われているが、サイラスに貶《けな》されていると、かえってほっとしてしまう。

令嬢に恋する執事が恋敵《ライバル》を裏で排除していた――。

そんなありもしない話を、失恋をこじらせた妹に聞かされて以来、サイラスに対する態度がぎこちなくなってしまっていた。

そこへきてプレマリアージュの参加を反対されてしまったので、もしかしたらもしかするのかもと妙な深読みをしてしまう。

けれどいまの発言を聞いている限り、やはり妹の勘違いとしか思えない。

好きな相手に対して、妹より魅力がないとか、よほどの奇跡が起こらないと婚約者に選ばれないなどと、否定的な発言をするわけがない。

つまり招待状が届いた直後、妹は一時的に情緒不安定になって、つい物事を斜めに見てしまったせいでおかしな想像を口走ったのだろう。

それに、サイラスも当初はプレマリアージュへの参加を反対していたが、結果的にはじぶんにこうして同行してくれている。

きっと選ばれる確率の低さから、変に期待して気落ちしないよう忠告したかっただけなのだろう。妹の妄言をそう結論づけて、ライラはいまだ不機嫌な執事に笑いかけた。

「別にわたしは王子の婚約者になりたくて王都に来たわけじゃないわよ」

ライラは車窓の景色に視線を移すと、呟《つぶや》くように本音を打ち明けた。

「プレマリアージュに参加を決めたのは、マイラに頼まれたからじゃない。少しだけ、あの家から離れていたかったの」

憮然としていたサイラスの表情がようやく緩む。

「いずれピアース子爵が当主を継げば、あの邸にわたしのいる意味は無くなるわ。これまで家の問題にかかりきりだったから、ひとりになって考えてみたかったの」

サイラスは瞳をわずかに細めると、黙ったままライラを見据えた。

「そもそも領主代行を始めたのも、少しでも家族の役に立って、わたしのことを認めて欲しかっただけなのよ。だからプレマリアージュへ参加するのも、妹の身代わりなんて美談なんかじゃない。あの家を出る口実が欲しかっただけよ」

ライラは睫毛を伏せると、幼い頃から飼い慣らしてきた虚しさを見つめた。

特段、家族仲が悪いというわけではない。

ただ、以前から両親や妹といても、なんとなくしっくりきていなかった。

おそらくあの家で生まれ育ったライラよりも、ピアース子爵のほうがバーネット家に違和感なく馴染むことだろう。血の繋がりと人としての相性は、どうやら別物らしい。

祖父と父の長年にわたる静かな確執のように、お互い個として成り立っていても、そこに繋がりを持った途端、相性次第で関係がプラスにもマイナスにも働いてしまう。

あの家で両親以上にライラを可愛がってくれたのは、やはり実の息子と折り合いが悪かった祖父だった。その祖父が他界して、もとから感じていた孤立感が鮮明になった。ただそれだけのことで、誰かが悪いというわけではない。

「そんなことはわかってる」

サイラスはライラの発言からしばらくして、ふたたび口を開いた。

「あいつらは馬鹿だ。あの家が大変なとき、おまえが家族を支えていた。そのことに気づかない、いや、気づきながら当然のように思っていたあいつらは無能の極みだ」

本当に口の悪い執事だ。けれどそれはじぶんを慰めようとしてのことだ。

「もう、人の家族をそんなふうに言わないでよ」

苦笑しながらやんわり嗜《たしな》めると、サイラスが片側の口角だけを持ち上げた。

「おまえが言えない代わりに文句を言ったまでだ」

確かに多少の中傷は本人に届かないところで吐く分は、ただの愚痴や不満として片づくだろう。

けれど非難の先が他人ではなく、じぶんの身内となると話は変わる。いったん負の感情を抱いて否定的な言葉を吐くと、それはまわりまわってじぶんも傷つけることになる。

だから他人のサイラスが家族への不満を代弁してくれることで、ライラ自身は罪悪感や後悔を抱かずに済む。

彼はそういう効果もわかったうえで、軽口を言ってくれているのだ。

そうした気遣いが伝わってきて、ライラはじんわり胸の奥が温まるのを感じた。

「おれなら不毛な努力はせずにさっさと見切りをつけて、じぶんのために生きるけどな」

「サイラスらしいわね……」

家族というだけで、不思議と突き放せない部分がある。きっと幼い頃の感情の飢えが、顧みられないとわかっていても家族の繋がりに固執させているのだろう。

けれどいまは、じぶんの味方になってくれる執事がいる。それだけでずいぶんと気持ちが救われたし、必要以上に悲観せずに済んでいる。

「ありがとう、サイラス」

心から礼を言うと、へそ曲がりな男は腕を組んでそっぽを向いた。

彼の言動は辛辣だが、いつだって裏がない。

狭い馬車に沈黙が広がる。それでも気まずいどころか、その静けさがかえって心地良い。

彼がいると、会話があってもなくても心穏やかでいられる。

「あなたがそばにいてくれて良かったわ」

その呟きが執事の耳に届いたかどうかはわからない。

彼は首を横に向けたまま長い睫毛を伏せ、眠っているかのように見えた。

ライラたちを乗せた馬車は王都ヴァロンの市街地を抜けると、郊外の庭園を貫く通りを過ぎた。その先には堅牢な城壁があって、アヴァロン城の尖塔が陽光を受けて白く光るのが見える。

プレマリアージュに参加する令嬢たちは、城内の大広間に集まることになっていた。

そのため到着したばかりのライラたちは、王都に所有するバーネット家のタウンハウスに立ち寄らずに城へと向かうことになる。

通された大広間には三十人近い令嬢と、それに従う侍女や使用人たちの姿があった。

さすがに執事を従えているのはライラだけだ。

そのこともめずらしいが、それ以上に注目を集めたのはサイラスの若さと美貌のせいだった。

さっきから周囲の視線がライラの頭上を飛び越えて、背後の男にばかり集まっている。

それに気づいたサイラスは小さく舌打ちすると、オールバックの黒髪に手を入れて乱暴に掻き乱した。

おかげで長い前髪が眼鏡を隠し、せっかくの端整な顔が半分近く埋もれてしまう。髪型が変わるだけで全体が野暮《やぼ》ったい印象になる。

「急にどうしたの？」

こっそり尋ねると、執事がわずかに肩を竦《すく》めた。

「主人より目立つわけにもいかないだろ」

それもそうかと納得しかけたが、じつは王都に着いてからずっと気がかりなことがあった。

「ねえ、もしかしてサイラスは以前、王都で暮らしていたんじゃないの？」

「なぜそう思う」

前髪のせいで顔の表情までは読めないが、その声がわずかに固くなる。

「だって御者《ぎょしゃ》に近道を指示していたでしょ。それに領地を出てから、ずっと考え込んでいるようだし……」

移動中のサイラスは物憂《ものう》げな表情を浮かべていた。時々話しかけても、どこか上の空でいつもの精彩《せいさい》を欠いていた。

人前では隙を見せない彼にしてはめずらしいことだ。それに気づかないほうがどうかしている。

「考え過ぎだ。それにおれには昔の記憶がない」

「……サイラスの記憶喪失って、ほんと都合が良いわね」

すげなく答える執事にやんわり嫌みを言ってみたが、それ以上話す気がないのか黙殺されてしまった。

サイラスは考えたことがあるのだろうか。そうした秘密主義のせいで、ライラがいま一歩彼に踏み込めずにいることを。

「いいわ、話したくないなら無理に話さなくても」

あっさり引き下がると、待てと腕を摑まれた。

「どうしたの？」

「……じつはおま」

バタンッ。執事の言葉を遮るように、大広間の扉が左右に大きく開かれる。

タイミングを逃した手が腕からすっと離れ、ライラは正面に向き直った。

先頭を歩くのは、ブロンドの髪に灰色がかったグリーンの瞳の男だ。四十代半ばだろうか、口と顎に生やした髭が中年の色気を放っている。

その男のすぐ後ろに控えているのは、侍女を数人従えた二十代後半か三十代くらいの美女で、見るからに有能そうな眼差しが周囲を油断なく見渡していた。

「本日はお集まりいただき、国王陛下とエリック殿下に代わり感謝する」

正面に立った髭の男が、威厳を放ちつつ妙に甘ったるい笑みを浮かべる。

「あの方はどなた？」

ライラが尋ねると、背後でサイラスが答えた。

「国王の弟、ウィリアムだ」

髭面のウィリアムが挨拶を終えると、隣にいた美女が進み出た。

「私は城の侍女頭を務めるシェパードです。今回、プレマリアージュの監督と審査を務めることとなりました」

侍女頭のシェパードは、周囲を見渡しながら無表情に告げる。

「これから皆様に、プレマリアージュの審査基準についてご説明いたします」

シェパードが目で合図を送ると、背後の侍女ふたりが進み出て、頭上に板をかざした。

その板には最終審査に至るまでの略図が描かれている。

「プレマリアージュは約一ヶ月間行われます。そのあいだに二度の審査を行い、最終審査に残った二名の令嬢がアヴァロン城に滞在を許され、エリック殿下と過ごす権利が与えられます」

「結構大がかりなのね」

ライラが感心したように呟くと、サイラスが鼻白む。

「王位継承者は十六で婚約者を決めて、十八で結婚する義務がある。そんな茶番に娘を差し出す貴族たちの気も知れない。とんだ悪習だ」

どうやら有能な執事は、王家の事情にも詳しいらしい。やはりサイラスは王都で暮らしていたのだろうか。

そう思っても、直接執事に尋ねるようなことはしない。どうせ聞いたところで、さっきのようにはぐらかされてしまうのがおちだ。

「ではこれより、一次審査を行います」

シェパードの有無を言わさぬ宣言にどよめきが走る。

まさか到着早々、審査があるとは思ってもみなかった。

「せめて明日にしてくれたら、今日はゆっくり王都観光したかったのに……」

はなから審査に残る気がないライラは、その意志を反映するように、身に付けているドレスも礼儀を欠かない程度のいたってシンプルなものだ。

それに比べてほかの令嬢たちは、このまま夜会にも出席できそうな気合いじゅうぶんなドレスでのぞんでいる。

ほかの令嬢たちが薔薇《ばら》や百合なら、いまのライラは野山に咲く花といった印象だ。

じぶんの出番はきっとここまでだろう。ライラはそう高をくくる。

「これから配るカードに必要事項を記入し、書き終えた方からカードを持って、隣の控えの間に移動してください。お付きの方々はここで待機するように」

どうやら審査は大広間から通じる別室で行われるらしい。

渡されたカードを受け取り、壁際に用意されていたペンとインクで空欄を埋めていると、サイラスが興味深げに覗き込んできた。

「持病のあるなしに既往歴、家族構成と家族の健康状態か……なるほど」

「なにがなるほどなの？」

「一次審査は、家系的に健康面にリスクがある令嬢を排除するのが目的のようだ」

「あ、なるほど。王子の婚約者となると、お世継ぎ問題が絡むものね」

「とはいえ有力貴族の娘なら、多少の問題があっても審査に残るだろう」

普通の貴族で良かったと、ライラはさっさと記入を済ませ、入室を待つ列に加わる。

「じゃあね、サイラス。参加の義務を済ませたら、残りの滞在日は王都観光しましょう」

贅沢さえしなければ、ふたり分の観光費くらいどうにでもなる。

気楽なライラとは反対に、サイラスは難しい表情を浮かべていた。けれどその顔は前髪の下にあるためライラには読み取れない。

それから数時間後、シェパードから合格者十名の名が発表された。

「一位通過者――バーネット伯爵家・ライラ嬢」

ライラの予期せぬ日々はこうして幕を開けた。

「信じられない……まさかわたしが一位通過だなんて……」

タウンハウスに移動したライラは、早めの夕食を済ませると書斎で執事と落ち合った。日頃から領地の見回りをしているので健康面には自信がある。けれどほかの合格者に比べると、バーネット伯爵家の家格は最下位に等しい。

そもそも父は社交界を好んでいても、政治的野心や関心を持ち合わせていないため、政敵がいない代わりに権力や発言力は皆無といえる。

「ねえ、サイラスも不思議だと思うでしょ？　普通は有力者の令嬢が選ばれるものよね？ただの人数合わせなのかしら？」

ライラが話しかけても、執事姿のサイラスは合格者に配布される書類に目を通していて答えようとしない。

「そこにはなにが書いてあるの？」

気になって尋ねると、サイラスがかいつまんで説明してくれた。

「主に二次審査の概要と注意事項についてだ。王家直轄《ちょっかつ》の女子修道院に入り、そこで二週間の花嫁修業を終えた後に二次審査を行うそうだ」

花嫁修業と聞いて連想するのは、王家のしきたりやマナーについてだ。王族に加わるとなると、そうした作法や振る舞いが求められるだろう。

「修道院への持参や同行が許されるのは、身の回りの物と侍女一名。それに別紙で指定された道具一式」

「え、待って、さっき侍女って言った？」

聞き逃しかけて、ライラは思わず声を上げた。

王都には旅費の都合でサイラスしか連れてきていない。

いくらピアース子爵の婿入りが決まっても、マイラと正式に結婚するまでは持参金など入らない。ようするに未来は明るくても、現状は財政難のままなのだ。

「確か出発前にサイラスが言っていたわよね。タウンハウスも人件費削減の影響で、住み込みで働いているのは建物の清掃と管理を任せている老夫婦と料理番だけだって」

「ああ、そうだ」

つまりここには修道院に同行できる侍女がひとりもいないということになる。

「どうしよう……いまから邸に連絡して、誰か寄こしてもらおうかしら？」

「それは無理だな」

提案はすげなく却下された。

「王都まで片道二日、急いで連絡しても三日はかかる。修道院へ入るのは明後日の昼だ」

「それじゃあ王都で臨時の侍女を雇うというのはどうかしら？」

「口が堅くて身元のはっきりした一流の侍女が、この短期間で見つかると思うのか？」

「う……」

サイラスの言うとおり手詰まり感がある。

おまけに修道院に入るとなると、上級貴族の令嬢やその侍女にも失礼なく対応できなければならない。

領地の侍女が間に合ったとしても、すべてを完璧にこなせるかどうかは微妙なところだ。

「どうしよう、困ったわ」

頭を抱えていると、サイラスが腕を組みながら言った。

「別に悩む必要はない。二次審査を辞退すればいいだけだ」

執事はこともなげに言うが、ライラの目はつい泳いでしまう。

「それは……いま言われても……」

「なぜ辞退を拒む？　まさか一次審査を通過して、欲が出たんじゃないだろうな」

サイラスが茶化してくるが、いまは冗談を返す気分ではない。

「拒んでないわよ。できるならわたしもそうしたいけれど、ただちょっと問題が……」

きまり悪げに口を閉じると、サイラスに詰め寄られる。

「なんだ？　はっきり言え」

視線の圧に、ライラは観念して白状した。

「それが……一次審査を受ける直前、別室で誓約書を書かされたの」

「誓約書？　そんなこと聞いてないぞ」

「だ、だって聞かれなかったし……」

執事は苛ついた様子で体を斜めにすると、片手を机の上に置いた。

「おれに隠し事なんて良い度胸だな」

「別に隠していたわけじゃ……」

ただあのときは事務的な手続き程度としか思っていなかっただけだ。

「いいから話せ。その誓約書にはなんて書いてあったんだ？」

指で机を叩きながら、尊大な態度で先を促される。

「ええっと確か、プレマリアージュの参加者は、審査内容については家族を含め他言無用と書かれていたわ。それと特段の理由なく審査を辞退または放棄すると、罰金が科せられるうえ、場合によっては責任を問われた親の爵位剝奪《はくだつ》や降格もありうる……みたいな」

「そんなものにサインしたのか？」

机を叩くのをやめた執事が呆れたようにため息を吐く。

「だって全員サインさせられていたし、あのときは審査に落ちる予定だったから……」

確かに深く考えずサインしたのは軽率だった。けれど相談できるサイラスは近くにいなかったし、サインを拒めば王家への反逆と取られかねない。

「ごめんなさい」

ライラが謝ると、サイラスはすらりとした指でライラの額を突いた。

「おまえ、修道院でどんな花嫁修業をすると思っているんだ？」

「どうって、城でのマナーでしょ？　王家には特別なしきたりがありそうだし、国の成り立ちや歴史についても学ぶことになるんじゃないかしら?」

「そうきたか」

サイラスが小馬鹿にしたように目を細める。

「そうだ、ダンスも忘れていたわ」

「あのな。ここに指定されている道具は、なにに使うと思っているんだ」

サイラスは忌々しげに手にした書類を振りかざす。

彼がなにに苛立っているのかはわからないが、すでにサインをして辞退できない以上、前に進むしかない。

「いいわよ、たとえ侍女がいなくても、ひとりで修道院に乗り込むわよ」

強気に振る舞ってみせたものの、自然と顔が引きつっていくのがわかる。

知らない場所でひとりきりになるのは怖い。たった二週間とはいえ、不安でたまらない。

けれど弱音を漏らしたところで、サイラスを無駄に困らせるだけだ。いくら有能な執事でも、できることには限りがある。

「はあ~……」

サイラスは眉を曇らせると長いため息を吐く。

「どのみち審査に落ちないと、先がないということだな」

サイラスの言葉に神妙な気持ちになる。

「修道院では油断するな」

執事は真顔でライラに言った。

「どういう意味？」

「おまえは一位通過者だ。そのことで他の令嬢から嫌がらせを受ける可能性がある」

そんな馬鹿な話あるわけないと思うが、いつになく真剣な表情に、彼が本気で忠告しているのだとわかる。

「わかった、気をつけるわ」

視線の熱にどぎまぎして、ライラは思わず顔を伏せた。

そんな目で見つめられると落ち着かない気分になる。

「おれがいなくても平気か？」

サイラスが、ライラの柔らかな頬の曲線を指でなぞりながら問いかけてくる。

「わ、わからないわ……あなたと離れたことがないもの……」

焦れったい動きは、くすぐったさとはべつの刺激を呼ぶ。

「……っ……」

体が揺れるほど反応すると、男の指はすぐに離れた。

「安心しろ」

サイラスは小さく微笑むと、ライラから半歩距離を置いた。

「おまえをひとりで行かせはしない」

執事は書類を小脇に抱え、すぐさま身をひるがえすと書斎から出ていった。

「いまの……」

あんなふうに見つめながら肌に触れられたのは初めてだ。

頬にはまだ男の指の感触が残っている気がした。

ほんのわずかな時間触れられただけなのに、そこだけ酷く敏感になっている。

――彼の視線の先には、いつもお姉さまがいた。サイラスはお姉さまのことばかり目で追っていたわ。

ふいに妹の言葉を思い出し、ライラは頬を赤らめた。

それが本当だとしたら、サイラスはライラの気づかないところで、いまのように見つめていたのだろうか。

ライラは熱を帯びた真剣な眼差しを思い出して、居たたまれない気持ちになった。

もしも妹が言っていたことが事実だったとしたら、次に会うとき彼の前でどんな顔をすればいいのだろう。いつもと変わりなく接することができるだろうか。

そんな悩みは杞憂に終わった。

修道院に入る日の朝、久々に会ったサイラスはすっかり様変わりして、まったくの別人になっていたからだ。

4章　修道院

馬車を降りて、ライラは思わず息を呑んだ。

修道院の建物と敷地のまわりを取り囲むのは二メートル近い外壁。固く閉ざされた門は分厚いアーチ状の木製扉で、蝶番《ちょうつがい》の部分だけが鉄製になっている。

ものものしい高い壁と厚い扉が外界との一切を遮断していた。

「ここが王家直轄の、聖アヴァロン女子修道院……」

王家の修道院と聞いていたので、もう少し華やかで明るい場所を想像していたが、どう見ても監獄を連想してしまう。

こんなところに入って、二週間後に無事外へ出られるのだろうか。

そんな不安が頭をよぎり、ライラは緊張を強める。

門を左右に開放すれば馬車も通れるが、内側から開かれたのは人ひとりが出入りできる通用門のほうだ。

中から現れたふくよかな体型の女性はおおらかな雰囲気で出迎えた。

「こんにちは。私が修道院長のシスターマリアです」

「はじめまして、バーネット家のライラと申します。遅くなってすみません」

「馬車が溝にはまったそうですね、お気の毒に。ほかの皆さんは到着されていますよ」

昼の十二時までに到着の予定が、すでに一時近くになっている。出だしからこんな調子では先が思いやられてしまう。

「お待たせして申し訳ありません」

ライラが恐縮していると、シスターマリアが微笑んだ。

「構いませんよ、多少の遅れは予定にも折り込み済みです。ここでの暮らしはお邸にいるような優雅なものではありませんが、最低限の生活はお約束いたします」

五十代くらいの修道院長は温和な笑みをたたえながら、ライラのかたわらに立つ長身の侍女に目を留めた。

「そちらの方が、ライラ様の侍女ですね」

「は、はい」

返事をする脇の下に冷や汗が流れるのを感じる。

「お名前はなんと仰るの？」

「な、名前はサイ……いえ……その……」

ここに来るまでに散々打ち合わせをしたはずが、後ろめたさと極度の緊張から思うように言葉が出ない。

顔から血の気が引いていくのを感じていると、ライラのそばに控えていた黒髪の侍女が、優美な笑みを浮かべながら膝を折る。

「私はサラと申します。お嬢様ともどもよろしくお願いいたします」

その振る舞いに修道院長が感心したように頷いた。

「これまで大勢の侍女を見てきましたが、サラはその中でも一、二を争う美しさと気品がありますね」

「お褒めいただき光栄です」

サラは堂々と賛辞を受け取ると、ライラにチラッと視線を送った。その目はどこか誇らしげだ。

書斎を出てからずっと留守にしていた執事は、今朝になって様変わりして戻ってきた。長身に低い声という点をのぞけば、化粧をして黒髪のかつらを被ったサイラスは完璧な侍女にしか見えない。

はなから適任者が見つからないとふんだサイラスは、苦肉の策とばかりにみずから侍女となってライラに同行することにしたのだ。

こんな無謀な計画に乗るなんてどうかしていると思うが、修道院に入る当日、その心細さから臆病風に吹かれていたライラは、つい彼の提案を受け入れてしまった。

サイラスは喉仏を隠すため首にスカーフを巻いているが、いつ正体が男とバレてもおかしくない。なにしろ修道院は女の園だ。

せめてあと一日、いや半日もあれば、ライラも覚悟してひとりで修道院に入っていたかもしれないが、サイラスが戻ったのはタウンハウスを出発する一時間前で、二者択一を迫られたライラは熟慮する間もなく一か八かの計画に賭《か》けるしかなかった。

それほど不安で切羽詰まっていたのだ。

「荷物は門の前に下ろしてください」

修道院長がライラの乗ってきた馬車の御者に命じる。

どうやらサイラスは侍女として修道院に入ることを許可されたらしい。

最初の関門はなんとか切り抜けたが、この先も似たような状況が続くかと思うと、ライラは気が気ではなかった。

それに比べてサイラスは堂々としたもので、しきりに流し目を送ってくる御者に対しても余裕の笑みでかわしていた。

「心配するな。怪しまれそうになったらなにか理由をつけておれだけここを出ればいい」

修道院長の目を盗んで、サイラスがそっと耳打ちしてくる。

彼の存在が新たな不安を呼んでいるのだが、サイラスがいてくれるからこそ心強くもあった。

「それではライラ様、お部屋に案内いたします。荷物は下働きの者たちが運びます」

「は、はい」

こうなったら一蓮托生《いちれんたくしょう》だ。

覚悟を決めて通用門をくぐると、入れ違うように三人の女性が外へと出ていく。お仕着せの服とエプロン姿から見て、修道院の下働きのようだ。

　修道院長は鐘つき堂のある修道院には目もくれず、右手の煉瓦の小径を進んでいく。

「皆さんには修道院とは別の建物で寝起きしてもらいます。審査が終わるまでは自由に外出することはできませんが、気晴らしにお散歩をされるといいでしょう」

　修道院長によると、敷地には小さな森と池に通じる遊歩道があるらしい。確かに灰色の壁ばかり眺めているより、緑の小径を散策するほうが心穏やかに過ごせそうだ。

「ここが皆さんの寄宿舎になります」

　門から五分ほど離れたところに二階建ての建物があった。外観は素朴なマナーハウスといった風情だ。

　ほかの令嬢たちが到着しているのは確かなようで、開け放された玄関扉の前とホールには多くの旅行鞄や荷物が山積みになっている。

　それらの荷物を避けながら中に入ると、寄宿舎はまだ新しいようで、簡素な外観のわりに、室内の内装や調度品は貴族のタウンハウスと見劣りしない。

「一階に炊事場と食堂、それに大小の談話室があります。ここには朝六時から夜九時まで、数名の小間使いが詰めていますが、時間外には侍女の方々に雑務を行ってもらうことになるでしょう」

　説明を聞きながら一階にある談話室の角を左に折れると、突き当たりに扉が見えた。

「ライラ様のお部屋はこちらになります」

開け放された扉の向こうには、大きなベッドと折りたたみ式天板のゲートレッグテーブルやクローゼットなどが見える。

窓は腰高な位置にあるが、外壁のせいで昼でも薄暗い。窓際近くに衝立《ついたて》が置かれていて、その裏に別室へ続く扉があるようだ。

バーネット家の自室よりひとまわり小さいが、寄宿舎としてはじゅうぶんな広さだろう。

「この廊下の反対側の突き当たりにもう一室、残り八室は二階にあります」

だから二階のほうが騒がしいのだろう。上から人の気配が伝わってくる。

「一時間後に説明会が行われます。それまでゆっくり寛《くつろ》いでいてください。夕食は一階の食堂で七時からになります」

修道院長が立ち去ると、サイラスは持っていた貴重品といくつかの荷物をクローゼットの前に置くと、ひと息つくように首のスカーフを緩めた。

そのあいだライラは衝立の裏にまわると、別室の扉の前に立つ。

「ここが侍女の部屋かしら？」

普通、主人と使用人の部屋は別になる。

けれど扉の向こうにあったのは洗面台とトイレ、それに浴槽だけだった。

「どういうことかしら？　なんの説明もなかったけれど、侍女の部屋は別なのかしら？」

「いや、ここでの生活を考えると侍女も同室だろうな」

「えっ、だけどベッドはひとつしかないのよ」

ふたりで横になってもじゅうぶんな広さだが、侍女と共寝する令嬢など聞いたことがない。

ライラが驚く横で、頭が蒸し暑いのか、サイラスはかつらを取って地毛を掻き上げた。

ここでは染める必要がないせいか、かつらの下はブロンドの地毛だった。

黒髪に見慣れていたせいか、いつもと違う彼の雰囲気になぜだかどぎまぎしてしまう。

黒髪のサイラスはストイックで硬質な印象が強いが、いまは甘やかな雰囲気に溢れている。髪の色が変わるだけで、彼の美貌がより鮮明になった気がした。

ライラの視線に気づいたのか、サイラスがこちらを向く。

見蕩れていたことに気づかれたくなくて、ライラはとっさに視線を外した。

もちろん彼がそれを見逃すはずがない。わずかに眉をひそめて問い詰めてくる。

「なんだ？　おれと同室が不満なのか？　ほかの侍女とおなじ部屋にされるより、ここにいたほうが正体に気づかれる心配もないだろ」

「それはそうだけど……」

同室の侍女がサイラスだから問題なのだ。

邸でも多くの時間を彼といっしょにいたが、二十四時間おなじ部屋で過ごしていたわけではない。

サイラスには執事の仕事があり、じぶんも領主代行としての務めがあった。

「おれが好きでこんな格好をしていると思うのか？　不満があるのはわかるが、おまえも少しは譲歩しろ」

「不満はないけど、同室ってことは……」

ついベッドに目が行ってしまう。未婚の令嬢としてこういう状況はどうなのだろう。

そんな葛藤を知ってか知らでか、サイラスは鼻で嗤って茶化しだす。

「おれはおまえと違って寝相はいいぞ」

「わたしだって悪くないわよ！」

「だったら問題ないな」

さっさと話題を切り上げられると、これ以上駄々《だだ》を捏《こ》ねるのも大人げない気がする。

それに彼にとっては、寝ているときに蹴られないかどうかの問題らしい。

となると一瞬でもサイラスを異性として意識したことにばつの悪さを感じてしまう。

「考えてみたら同室のほうが安心よね。今後の相談や計画についてもいろいろ話ができるだろうし」

「よけいな心配はしないで、確実に審査に落ちてくれ」

「言われなくてもそうするわ」

「ふうん」

そこで、なぜかサイラスが近づき、ライラの顔を覗き込むように首を傾げた。

「な、なに？」

近い距離に鼓動が乱れる。耳の際が熱いのは気のせいだろうか。

「邸のときと反応が違うな」

執事が意地の悪い笑みを浮かべる。

「さっき同室と知って焦っていただろ。さすがにおれを男として認識したようだな」

「それは……だって……」

動揺を見透かされたようで羞恥が込み上げる。

頬をじわり熱くしていると、サイラスはライラの髪に指を絡ませてきた。

「いい機会だ、もっと意識しろ」

「し、してどうするのよ」

素朴な疑問を口にすると、サイラスが黒い笑みを見せる。

「そのほうがからかいがいがあるだろう？」

「な……っ」

ふたりきりのせいか、サイラスの言動により遠慮が無くなった気がする。

出会った頃の彼の性格を考えればこれが本来の姿だろう。ここでは他人の目もないし、サイラスは猫を被る必要がない。

これ以上動揺を見せれば、ますますからかわれるだけだ。

ライラは半歩距離を取ると、つとめて平静を装った。

「お生憎様《あいにくさま》。そんな格好のサイラスに、いまさら意識するわけないでしょ」

侍女姿を揶揄《やゆ》すると、サイラスの声が一段低くなる。

「へえ、だったら試してみるか？」

「え……」

ふいに腰に腕がまわされ、ぐっと硬い胸に引き寄せられた。

慰めのときのやさしい抱擁とは違う、荒々しく強引な振る舞いに思わず息を呑む。

「じょ、冗談が過ぎるわよ」

こんなことをされたら、否が応でも異性であることを意識してしまう。

体を押し返そうとするが、彼の腕がそれを許さない。放すどころか体をますます密着させて、ついに耳たぶへ唇を寄せたかと思うと、熱い吐息を吹きかけながら煽《あお》る言葉を注ぎこんできた。

「大人しくしろ。いい加減、子どものお守りには飽き飽きしているんだ。おまえも少しは成長しろよ」

そのまま耳朶《じだ》を甘噛みされて、淡い産毛が逆立った。

ぞくりと名状しがたい感覚が、首筋から尾骨、そこから四肢の先へと一気に駆け抜ける。

「や、やめて……」

初めての感覚に戸惑っていると、男の舌が耳裏をかすかに舐めた。

「あ……」

思わず声を漏らすと、熱い吐息が耳をくすぐる。

「敏感だな。噛むより舐めるほうが反応がいいようだ」

しっとりした囁きに続いて、男の唇が耳たぶを挟む。そのまま耳輪《じりん》を縁取るように舌をゆっくり這わされると、背筋にぞくぞくと痺れが生じた。

「ん、っ……」

このまま放っておけば、サイラスはさらに悪戯《いたずら》を繰り返すだろう。

こちらが謝罪か降参するまで、決して止めはしないはずだ。

――それなら絶対に折れてやるものですか。

「……ぅ……」

時々意固地になりがちなライラの性格を見越しているサイラスは、耳を舐め続けた。くちゅくちゅと淫靡な水音にライラが首を竦めると、頭の後ろに手をやって逃げ道を塞ぐ。

「降参する気になったか？」

勝ち誇った声がして、ライラはとっさに目の前にあった耳に齧《かじ》りついた。

「痛……っ」

ふい打ちを受けたサイラスは、不快感に眉をひそめながら耳に手を当てて体を起こす。

そんな男にライラはきっぱり言い放った。

「そんなことしても無駄よ。意識なんてするものですか」

「ふうん」

サイラスの顔から笑みが消え、射るような眼差しとともにふたたび体が迫ってくる。

男の目に浮かぶ好戦的な光に本能的な危険を感じた。

ライラがじりじり後退すると、壁際まで追い詰められてしまった。

いまの状況を踏まえれば、サイラスに対して緊張感と警戒心を持つべきなのだろう。

けれどライラの目には、出会った頃の少年の姿が重なる。

さすがにいまほどちょっかいは出されていないが、出会った頃に戻れたようでなんだか懐かしい。あの頃はまだ明確な身分差など考えずにいられた。

「ずいぶんと余裕だな」

思い出に頬を緩めたライラを、彼は違う意味でとらえたらしい。

「これ以上なにもしないと思っているのか？」

苛立つ姿を目の当たりにして、ライラの顔から笑みが消える。

幼い頃の関係に戻れたかと思ったが、どうやらそれは勘違いだったようだ。

うまく言葉にできないが、以前のサイラスとは違う。おなじようでなにかが違っていた。

「もう逃げられないぞ」

壁についた両手がライラを囲う。サイラスはじぶんを捕らえたまま、真剣な表情で顔を寄せてきた。

「……っ」

キスの予感に思わず目をつむる。

頭に浮かぶのは、出会ったときの彼とのキスだ。あれはお互いにとって不測の事態だった。

けれどいまは明確な意志を持って、サイラスがじぶんにキスしようとしている。

――こんなことはありえない。

未婚の身で、それも執事とキスするなんて決してあってはならないことだ。たとえ意地悪の延長でも、さすがにこれはやり過ぎだ。確か妹は、身分差を理由にサイラスから拒絶されたと言っていた。だとしたらいま彼がやろうとしていることはなんだろう。

いまなら間に合う。逃げるか降参すれば、きっとサイラスもこれ以上悪ふざけはしないはずだ。

理性と常識が警告を発しているのに、なぜかライラは動くことができずに瞼を閉じてしまっている。これではまるで彼からのキスを待ち望んでいるみたいだ。

「ライラ様、いらっしゃいますか？」

そのとき、ノックの音とともに声がして、ライラははっと我に返る。

目を開けると、端整な顔がすぐそこまで迫っていた。

「す、少しお待ちいただけますか。いま着替えをしている最中で」

ライラが慌てて返事をすると、サイラスはため息をひとつ吐き、すぐに気持ちを切り替えたようだった。頭にかつらを被り直すと、鏡の前で全身をチェックする。

サイラスが目で合図したのを見て、ライラも無駄に乱れのない髪を撫でつけながら扉を開けた。

「お待たせしました」

「こんにちは」

廊下にいたのは、小柄でそばかすの目立つ二十代くらいの修道女だ。

「私はシスターカーラ、皆さんの講師を務めます。皆さんにご挨拶がてら、明日から使う教本をお配りしています」

「ご丁寧にありがとうございます」

ライラが礼を告げると、侍女姿のサイラスが横から手を伸ばして教本を受け取る。

「こちらは私がお預かりいたします」

シスターカーラはサイラスを一瞥《いちべつ》しただけで、すぐにライラに問いかけてきた。

「馬車のトラブルで遅れて到着したと聞いていますが、説明会の場所は聞いていますか？」

「いいえ、伺ったのは開始時間だけです」

「ああ、やっぱり。急きょ場所を変更したものだから、修道院長はご存じないの」

シスターカーラが苦笑する。

「説明会は談話室で行います。今日のところはなにも持たずにお越しください」

「わかりました」

ライラが頷くと、シスターカーラが改めてサイラスを上から下まで見下ろした。

まさか、男だと気づいたのだろうかと青ざめていると、シスターカーラが感心したように呟いた。

「貴女はずいぶんと背が高いのね」

「ええ、それが悩みの種ですわ」

サラが笑顔で応じると、シスターカーラも微笑みを返しながらライラに言った。

「彼女なら練習相手にぴったりね」

「はい、彼女とならダンスの練習も捗《はかど》ります」

隠しおおせたことに安堵して、ライラが適当に相づちを打つと、なぜかシスターカーラが困惑の表情を浮かべる。

なにかおかしなことでも言ったのだろうか。

ライラが戸惑っていると、シスターカーラがさらに首を傾げた。

「あら、この部屋おかしいわね。どうしてここだけベッド数が」

「シスターカーラ」

突然サイラスが口を挟む。

「お気づきだと思いますが、ライラ様は年のわりにまだ幼いところがおありで」

「え、ああ、そのようですね。ここでの生活に一日でも早く馴染めるよう祈っています」

「ありがとうございます。私も手ほどきのし甲斐がありますわ」

なにやら意味深なふたりの会話に不穏な空気を感じてしまうのは気のせいだろうか。じぶんの発言で失笑を買ったことも、わずかながらプライドを傷つけられた。

シスターカーラが立ち去ると、ライラはすぐにサイラスに詰め寄った。

「ねえ、さっきの会話はなに？　練習相手ってなんなの？」

どうもじぶんが思っている花嫁修業と違うような気がする。

けれどサイラスはシスターカーラが訪ねてくる直前のやりとりのことで腹を立てているのか、ライラに冷ややかな一瞥をくれた。

「答えが知りたいなら説明会まで待つんだな。おれはいま忙しい」

そう言ってサイラスはクローゼットを開けると、指や腕を使って内寸を測りだした。

「なにしてるの？」

「じき荷物が届くだろうから、それまでに収納量の確認をしておこうと思ってな」

仕事熱心なのは結構だが、ライラにしてみれば話を逸らされたようで釈然としない。

「そんなことよりさっきの話の続きだけど……」

問いただそうとすると、またもやノックの音に邪魔をされる。

「残念、話は終わりだ」

サイラスが澄まし顔で扉を開くと、小間使いの女性ふたりが荷物を運び入れてきた。

「その荷物、重いでしょう。あとは私がやりますわ」

ふたりがかりで運んできた荷物を、サイラスが軽々と持ち上げて奥に運び込むと、小間使いたちが感嘆の声を上げた。

「ずいぶんと力持ちなんですね」

「助かりました」

それを聞いてライラは思わず尋ねてしまう。

「玄関ホールの荷物は皆さんで運ぶのですか？　誰か手伝ってくれる男手はないの？」

「ここは修道院内の寄宿舎ですから、男性を出入りさせるわけにはいかないのです。だから私たち含め七人でなんとかするしかないんです」

「それは大変ね」

「お嬢様、それでしたら私が彼女たちのお手伝いをしますわ。そうしてもよろしいでしょうか？」

笑顔のサイラスが許可を求めてくる。

半分親切心から申し出ているのだろうが、実際はライラの質問をかわすための口実のような気がしてならない。

そうはさせるものかと思うけれど、思いがけない助っ人の登場に喜ぶ小間使いたちの期待に満ちた表情を見ていると、ここで反対するわけにもいかない。

「え、ええ、いいわよ。彼女たちを手伝ってあげて」

小間使いたちは手を取り合って喜ぶ。

「ありがとうございます、お嬢様。しばらく侍女の方をお借りいたします」

ライラは小間使いとともに出ていくサイラスを見送ると、肩から脱力した。

「なんだかうまくはぐらかされた気がするけど……まあ、いいわ」

同室の強みは一時的に逃れられても、結局はここに戻るしかないということだ。

「後できっちり問い詰めてやるから」

ライラは時間を潰すために荷解きを始めた。

一時間後、ひとりで指定された談話室に入っていくと、長机の前方から席が埋まっていた。どうやら入室順に着席しているらしい。ライラは右側後列の空席へと歩み寄った。

「お隣よろしいですか？」

先に着席していたブルネットの美女に声をかけると、冷ややかな視線を浴びる。

華やかな巻き毛に気の強そうな面差し。コルセットで強調された豊満な胸と細い腰。その肉感的な容貌と体は、令嬢たちの中でもとりわけ目立っていた。

過剰な色気と感じの悪さも相まって、彼女にはどこか近寄りがたい印象がある。どうりで彼女の隣だけ空席があるわけだ。

ライラは愛想笑いをしつつ反対側の列を窺ったが、すでに席が埋まっていて、ここしか座るところがない。

仕方なく返事をもらえないまま美女の隣に着席すると、それから数分後、十人目の令嬢が部屋に入ってきた。

「お隣、よろしいですか？」

鳥が囀《さえず》るような可愛らしい声に、ライラは「どうぞ」と笑顔で応じる。

「クラリスです、どうぞよろしくお願いいたします」

淡い金髪のクラリスは、妹のマイラを彷彿とさせる愛らしさを持った美少女だった。

「はじめまして、ライラです。こちらこそどうぞよろしく」

自己紹介していると、右隣の美女が唐突に会話に加わってきた。

「ライラって、一位で通過した？」

「え、ええ」

「ふうん……」

巻き毛の美女は値踏みするようにライラを見ると、勝ち誇ったように顎《あご》を反らす。

「見たところ赤髪と紫の瞳以外、これといった特徴はないわね。それにバーネット家？あまり聞かない家だけど、田舎貴族だけあってどうやら体だけは頑丈みたいね」

含みのある言葉に、ライラは苦笑いを浮かべた。

「あの、貴女のお名前を伺ってもいいかしら？」

場が和むような口調でクラリスが尋ねると、巻き毛の美女が心外だと言わんばかりに眉を寄せて答える。

「私を知らないなんて、貴女も田舎者なの？　私はアビントン公爵の娘、アンバーよ」

「まあ、名家でいらっしゃるのね。噂通りにお美しい方だわ」

素直な賛辞に気を良くしたのだろう。アンバーは自慢げに胸を反らすとなおも続けた。

「私の家は美人の家系なの。大叔母様やお母様も、昔プレマリアージュに参加して、最終選考まで残ったことがあるのよ」

「まあ、すごい」

身内に経験者がいるのなら、アンバーも修道院での生活について多少なりとも知っているに違いない。

「もちろんアンバー様は、ここでなにを学ぶかご存じよね？」

「当然でしょう」

アンバーは見下すようにライラを見る。

「ここにいる令嬢のほとんどは、事前にある程度の情報を摑んでいるわ」

「そういうものなの？」

ライラは目を丸くする。

隣のクラリスも驚いていないところを見ると、なにも知らずに二次審査に残っているのはライラだけなのかもしれない。

「でも、確か誓約書には家族にも漏らすなと書いてあったわよね？　どうやって情報を得たのかしら？」

「貴女、馬鹿なの？」

心底呆れたようにアンバーが目を細める。

「たとえ秘匿扱いにしたところで、身内に経験者がいればアドバイスくらいするわよ。事前に対策を立てられたら、それだけ審査に残る確率が上がるでしょ」

言われてみれば確かにそうだ。ある程度予測できれば、ライラのように王都に来てから慌てて侍女を手配するような事態も起こらないだろう。

「一位通過と聞いて貴女のことを少し警戒していたけれど……その様子だと心配ないわね。一次はまぐれで残れたとしても、次からの審査ではそれなりの才覚と努力が必要だもの」

それからアンバーは、ライラとクラリスを見比べながら批評を始めた。

「クラリスは……まあ最終選考に残ってもおかしくないわね。だけどライラ、貴女は家柄も容姿も十人並み。良くても中の上といったところね。それでよく一次審査に通ったものだわ」

「はあ……」

的外れとまでは言わないが、さりげなく貶《けな》してくるのはなぜだろう。

けれど思ったほど彼女の言葉でダメージを受けなかったのは、普段からサイラスの毒舌を浴びて耐性ができているからだ。とはいえこれ以上は勘弁して欲しい。

そう思っているところへシスターカーラがやってきて、令嬢たちのお喋りがピタリとやんだ。

シスターカーラは講壇の正面に立つと、左右に居並ぶ令嬢たちを見渡した。

「挨拶は省略して、さっそく明日からの予定をお伝えします。週末をのぞく朝九時から正午まで、この談話室で座学を行います。それ以外は自主学習となりますが、二次審査が終わるまではこの修道院から出ることはできません」

ただし、とシスターカーラが笑顔を見せる。

「審査前には、皆さんの歓迎会をかねた仮面舞踏会が開かれます。このときだけは城への外出が許されます」

「そこにエリック殿下もいらっしゃるのですか？」

皆を代表するようにアンバーがすかさず挙手をして疑問を投げると、令嬢たちの期待のこもった視線がシスターカーラに集まった。

上流貴族の令嬢といえど、よほどのことがない限り王族と顔を合わす機会などない。けれどプレマリアージュで婚約者候補となったからには、未来の夫の姿をひと目でも見たいと思うのは当然だろう。裏を返せば王子の側も、令嬢たちを確認できる場になるのだ。

シスターカーラはもったいぶった沈黙の後、にこりと微笑む。

「もちろんエリック殿下も参加されますよ」

答えを聞いた途端、室内が一気に騒がしくなる。

反応が薄いのはじぶんとクラリスだけのようだ。そんなクラリスを見て、なんとなく彼女に好感を覚えてしまう。

「お静かに」

片手を挙げて、シスターカーラが場を収める。

「舞踏会の前に、皆さんにはやるべきことがありますよ。まずは明日からの講義に備え、配布した教本の序章のところまで一読しておくように。それでは、七時の夕食まで、今日のところは解散とします」

舞踏会への期待に浮き立ったまま、アンバーやほかの令嬢たちが自室へと引き上げていく。そのうちの何人かはシスターカーラを取り囲むと、講師の機嫌を取るようにとりとめのない会話を始めていた。すでに女たちの競争は始まっているようだ。

ライラは椅子に腰かけたまま、シスターカーラがひとりになるのを待っていた。

なぜなら一番聞きたいことについて、一切の説明がなかったからだ。いったいこの修道院でなにを学ぶというのだろう。

「ライラ様はお部屋にお戻りにならないの？」

一度立ち去りかけたクラリスがふたたび戻ってライラに声をかけてきた。

「じつはわたし、プレマリアージュについてよくわかっていないの。できればここで学ぶ内容について、シスターカーラから話が聞ければと思うのだけれど……」

「それでしたら、私が教えて差し上げますわ。と言っても、私も全部知っているわけではないですけれど」

「いいの？　ここへ来たばかりでお疲れでは？」

「私は大丈夫ですわ。それにライラ様とはもっとお話がしてみたいですし」

「ええ、そうね。わたしも同感だわ」

ライラが瞳を輝かせると、クラリスが目で扉を示す。

「ひとまずここを出ませんか？　私の侍女は荷物の片づけに追われているでしょうから、ふたりきりでお話ができる場所に移動しましょう」

「でしたら散歩に出ませんか？　ここには池があるそうですよ」

「まあ素敵、喜んでお供いたしますわ」

連れだって談話室を出ると、寄宿舎の玄関ホールは山積みの荷物と人混みに溢れていた。

やはりこれほど大量の荷物を、女性の小間使いだけで運ぶには限界があるようだ。

そのせいか荷物の到着が遅いと痺れを切らした令嬢たちにでも命じられたか、荷物を抱えた侍女たちがライラたちの前を往き来している。

その様子を眺めながら、ライラはあることに気がついた。

「なんだか長身の侍女が多いみたい」

サイラスほどではないにしろ、ほかの令嬢たちの侍女も女性にしては背が高く、なんとなく中性的な顔立ちをしている。

この様子ならサイラスが悪目立ちすることもないだろう。

内心ホッとしていると、クラリスがうんざりしたようにため息を吐いた。

「ここでの役割を考えると、自然とそういう侍女が選ばれるのです」

「役割？　それってどういう……」

尋ねかけたとき、ふいに背後から声がかかった。

「ライラ様」

「サイ……いえ、サラ。どうしたの？」

サイラスはライラに近づくと、隣のクラリスを気にしてか、控え目な口調で言った。

「お嬢様のお荷物はすべて運び終えたのですが、そのまま皆さんの荷物運びを手伝うことになってしまって、部屋に戻るのが遅くなってしまいそうなのです」

　それならじぶんも気兼ねせずに外へ行ける。

　ライラがクラリスと散策に出かけることを伝えると、サイラスは警戒するように彼女を見た。クラリスがじぶんに危害を加えないか心配しているのだろう。

「失礼ですが、マクドナル伯爵家のクラリス様でしょうか？」

「ええ、私のことをご存じなの？」

「いえ、お目にかかるのは初めてです。ただ先ほど、クラリス様の侍女の方を手伝って二階へ荷物を運んだものですから」

「まあ、ご親切にありがとう。感謝しますわ、ライラ様」

　手伝ったのはサイラスだが、クラリスは当然のようにライラに礼を言う。

「わたしは別に……」

　クラリスほど気立てがよくても、使用人は主に仕えて当然という環境で育つと、謝辞の相手は使用人ではなくその主人へと向けられる。それが貴族の日常で、普通のことなのだ。

　いまでこそライラは不自然に感じるが、それはバーネット家が困窮して、使用人のいる有りがたみに気づかされたからだ。

　貴族としては変に思われるかもしれないが、できればじぶんは誰に対しても感謝できる心を持っていたい。貴族としての当たり前が、人として正しいとは限らないのだ。

「クラリス様、よければサラにもお礼を言ってもらえる？」

遠慮がちに頼むと、クラリスは「そうですわね」と素直に感謝を示した。

それを見たサイラスが彼女に対する警戒心を解くのがわかった。どうやらクラリスの気立ての良さが伝わったらしい。

サイラスは快く、ライラたちを玄関先まで見送ってくれた。

寄宿舎を出た途端、殺風景な外壁が迫ってくる。そういえばここは外と隔絶された場所なのだ。

「私たち、籠《かご》の鳥ですわね」

クラリスもおなじ印象を抱いたようだ。

ライラたちは自然と壁に背を向けて、寄宿舎と修道院のあいだを通る遊歩道へと足を進めた。

歩いていくうちに建物や壁が遠ざかり、整備された遊歩道も途切れたあとは、小さな森に囲まれた自然な道が続く。

自然——とは言っても獣道や杣道《そまみち》のようなものではなく、それなりに人の手が入っているので女性の足でも歩きやすい。

やがて木立を抜けると、森に囲まれた小さな池が現れた。

その池を取りまくように芝生が敷かれ、葡萄《ぶどう》棚を利用した小さな四阿《あずまや》や、池の四方にベンチが用意されている。

ライラたちはそばにあった木陰の下のベンチで休むことにした。

「ここまでくると壁も気になりませんね」

「そうですね」

クラリスの言葉に、ライラは上の空で応じる。プレマリアージュの話題をいつ切り出そうかと考えていたからだ。

ところが、並んで水辺を眺めていたクラリスの瞳から突然涙が溢れた。

「ど、どうしたのクラリス様？」

彼女の着ているピンクのドレスに、落とした涙の分だけ濃い染みができる。

「どこか痛いの？　目にごみでも入ったとか？」

ライラが慌てると、クラリスは両手で顔を覆いながら首を左右に振った。

「いいえ、違います。驚かせてごめんなさい」

ライラがレースのハンカチを差し出すと、クラリスはそれを受け取って涙を拭った。

「具合が悪いのなら侍女を呼んできましょうか？」

もしも持病があるなら、侍女が薬を持っているはずだ。

「いいえ、侍女はだめ」

立ち上がりかけたライラを押し止めると、クラリスは悲痛な表情を見せる。

「彼女はお父様の命令で、私のことを見張っているのです」

「見張る？　どうして？」

ライラが座り直すと、クラリスは迷う素振りを見せた。

「わたしでよければ話を聞くわよ。正直に打ち明けると、わたしはプレマリアージュなんて興味ないの。できればさっさと審査に落ちて、王都観光に出かけたいくらいなのよ。だからここでクラリスの話を聞いても、貴女を蹴落とすようなことはしないわよ」

その言葉に安堵したのか、クラリスは重い口を開いた。

「じつは私もライラ様とおなじような考えなのです。でも、お父様の命令で強制的に参加させられてしまって……」

「それで逃げないように、侍女に見張られているのね？」

クラリスは弱々しく頷く。

「ライラ様もお父様の命令で参加しているのですか？」

「いいえ、わたしの場合は強制というより成り行きね。妹に婚約者がいるの」

「婚約者……」

クラリスは顔を覆うと、ふたたび肩を震わせる。

「ごめんなさい……私も恋人のことを思い出してしまって……」

「それじゃあ、クラリス様にはお付き合いしている方がいるの？」

クラリスはしゃくりあげながら、ぽつりぽつりと話しだした。

「彼は幼なじみの、伯爵家の長男なんです」

それなら身分上なんの問題もないはずだ。

「結婚を反対でもされているの？」

「いいえ。ただ、婚約の許しを得る前にプレマリアージュの招待状が届いてしまって……」

妹と似たような状況に同情してしまう。

「クラリス様のほかに参加できる姉妹はいなかったの？」

「あいにく未婚の令嬢は、私ひとりだけなのです」

「それはタイミングが悪かったわね。それでお相手の方はどうされたの？」

クラリスはハンカチで涙を拭いながら鼻をすんっと鳴らし、いっそう顔を曇らせた。

「ふたりで話し合って、プレマリアージュに参加せずに済むよう、既成事実を作ろうとしたのです」

「既成事実？　それって……」

「婚前交渉です」

「こ……っ」

儚げな印象と違い、クラリスは意外と情熱的なようだ。

「王都に出発する前日、夜中にこっそり彼を私の部屋へ招き入れたのですが……いざ裸の彼を目の前にすると怖じ気づいてしまって……」

ふと今夜眠るベッドのことを思い出した。

おなじベッドで眠ると言っても、サイラスは恋人ではないし、クラリスと違って置かれた状況も違う。

とはいえ、ひとつベッドで異性と横になる緊張感だけは理解できる気がした。

「それで、どうしたの？」

「私は彼を残して部屋から飛び出してしまったのです。だって私、男の人の体があんなふうになるなんて思ってもみなくて……」

「そ、そうなの」

あんなふうとは、どんなふうなのだろう。

恋愛経験のないライラにとって、異性と過ごす夜のことは未知の世界だ。

「よくわからないけれど、誰だって最初は怖じ気づくものだと思うわよ」

「そう、ですわよね」

クラリスはほっとしたように息を吐く。

「あの夜にシスターカーラの教本があれば、逃げ出さずに済んだと思うのですけれど」

そういえば教本はサイラスが受け取っていたので、ライラはまだそれに触れてもいない。

「あの、じつはわたし、クラリス様以上に男性に免疫がないの。それにここでの花嫁修業がどんなものかもわかっていなくて、とても不安に思っているの」

「お気持ち、お察ししますわ」

クラリスはライラの手を取ると、その手をぎゅっと握り締めた。

「わたしも二年前まで、プレマリアージュのことすらまったく知りませんでした」

「二年前？」

「はい。その年は、私の姉がプレマリアージュに参加する予定だったのです」

「え、でもエリック王子は今年十六歳になられたのでしょう？」

「ライラ様はご存じないのですか？」

クラリスが涙の乾き始めた瞳をわずかに見開く。

「エリック王子には、お兄様がいらっしゃるのよ」

確かサイラスの説明だと、王位継承権のある王子は十六歳で婚約して、十八歳で結婚する慣わしだと言っていたはずだ。

二年前にプレマリアージュが行われて婚約者がいるのなら、第一王子はすでに妻を迎えていてもおかしくはない。

「だけど第一王子が王太子妃を迎えたなんて話、聞いたことがあったかしら？」

いくらライラが社交界に顔を出さず噂に疎いほうだとしても、さすがに王族関連の話であれば家族が話題にしているだろう。

「これはお父様から聞いたのですが……」

外聞をはばかる内容なのか、クラリスが声をひそめる。

「なんでも第一王子はプレマリアージュの開催前に重い病気に罹《かか》られて、いまも人前に出られない状態だそうです。ですから今回のプレマリアージュを機に、第二王子のエリック様に王位継承権の一位の座が移るのではないかと憶測が飛びかっているのですわ」

「なるほど。それで有力貴族がこぞって娘を参加させようとしているのね」

だから一次審査のときから、令嬢たちは気合いの入ったドレスを着ていたのだろう。

一位通過したじぶんに、アンバーが敵意を向けてくるわけだ。

「そういう事情もあって、お父様はお姉さまの分まで今回のプレマリアージュに期待をしているのです」

確かにじぶんの娘が第二王子の婚約者になって、次期王太子の妃ともなれば地位も名誉も安泰だろう。

ライラの父も人並みの出世欲くらいはあるだろうが、クラリスの父親とは違い、ライラになんの情報も伝えていないところを見ると、単純に国王への忠誠心を示すために参加を促しただけなのだろう。

でなければ王都に出発する前に、もっとライラにあれこれ指図したはずだ。

「今回の婚約者選びには、当然跡継ぎ問題が絡んできます。だから修道院の花嫁修業では、とくに夜の作法について重点が置かれるようです」

「夜の作法？」

ぴんとこないでいると、クラリスがもじもじしながら補足する。

「つまり男女の営みについて学ぶということですわ」

「え！　あ、ああ……」

ライラは頬を染めながら、じぶんがしていた勘違いにようやく気がついた。

だからサイラスとシスターカーラに、幼いなどと揶揄されたのだろう。

「ですからアンバー様のように、プレマリアージュについてなにかしらの情報を得ている貴族は、娘の二次審査に特別な侍女を同行させているのです」

「特別な侍女？」

理解の及ばないライラのために、クラリスは恥じらいながらもずばりと言った。

「で、ですから、男女の営みに精通していて、性行為にも経験豊富な侍女のことですわ」

言葉としての意味は理解できても、具体的なこととなるとイメージが湧かない。

ライラにとっての性行為は、好きな相手とキスをして裸のままベッドに横になり、彼の腕枕で朝を迎えるというものだ。その途中になにがあるのか一切の知識が欠如していた。

「そ、その、夜の作法についてシスターカーラが講義を行うってことなのね？　どうして講義を受けるのに、経験豊富な侍女まで同行させるのかしら」

「それはつまり……」

神妙な顔でクラリスが答える。

「王子の婚約者としてふしだらな令嬢は相応しくありませんが、かといってあまりに純朴だと、私と恋人の初夜のように散々な結果になってしまうということですわ」

苦い一夜を思い出したのか、クラリスが深いため息をつく。

「現にあの夜を境に、彼との関係はとても気まずくなってしまいました。彼とまともに話ができないまま、私は修道院に入ったのです。愛し合うふたりでもそういうことが起きるのですから、ほぼ初対面の王子と初夜を迎えることになれば、どんな悲劇が起こるかわかりません。ですから座学としての知識をシスターカーラに学び、より実践的なことを同性の侍女から習うというわけです」

「そ、そうなんだ……」

だから令嬢たちに同行している侍女は、その役割から中性的だったり妙な色香を持ったりしている者が多いのだろう。

クラリスは暗い顔のまま話し続けた。

「一次審査を通過した翌日、彼から手紙が届いたのですが……」

「仲直りできたってこと？」

別れ話ではないことを祈りつつ、ライラはクラリスの返事を待った。

「いいえ……彼は私の態度に深く傷ついたそうです。それに一次審査を通過したと聞いて、今後もしも私が王子の婚約者に内定したら、潔く身を引く覚悟だと書いてありました」

「そんな……」

ふたりの立場を考えると胸が締めつけられる。

クラリスは親の言いつけに背けず、恋人も王家に逆らうことはできない。どんなにふたりが愛し合っていても、乗り越えられない壁がある。

それが現実だとわかっていても、ふたりに別れて欲しくないと思うのはまだ本当の恋を知らないからだろうか。いつか読んだことのある恋愛小説のようにクラリスには幸せになって欲しい。

「きっと大丈夫」

ライラはクラリスの手にじぶんの手を重ねた。

「まだなにか方法があるはずだわ」

クラリスが期待するような眼差しでライラをじっと見つめてくる。

その期待に応えようと、ライラは彼女のためにアイディアを練った。

「ようは審査に落ちて、婚約者にならなければいいのよ」

「そうですわ！」

単純な解決法だが、悩んでいるときはそんなことにも気づかないものだ。

クラリスの暗かった表情に、ようやく笑顔が戻る。

「それに修道院で学ぶことは、恋人と今後結婚するときに生かせるはずよ」

「確かに仰るとおりですわ。知っておいて損はありませんものね」

クラリスもライラの手を握り返すと、その細い指にぎゅっと力を込めた。

「私たち、好きな相手と結ばれるために全力で婚約を回避しましょうね」

「え、わたしたち？」

ライラが戸惑っていると、クラリスが不思議そうに首を傾ける。

「だってライラ様もどなたか心に決めた方がいらっしゃるから、王子との婚約に興味をお持ちじゃないのでしょう？」

「それは……」

なぜだか一瞬、サイラスの顔が頭をよぎった。

どうしてこんなときに執事の顔を思い出すのだろう。

ライラは動揺しながらも、急いでクラリスの誤解を訂正した。

「わたしはクラリス様と違って、特定の相手なんていないわ」

「それでしたら王子と婚約されてもよろしいのでは？」

「え……」

「だって私たち、結局は親の決めた相手と結婚することになるのですよ。だとしたら相手は王族のほうがご家族も喜ばれるのではないでしょうか」

結婚の言葉に、またしてもサイラスの顔がちらつく。

確かにクラリスの言うとおり、決まった相手がいないのなら誰と婚約してもおなじはずだ。第一サイラスはバーネット家の執事で、この先なにがあっても結婚の対象にはならない。それなのにどうして彼の顔を思い出したりするのだろう。

そもそもじぶんが社交界を避けていたのは、本当に家が困窮していたからだろうか。

ライラは無意識の正体を確かめたくて、クラリスにわだかまったものを吐き出してみることにした。

「じつは……妹に指摘されて、ちょっと気にかかる相手がいるのだけれど……」

ライラは当たり障りのない範囲で、身近にいる男性がライラから求婚者を遠ざけようとしていたことと、プレマリアージュの参加を反対されていた経緯、それに対する妹の推測について話して聞かせた。

「妹さんの仰るとおりですわ」

すべてを聞き終えたクラリスは、意外にもマイラの意見に同調する。

「私もその男性は、ライラ様に好意を持っているように思います」

「ま、まさかそんな……だってその人、わたしよりも妹のことを褒めたりするのよ」

慌てて否定すると、クラリスが語気を強める。

「だとしたらなぜその方はプレマリアージュを辞退しろと仰るのですか？　ライラ様にとって悪い話ではないはずです」

「それは……」

言われてみると、審査に落ちるよう積極的に勧めてくる理由がわからない。

貴族の家では、より身分の高い貴族に娘を嫁がせることが推奨される。執事の立場からしても、仕える家の繁栄は望むべきものであって忌避することではない。

「じぶん以外の男性をライラ様から遠ざけているということは、その方が間違いなくライラ様にご執心だからですわ」

どきりと、胸の高鳴りに重なるように目の前の池で魚が跳ねた。

――サイラスがわたしのことを想ってくれている？

否定しようと思うのに、水面《みなも》に広がる水紋《すいもん》のように、もしかしたらという思いが次々と押し寄せてくる。しかも妹だけでなくクラリスにまで断定されると、ただの勘違いだと笑い飛ばすこともできない。

なによりサイラスから好意を持たれていると思うと、素直にうれしいと感じてしまう。誰だって相手から嫌われるより、好意を持たれたいと願うはずだ。

けれど期待が膨らむ分だけ、気持ちはどんどん下降していく。

うれしいことなのに、どうしてこんなにも気が滅入ってしまうのだろう。

「ライラ様」

聞き覚えのある声にどきっとしながら振り返ると、そこには侍女姿のサイラスと、見慣れない侍女が立っていた。

「お話中に失礼いたします」

「ど、どうかしたの？」

動揺のあまりサイラスの顔をまともに見ることができない。ライラはとっさに視線を逸らした。

「クラリス様の侍女が探していらっしゃったので、ここまでお連れいたしました」

どうやらサイラスの隣にいた一重の女がクラリスの侍女らしい。

「クラリス様、お約束をお忘れですか？」

険《けん》を孕んだ声に、クラリスの肩がビクっと反応する。

「外出されるときには、必ず私に声をかけるよう申し上げたはずです」

クラリスは下唇をわずかに噛むと、おずおずと立ち上がった。

「……次からは気をつけるわ。そうでないと、私を見張るよう言いつけられた貴女の立場がないものね」

彼女にしては辛辣な言葉だが、見張られているうえに自由まで奪われてしまっては、苛立つ気持ちもよくわかる。

「ライラ様、また今度お散歩に付き合ってくださいますか？」

「もちろんよ」

「ハンカチはそのときお返ししますわね」

侍女に追い立てられるようにクラリスが立ち去ると、サイラスが呟く。

「どうやら訳ありのようだな」

「……クラリス様には恋人がいるのに、お父様の命令で強制的にプレマリアージュに参加させられているの」

「侍女はお目付役というわけか」

「ええ……」

遠ざかる背中を見送りながら、ライラは物思いに沈んでいた。

審査に落ちさえすれば、クラリスには恋人との明るい未来が待っている。

けれどじぶんは家に戻っても、遅かれ早かれ親の決めた相手と婚約することになるだろう。そして婚約や結婚を機に相手の家に移ることになれば、サイラスと顔を合わすことも無くなる。

――サイラスと離れる。

家の問題にばかりかまけて、直視せずに済んでいた現実が急に目の前に迫ってきた。

この先わたしはどうしたいのだろう。わたしにとってサイラスの存在はなんなのだろう。

無意識に彼の横顔を見つめていると、ふいにサイラスがこちらを向いた。

「どうかしたのか？」

「い、いいえ、別になにも」

もの問いたげな視線を感じ、ライラは我に返る。

「私たちも部屋に戻りましょう」

いずれ訪れる、避けられない未来。着実に忍び寄る暗い現実から逃れるように、ライラは足早に散歩道を歩いた。

部屋にいても気詰まりにならなかったのは、サイラスが侍女たちだけを集めた寄宿舎生活の説明会に出かけたからだ。

食事も侍女とは別になるため、夕食を終えてもすぐにふたりきりになることはない。

それでも就寝時間が近づくにつれ、ライラは次第と落ち着かない気分になっていた。

これからの二週間、毎日この部屋で彼とほぼいっしょに生活することになる。そう思うと、昼間はさほど気にならなかったベッドの存在感がいや応なしに増してきた。

夕食後いったん戻ってきたサイラスだったが、またすぐに出かけてしまい、教本の在処がわからずライラは手持ち無沙汰に過ごしていた。

夜の八時が近づいた頃、小間使いふたりが部屋を訪れる。

猫脚のバスタブに湯を張るため、桶《おけ》でお湯を運んできたのだ。季節的に水浴びでも問題ないが、やはりお湯のほうが石鹸《せっけん》の泡立ちもいいのでありがたい。

小間使いが湯加減を調整しているところにサイラスが戻ってきた。

するとそのことに気づいた若いほうの小間使いが、サイラスに近づいていく。

「あの、侍女のサラ様でしょうか？」

「ええ、なにか？」

「少々よろしいでしょうか？」

ふたりは部屋の隅で言葉を交わし、小間使いがサイラスになにかを手渡していた。

――なにを話しているのかしら。

気になってチラチラ様子を窺っていたが、さすがに会話の内容まではわからない。

小間使いが部屋を出ていくと、サイラスはすかさず言った。

「ライラ、湯が冷めないうちに早く風呂に入れ」

「え、あ、うん」

サイラスが用意してくれた寝間着と体を拭くための布を持って衝立の裏に移動すると、服を脱ぎ出すタイミングを見計らったようにサイラスが部屋を出ていく。

ライラが入浴するあいだ席を外そうと考えたのか、それともさっきの小間使いを追ったのかどうか気にかかるが、いまは確かめようもない。

思えばサイラスだって結婚していてもおかしくない年齢だ。

バーネット家では浮いた話を聞いたことはないが、猫を被っているときの彼は見目麗しく人当たりも良いため、つねに女性たちから熱い視線を浴びていた。

もしかしたらライラの知らないところでロマンスのひとつやふたつあったとしてもおかしくはない。

そんなふうに考え始めると、胸がざわついて嫌な気分になってしまう。

「ああ、もう！　サイラスがおれを意識しろなんて、変なちょっかい出してくるからよけいなことを考えてしまうじゃない」

耳を舐められたときのことを思い出し、ライラは急いで服を脱ぐと、浴室に入るなり髪と体を無心に洗った。

そうすることでもやもやした感情を洗い流そうとしたのだが、いくら体を磨いても内側までは届かない。

急いで風呂をあがるのも癪《しゃく》で、バスタブにゆっくり浸かってから浴室を出て着替えを済ませたが、サイラスの姿はまだ室内になかった。

「わたしに遠慮してどこかで時間を潰しているのかしら？」

あれから一時間近く経っているに、まだ戻っていないようだ。

「サイラスがいないと教本の場所がわからないから、予習ができないものね」

探しにいく言い訳をするみたいに、ライラは声を出しながら寝間着の上にローブを羽織った。

この格好で部屋を出るのははしたないが、寄宿舎には女性しかいないし、ちょっとそこまで様子を見に行くだけでドレスに着替えるのも妙な気がした。

これ以上サイラスにからかいの材料を与えたくない。

ライラは部屋を出ると、一階の食堂や厨房に続く廊下を覗いてみたが、すでに灯りが落ちていて小間使いたちはすでに寄宿舎を出たようだ。

そうなるとますますサイラスの居場所が気になってしまう。

「正体がバレたらまずいのに、どこをほっつき歩いているのかしら？」

ライラは寄宿舎の周囲にまで足をのばすことにした。

壁に守られているため自由は制限されるが、その分安全は保障されているので、さすがに不審者と出くわすことはないだろう。

もしもサイラスと行き違いになったら、散歩に出ていたといえばいい。

そんなことを考えながらライラは玄関を出た。

月明かりと部屋から漏れる灯りのおかげで、外は思いのほか明るく恐怖を感じることもない。

寄宿舎の裏手に差しかかったとき、小さな庭に囲まれた四阿が見えた。

今度クラリスを誘って、あそこでお茶をするのもいいかもしれない。

思わぬ発見に喜んでいると、四阿の柱に侍女が立っているのに気づいた。

もしかしたらと目を凝らすと、案の定月明かりにサイラスの横顔が浮かぶ。

ライラが声をかけようと口を開きかけたとき、

「ずっとお会いしたかった……っ」

切羽詰まった声とともに、サイラスの胸に女性が飛び込むのが見えた。

ライラは息を詰まらせ、反射的に近くの木陰に身を隠す。

「なぜすぐに……りにならな……っていたのに……のせいで……」

さすがに距離があるため、会話ははっきり聞こえない。

ライラといっしょに来たばかりだというのに、サイラスにはこの修道院に知り合いがいたのだろうか。それとも相手は、さっき話しかけていた小間使いだろうか。

盗み見るのはよくないとわかっている。けれど相手が誰なのか確かめたい。サイラスの正体が男だと知られたら、じぶんにも責任が生じるのだから。

そんなふうにこの場に留まる言い訳をじぶんにしながら、ライラはふたりの死角へと移動しながら、四阿のほうへ少しずつ近づいていく。

そこからでも、サイラスが相手をなだめるように抱き締めているのがわかった。

この前まで、その腕の中にいたのはじぶんだった。その腕はじぶんのためにあるのだと勝手に思い込んでいた。

ライラのつま先から冷たい風が入り込んでくる。

「長いこと待たせてすまなかった」

いつになく殊勝なサイラスの声に、もやもやした感情が湧き上がった。

「いいえ、責めているのではありません。貴方の身を案じていただけです」

そう言って顔を上げた女の顔に、ライラは驚きを隠せない。

サイラスは予想だにしなかった相手を腕に抱いたまま、見たことのない表情をしていた。

「これからも、そばにいてくれるか？」

「もちろんです。私には貴方以外おりません」

密着していた体が離れると、見つめ合うふたりの顔がさらにはっきりと確認できた。

どうしてサイラスがシェパードといっしょにいるのだろう。

城の大広間で侍女頭の彼女が、プレマリアージュの監督と審査を務めると自己紹介したときは、その毅然とした態度と凛とした雰囲気から、近寄りがたい印象を感じていた。

「私は貴方のためならすべてを捧げても惜しくはありません」

それなのにいまのシェパードは、サイラスに心酔するような熱い感情をほとばしらせている。

「……っ」

ライラは居たたまれなくなって、混乱する頭のままその場を離れて部屋へ戻った。

投げ出すようにガウンを脱いでベッドの片端に潜り込み頭から毛布を被ると、その中で枕をぎゅっと抱き締めた。

いまもサイラスたちの抱き合う姿が目に焼き付いている。

あの様子では、ふたりが初対面とは考えにくい。だとしたらいつどこでふたりは知り合ったのだろう。

考えられるのは、サイラスがライラに拾われる以前だ。

シェパードは侍女頭だから、きっと昔から城勤めをしていただろう。サイラスもなんらかの立場で城に出入りしていたのなら、ふたりが知り合いで、サイラスが王都や王族の事情に明るいことにも説明がつく。

仮にそうだとしても、ふたりの仲は親密すぎる。彼らにはもっと個人的な繋がりがあるような気がしてならない。

『いい加減、子どものお守りには飽き飽きしてるんだ。おまえも少しは成長しろ』

昼にサイラスから言われた言葉を思い出す。

確かにじぶんはシェパードに比べたら子どもじみて見えるのかもしれない。

彼女の年齢はわからないが、二十代後半か三十代くらいだろう。シェパードには大人の女性が持つ落ち着いた色香があった。

そのシェパードが年下のサイラスを心から信頼して身を委ねていたのだ。

「わたしって馬鹿ね……」

ライラは思わず苦笑する。

妹やクラリスの発言を否定しておきながら、その言葉を真に受けて、本当にサイラスが

じぶんに気があったらどうしようなどと勝手に気を揉んでいた。

だって彼は人前では猫を被るくせに、じぶんの前ではいつも本音を覗かせる。時々意地悪や腐《くさ》すような言動を取っても、決まって最後にはじぶんのことを尊重してくれた。

そのことで特別扱いされているのだと、いい気になっていたのかもしれない。

けれど冷静に考えてみれば、サイラスはいまだに過去のことを話そうとしない。

もしもライラに打ち明けるつもりがあるなら、大広間でシェパードを見たとき、あれは昔の知り合いだと教えてくれてもよかったはずだ。

結局はじぶんもサイラスの特別ではなかったのだろう。ただ少し話が合うだけの、その他大勢のひとりに過ぎなかった。

「ふふ、早いうちに誤解が解けて良かったわ」

笑い話にしたいのに、どうしてかうまく笑えない。

サイラスにはシェパードがいる——それがわかっただけなのに、どうしてこんなにも気持ちが塞いでしまうのだろう。

家の問題で頭を悩ませていたときは、彼のことを考える余裕さえなかったのに、家から解放された途端、もっと不毛な問題に悩まされてしまっている。

ベッドで悶々と過ごしていると、ふいに扉の開く音がした。

「ライラ？」

そのまま寝たふりを続けていると、部屋が暗くなり、サイラスが浴室のほうへ移動する気配がした。

彼が浴室から出てくるまでに寝入ってしまいたかったけれど、一向に眠りが訪れないまま、風呂から上がったサイラスがおなじ石鹸の匂いを漂わせながらベッドに入ってきた。

人ひとり分のスペースを空けたライラの背中越しに、彼の気配が強く伝わってくる。

サイラスと共寝をしたら、きっと極度の緊張や羞恥心に襲われるだろうと考えていた。

けれど実際はそんな感情などどこにもない。あるのはサイラスとシェパードが抱き合う姿を思い出して、ただただ苦しくなっていくばかりの胸の痛みだ。

ふたりの姿を見るまでは、いずれサイラスと離れ離れになることが辛いと思っていた。

けれどいまは彼がそばにいるだけで苦痛を感じてしまう。

修道院での初めての夜、ライラは眠れないまま朝を迎えた。

5章　嵐の夜

「ま……ライラ様……」

「え？」

隣のクラリスに肘《ひじ》で小突かれて、ライラは物思いから我に返った。

「どうしました？　きちんと予習をしていれば答えられるはずですよ」

どうやらシスターカーラに指名されていたらしい。

「も、申し訳ありません。昨夜は体調がすぐれなくて教本を読んでいませんでした」

ライラが謝罪するとシスターカーラがため息をつく。

「いいですか。エリック殿下の花嫁となれば夜の務めも重要になります。そのためにも男女の違いを知り、相手の望みにいかに応えるか。皆様にはそれを学んでいただきたいのです。それなのに講義初日から身が入らないようでは先が思いやられますよ」

令嬢たちから忍び笑いが漏れる。

ライラが肩身の狭い思いをしていると、シスターカーラは次の令嬢を指名して、そのまま講義は続行された。

ライラも今朝受け取ったばかりの教本のページを捲ったが、意識はすぐにそのときの出来事に飛んでしまう。

『なんだって？』

教本を手渡しながら、聞き返してくるサイラスの声はやけに険しい。

講義に出かける直前にライラがふい打ちで告げたのだから苛立つのも当然だ。

『だからサイラスは修道院を出て、バーネット家に戻ってほしいの』

『どうしたんだ急に？　理由を説明しろ』

納得いかないという様子で、サイラスは眉をひそめる。

『あなたがいると不安なの。いつ正体がばれるかわからないし、ここで学ぶことにあなたが役立つとは思えないし』

とはいえサイラスとシェパードが恋人同士なら、サイラスを邸に戻せば彼らを引き離すことになってしまう。ふたりの姿を見たくはないが、別れさせるのは本意ではない。

『もしも王都に残りたいのなら、タウンハウスにいてもいいわ。とりあえずここから出てちょうだい』

『……ここでの花嫁修業の意味を知ったからか？』

『……っ』

ライラが顔を赤くすると、サイラスが鼻で嗤う。

『だとしても、とってつけたような理由だな。このおれを役立たず呼ばわりするつもりか？　少なくともおまえよりは経験豊富だ』

まさにそのことがいて欲しくない理由なのだ。

引く気配のない男にライラはわずかに苛立ちを覚えた。

『次の審査に受かることはないにしても、いずれわたしはお父様が決めた貴族のもとに嫁ぐことになるわ。それなのに執事とおなじ部屋で寝起きしていたと知られたら外聞が悪いでしょう』

『おまえがいったい誰に嫁ぐと言うんだ』

男の瞳に見たことのない翳りが宿る。殺気すら感じる暗い目つきにライラはたじろいでしまうが、いまさら言った言葉は取り消せない。

遅かれ早かれ、サイラスとは離れる運命なのだ。それならいまのうちから距離を置いてしまえばいい。

ライラは〈急病のため帰省〉と書いた外出許可書を差し出した。

この許可書さえあれば、侍女は自由に出入りすることができる。

サイラスがいつまで経っても受け取ろうとしないので、ライラは仕方なくその許可証をゲートレッグテーブルの上に置いた。

『それじゃあ、わたしは講義に行ってくるわね』

ライラは射るようなサイラスの視線から逃れるように部屋を出ると、小走りで談話室へ向かった。

その後講義に出ているので、サイラスがいまどうしているかわからない。

それを考えると、講義を受けていてもシスターカーラの言葉が頭に入らなかった。彼女の言葉はただの音として流れていくだけだ。

突然厄介者扱いされてサイラスは怒っているだろう。

許可書を受け取らなかったから、部屋に戻ればライラを待ち構えて、今朝の続きを始めるかもしれない。

――口論になったらどうしよう。

講義が終わり、ライラが憂鬱《ゆううつ》な気分で部屋に戻ると、サイラスは不在だった。

講義の時間は把握しているし、許可書は残されたままだから、お茶の用意をしているのかもしれない。

そこへ扉をノックする音がした。

「サイラス？」

一瞬怯むが、両手が塞がっているのかと思い扉を開けると、廊下にはクラリスの侍女が立っていた。

「お嬢様からお茶のお誘いです」

ライラはほっとして笑顔で答えた。

「わかりました。十五分後に伺うと伝えてください」

これで部屋を空ける口実ができた。

ライラは出かける支度を済ませてメモを書き残すと、初めて二階に上がる。

クラリスの部屋は、ライラの部屋とほぼおなじ作りだが、明らかにひとつだけ大きく異なるところがあった。

「クラリス様、ここのベッドは最初からふたつあったの？」

主人用のベッドは一般的な大きさだが、侍女用ベッドはひとまわり小さく、サイラスのように長身だと足がはみ出てしまいそうだ。

「ええ、そうですわ。眠るときは浴室前の衝立をあいだに運んで休んでいますの」

それとなくほかの部屋についてもクラリスに尋ねてみたが、どうやらベッドがひとつきりなのはライラの部屋だけらしい。

「どうかなさいましたの？」

「い、いいえ、別に」

笑って誤魔化しながらも、疑問に思えてならない。一階と二階ではベッドの数が違うのだろうか？

不思議に思いながらもライラはクラリスの部屋に長居して、夕食をいっしょに食べてから部屋に戻った。

昼間のメモはテーブルに残されたままだ。

「もしかして昼間のうちに出ていったのかしら？　だけど許可書は置いたままだし」

サイラスが戻らないまま、昨夜とおなじ時間に小間使いたちがきて、バスタブにお湯を張っていく。ライラはその湯に浸かりながら、白い膝を抱えてため息をついた。

サイラスは修道院を出たのか、それとも敷地内のどこかにいるのか。確かめることができないまま時間だけが過ぎていく。

顔を合わせるのが気まずいとライラが思っているように、サイラスもこちらを避けているのだろう。

わざわざ侍女に化けてまで同行してくれた執事を、一方的に邪魔者扱いしたのだ。

そのことを思えば、怒ったか呆れたかのどちらかに違いない。

「謝罪の手紙を書くべきかしら……」

ただし書いたところで読んでもらえる保証はない。

それに謝罪と言っても、取り消すような内容はない。

だとしたら手紙を書くべき相手は父だろう。

バーネット家に戻ったら、すぐに誰かと婚約して、一日でも早く邸を出よう。そうすればお互い気まずい顔を突き合わせずに済む。

「サイラス……」

いざ目の前から彼がいなくなると、猛烈な寂しさに襲われる。

「きっと慣れない環境にいるせいよ」

説明できない孤独感。きっとこれはホームシックによるものだろう。そうでなければこんなにも寂しく思うはずがない。

「こんなこと初めてだわ……」

膝のあいだに顔を埋めていると、ふいに湯の中に閃光が走った。

「え？」

顔を上げると、浴室の高い位置にある飾り窓が二度ほど白く反射した。

「雷……っ」

まだ髪を洗っていなかったが、急いで浴室を出ると寝間着に着替えてベッドに潜り込む。

雷には嫌な思い出がある。

あれはまだじぶんが六つか七つの頃、バーネット家で事件が起きた。

夜中の落雷で厩舎が火事になり、馬がパニックを起こしたのだ。

祖父や使用人が馬たちを逃がそうと消火作業に追われ、普段ならば寝静まっているはずの邸内に大勢の人間が出入りしては口々になにかを叫んでいた。

その夜は雨がやんでも強風が続き、延焼を警戒した祖父の指示で幼いライラは誰かに外へ連れ出された。

玄関前のゲート状のポーチでは、消火活動で負傷した人たちが怪我の手当てを受けていて、その先には黒い塊を取り囲むように数人の男たちが立っていた。どうやら火傷をした馬をどうするか相談しているようだった。やがてそのうちのひとりが猟銃《りょうじゅう》を構える。

暗闇に火花が散ると同時に銃声が響いた。

そんな夜を経験したせいで、雷が鳴り出すと体が勝手に震え出し、涙が出てくるようになった。

ライラにとって雷は、災厄を呼び込む象徴だった。

さすがに大人になってからはそこまで怯えることは無くなったが、雷鳴を聞くと動悸《どうき》が強まり不安になる。

まさか修道院で独りきりになってすぐに、こんなにも心細い夜を迎えることになるとは思ってもみなかった。

――こんなときサイラスがいてくれたら……。

身勝手な弱音を吐きかけて、すぐに考えを振り払う。

いつまでも彼に頼るわけにはいかない。これからは別々の人生を歩まなければいけないのだから。

「大丈夫。雷が近づく前に眠ってしまえばいいのよ」

そう思って瞼を閉じてみたけれど、眠りに落ちるより早く外は横殴りの豪雨に変わった。

激しい雨と近づきつつある雷鳴が窓ガラスを震わせる。

やがて不安を煽るように雷鳴が轟《とどろ》き、胸の鼓動まで大きくなった瞬間。

ドンッ――部屋の空気が震えた。

きっと近くに落ちたのだろう。さすがに今夜は独りでは耐えられそうもない。

「みっともないけれど、クラリス様の部屋にしばらくいさせてもらおう……」

そう思って毛布を頭から被ったまま、部屋を出るためそっと扉を開ける。

昼間なら気にならない扉の軋みが暗い廊下に不気味に響き、一歩踏み出した少し先に黒い人影があるのに気づく。

「え……」

目を凝らしていると、閃光の瞬きとともに人影が徐々に近づいてくる。

怖い。本能的な恐怖を感じて数歩後退ると、近くに雷が落ちた。

「きゃあっ」

あまりの轟音に耳を押さえてうずくまる。

すると音もなく近づいた人影に抱き上げられ、部屋に押し入られると、長い脚で器用に扉を閉じられてしまった。

「サイ……っ」

間近で見た顔に声を失《な》くす。

稲光で浮かび上がったのはサイラスの冷たい横顔だった。見上げた顔は一切の感情が抜け落ち、どこか別人のように見える。

「……」

サイラスが下を向くと、ライラの頬にぽたりと雫が落ちた。そのうち毛布から寝間着へと、水気がじわじわ染みてくる。

そこでようやく、サイラスが全身ずぶ濡れでいることに気づいた。

彼はいままで外にいたのだろうか。けれどいまのサイラスは、侍女の格好をしていない。誰にも見つからないまま、どうやって過ごしていたのだろう。

疑問符を浮かべるライラの前で、抑揚のない声が雨音に混じる。

「壊さないよう慎重に、時間をかけるつもりでいたのにな」

ライラはぶるっと身震いした。

寝間着が濡れたからというだけではない。その声が闇以上に暗く響いたからだ。

「おれを受け入れるまで、いくらでも待つつもりだった。それなのにおまえは」

「……っ」

見下すような視線に体が硬くなる。

ベッドに近づいた男は、ライラの体を投げ出すようにマットに押し倒した。

「サ、サイラス？」

声を荒らげるわけではない。けれど男の纏う空気から、抑圧された怒気が伝わってくる。

「おれを遠ざけて、どこかのくだらない貴族と結婚するつもりなのか？」

「それは……」

彼から離れようとしたのは事実だ。でもそのきっかけを作ったのは彼自身ともいえる。

一方的に責められるのは理不尽で、ライラはつい感情を波立たせた。

「サイラスにわたしを責める権利があるの？　悪いのはわたしだけ？」

「なんだと」

不機嫌そうに男が眉を寄せる。

「昼間、クラリス様の部屋を訪ねたの。彼女の部屋にはベッドがふたつあったわ。ほかの令嬢の部屋にもよ」

「……」

「おかしいと思わない？　どうしてここの部屋だけベッドがひとつしかないの？」

そういえばシスターカーラもこの部屋を見たときに首を傾げていた。

「なにかの手違いだろう」

サイラスは顔色を変えずに言ってのける。

平然と嘘をつかれ、ライラはカッとなった。

「わたし見たのよ」

執事をまっすぐ睨んだまま言葉を続ける。

「四阿であなたがシェパードと会っているところを」

表情を変えないまでも、サイラスはほんのわずかに息を呑む。

「あなたは誰？　どこから来たの？　記憶喪失なのも嘘なんでしょう？」

「どうしたんだ、突然」

「突然なんかじゃないわ」

ライラはぎゅっと手を握り締めた。

「わたしはずっと思っていた、いつかあなたはじぶんのことを話してくれるはずだって」

けれどサイラスは真実を打ち明けてくれるどころか、さらに隠し事が増えている。

そのことが悲しくて裏切られているようで、ライラはつい口走ってしまう。

「シェパードとはどういう関係なの？　彼女とは昔からの知り合いなんでしょう？　どうして陰でこそこそ会っているの？」

問いかけてもサイラスは答えない。

「この雨の中、男の格好で、いままでどこでなにをしていたの？」

いままでじぶんは物分かりの良いふりをしていた。だけど本当はサイラスの過去が気になって仕方がなかった。

彼は本当の意味でライラに心を開いていない。ここにきてそのことに気づかされた。

「どうしてなにも答えてくれないの？　なにか理由があるのならちゃんとわたしに説明して。でないとあなたはただの嘘つきよ」

ひと息に言うと、サイラスの眉がぴくりと反応して表情がさらに険しくなる。

「……だからおれ以外の男を選ぶのか？」

「それは……」

ライラは困って目を泳がせる。半分正しくて半分は誤解だ。

サイラスに抱く感情は、友だち以上のものだとわかっている。

けれどその感情にどこか素直に向き合えずにいたのは、身分差という常識に加え、終始彼につきまとう嘘と秘密の気配のせいだ。

シェパードとの密会現場を目撃したのが引き金で、これまでずっと蓋をしていた不満が一気に噴出してしまったのだ。たぶんもう彼の嘘は許せない。いつか話してくれるなんて、そんな悠長な気持ちで待っていられない。

「わたし、嘘つきは嫌いなの」

「…………………………そうか」

長い沈黙のあと、サイラスが濡れたシャツを乱暴に脱ぎ捨てた。

床に叩きつけられた塊はベチャッと不快な音を立てる。

室内にともるわずかな灯りに、男の引き締まった上半身が浮かび上がった。

「な、なにしてるの？　着替えるつもりなら、わたしは向こうに行くから」

見慣れぬ裸に動揺して、頬を赤くしながらベッドを下りようとすると、男の腕に連れ戻された。

「どうやらおれは見誤っていたようだ。てっきりおまえは身分差だけを気にかけているのだと思っていたのに、まさかそれ以前に――」

男はふっと自嘲する。

「はなからおれのことを嫌っていたんだな」

「それは……」

違う。嫌いになれないから困っていた。だからと言ってシェパードのことさえ打ち明けてくれない男を、完全に信頼できるかとなると自信がない。

「おまえに近づく狼どもを遠ざけていたのは、おまえをほかの男に渡すためじゃない」

険を孕んだ昏い眼差しに、ライラははっと息を呑む。

この瞳には見覚えがある。

雪の中で初めて彼と会ったときも、いまとおなじ傷ついた目をしていた。

「サイラス、あの……」

言い過ぎたことを謝ろう。

そう思って口を開きかけるが、サイラスはライラの寝間着に無言で手をかけると、それを一気に引き裂いた。

「や、やめっ」

露わになった胸もとを両腕で隠すが、そのまま強引にキスされる。

「ん……っ」

胸にあった手はベッドに縫い止められ、脚のあいだに彼の体が割り込んできた。

「ふ、っ……ん……」

吐息を奪うように強く吸われ、重なる唇の狭間から熱い舌がねじ込まれる。性急なキスは容赦がない。

「あ……ふ……」

淫らな舌に腔内を掻き乱され、ライラの唇がしどけなく開かれていく。

サイラスはさらに深く舌を差し入れると、ライラの胸を右手で摑んだ。

「んん……っ」

唇を塞がれたまま、大きな手に柔らかな胸を弄《いじ》られる。

「う、っ」

雨に打たれていたせいか、男の手は酷く冷たかった。

そのせいで過敏になった肌が粟立《あわだ》ち、柔肉の先端は寒さに縮こまる。けれどしつこく指で捏ねられているうちに、その先端が少しずつ硬く尖っていった。

「気づいていたか？　おまえを見るハドリー伯爵のいやらしい目つき。あいつがバーネット家の困窮に気づけば、すぐに援助を申し出て、おまえに結婚を迫ったに違いない」

「……それでマイラに気が向くよう、ハドリー伯爵を焚き付けたの？」

男はふわりと微笑んだ。

そこだけ切り取って見れば、慈愛に満ちたやさしい笑みにも見える。

「それで家の問題も片づくなら一石二鳥だろう。ただしマイラが選んだのは、人畜無害なピアース子爵だったがな」

けれど彼の発言は利己的で身勝手極まりない。

妹が言っていたことは本当だったと、これではっきりした。

サイラスは明確な意図をもって、ライラに近づく男たちを排除していたのだ。

「なぜそこまでするの？」

そんなこともわからないのかと、男の目に蔑みがこもる。

「おまえの初めてのキスの相手はおれだったよな」

サイラスが意地悪く冷笑した。

「おまえはおれを役立たず呼ばわりしたが、ここで学ぶことを考えたら、おれ以上の適任者はいないはずだ」

「どういうこと？」

ライラが首を傾けると、胸にあった手が体の曲線をたどるように脚の狭間へ移動して、片足を男の腰に絡ませた。

「男の体が知りたいなら、キス以上のことも教えてやると言っているんだ」

そのまま貪るようにキスされて、ライラは激しく抵抗した。

「やめて、サイラス！」

一瞬、男の動きが止まる。

本気で嫌がっているとわかり、さすがに冷静になったのだろう。

そう思ったのもつかの間、

「――おまえは誰にも渡さない」

サイラスはきっぱり言い放つと、白い胸に顔を埋めて薄桃色の先端を頰張《ほおば》った。

「う……っ……」

右の蕾を舌で蹂躙《じゅうりん》され、左の先端を指の腹で嬲《なぶ》られる。

「んぁ……」

舌と指で同時に弄られていると、甘い疼《うず》きがさざ波のように広がっていく。

「あ……ぁ……っ」

どうしてサイラスはこんな仕打ちをするのだろう。

こちらに好意があるのなら、まずはその気持ちを告げるのが先ではないだろうか。

けれどサイラスは気持ちを打ち明けるどころか、ライラの知らないところで画策ばかりしていたのだ。

彼がそんな行動を取ったのは、執事と令嬢という立場では結ばれないとわかっているからだろう。

だからライラもサイラスへの想いがそれ以上発展しないよう無意識のうちに制限していたのだ。互いが想いを打ち明けて、心を通わすことができたとしても、ふたりの未来に希望はない。

だから友だち以上、恋人未満の関係に満足することにした。ライラにとってその関係は、思いのほか心地良く、この先もずっと続くものだと錯覚していた。

けれどプレマリアージュを機に、ライラは改めて現実を思い知らされてしまう。

いつかじぶんも貴族のもとへ嫁ぐ日が来る。その相手は絶対に執事などではない。

「やめてっ」

抗《あらが》う声は、激しい豪雨と雷鳴にかき消されてしまった。

やはり雷は悪いものを呼び込んでしまう。

こんな一時的な感情で関係を結んだところで、妹に聞かされた公爵家の令嬢とピアノ教師の男のように引き裂かれてしまう運命だ。

さすがにライラの父は、サイラスの命まで奪うような真似はしないだろうが、なにか問題を起こせば、彼のほうが社会的に排除されてしまうだろう。

ふたりで逃げても、捕まればライラよりサイラスのほうが酷い目に遭ってしまう。そんなことはさせたくない。

「サイラスお願い、こんなことしないで」

抵抗を止めないライラに冷徹な視線が注がれる。

「そんなにも、おれのことが嫌いなのか」

どこかせつなげな呟きは、ライラの胸を苦しくさせた。

意図せず彼を傷つけたのだと悟ったが、だからといってこのまま彼を受け入れるわけにもいかない。

「いまならまだ引き返せるわ」

サイラスは昏い笑みを浮かべると、翳る瞳に禍々《まがまが》しい光まで宿した。

「いや、だめだ。おまえはもうおれから逃げられない」

男は強引にライラの膝を割り開くと、太腿の翳りに躊躇なく顔を埋める。

「ひっ、あ……っ」

じぶんでさえろくに触れたことのない場所に、男の唇が強く吸いつく。

「ぁうっ……ぁ……」

唾液でぬるついた舌先が蛭《ひる》のように蠢《うごめ》いて、媚肉や襞を翻弄《ほんろう》する。

「やあ……っ」

あまりの刺激に身悶えると、男の両手が腰に添えられて、さらに深く舌を差し込まれた。

「ひ……ん、っ……うぅ……」

無防備な陰核を舌で剝《む》かれ、男の唇が音を立てて吸いつく。

サイラスの唾液で濡れた媚肉は、いつしか淫唇からも蜜を流し、秘部をさらに湿らせた。

「おまえと違って下の口は素直だな。可愛がった分だけ甘く蕩《とろ》ける」

ふいにサイラスの中指が潜り込んできた。

「あ……っ」

異物が入り込む感触にライラは眉をひそめた。

「安心しろ。すぐに善《よ》くしてやる」

サイラスは陰核を舌で転がしながら、中指を浅く深く抽挿する。そうすると熱く濡れた粘膜の狭間で甘い疼きが次々生まれ、ライラは思わずシーツを握り締めた。

「は、ぁん……んっ……あ……ぁあ……」

喉の奥から媚びるような吐息が零れる。

「や、あっ……そこ……へ、ん……ゃあ」

いつの間にか足された指で、膣孔を丹念に拡げられていく。

思わず腰を浮かせると、サイラスが口端をかすかに歪めた。

「思った以上に敏感だな。これならこの修道院であえて学ぶ必要もないんじゃないか」

結婚できない相手と淫らな行為に及んでいる。

それなのに体は熱く火照り、内壁の奥がうねるほどの快感を覚えていた。

そんなじぶんが恥ずかしくて、罪悪感を抱かずにはいられない。

「ここが感じるんだな」

嘲る唇が媚肉を抓《つま》むと、濡れた舌が包皮を捲りねっとりと花芯を舐めた。

「あ、ひぃ……っ」

男が与える愛撫と刺激に、ライラの体はますます過敏になっていく。

「見ろ、また蜜が溢れてきた」

わざと聞かせるように、指で粘度《ねんど》のある水音を響かせる。

「う、嘘……っ」

「嘘なものか。こんなにも涎《よだれ》をたらして、物欲しそうに指を咥え込んでいるくせに」

「や……っ」

羞恥のあまり脚を閉じようとすると、すぐに男に阻まれた。

「遠慮するな。まだ食い足りないだろう」

意味ありげに囁かれ、指の抽挿が激しくなっていく。

時間をかけて一本ずつ指を足されていくと、膣孔が徐々に拡がる。

「あ、ぁ……ぁあ……ぁ……ん、……ぁ……」

ふいに指が抜けると、代わりになにか硬いものが秘裂にあてがわれた。

「こんな形じゃなく、できればおまえから求めて欲しかった」

胸にこたえるやるせない声を耳にした刹那、

「んっ……ぐ」

熱い楔《くさび》が穿《うが》たれた。

「……っ」

衝撃で息ができないまま、目の前の体にしがみつく。

「もっと力を抜け」

耳もとで囁かれても、痛みと圧迫感に耐えるだけで精いっぱいだ。

それでも男は時間をかけてライラを静かに陵辱した。

忍耐強く少しずつ、膨れた怒張を蜜孔に埋め込んでいく。

「これでもうおまえは、おれだけのものだ」

己の欲望をライラの胎《はら》にすべて収めると、サイラスは満足げに嗤った。

「っ……ふ……」

お腹が苦しくて、うまく息ができずに頭がくらくらする。

「息を詰めるな、ちゃんと吐き出せ」

緊張を解こうとするように、サイラスが耳朶を舐めながら乳房にやさしく触れた。

「っん……」

剛直を花唇に突き立てたまま、唇が耳朶から首筋へと下りてくる。

「は、ぁ……あぁ……」

そこに意識が向いたせいか、下半身の強ばりがわずかに解けていく。

サイラスはさらに深いキスを重ねながら、腰の律動を始めた。

「あん……ぁあ……」

鈍い痛みに混じって、甘い疼きが背筋へと這い上がってくる。

「ライラ……っ……」

切羽詰まった声で名前を呼ばれると、ぞくりと快感が押し寄せた。

サイラスはライラの手に指を絡ませ、たがが外れたように蜜孔を穿つ。

「も……ゆる……し……」

いつもの冷静な男の姿からは想像がつかない。なにかに憑かれたようにライラを貪り蹂躙する。

「く……ふ、っ……」

嵐はいつの間にか遠ざかって、室内には淫らな水音と擦れる肉の音が響いていた。

「あん……あ、あ、あ……ん……ぁ……ぅ……ん……」

猛る肉茎が遠慮のない抽挿を繰り返すと、その肉交に同調するように甘い吐息が口から押し出される。

「はぁ……っ、ぁ……もぅ……や、あ……」

最奥を深く抉られて、流れる蜜といっしょに体の芯まで溶けてしまいそうだ。

「すごいな……初めてなのに、もうおれを欲しがって締めつけてくる」

「そんな……う、そ……ぁあ……」

男が角度を微調整しながら、執拗にライラの感じる場所を攻めたてる。

「やぁあ……そ、こ……や……ぁ……」

あまりによすぎて頭がどうにかなってしまいそうだ。

「サイラス、サイラス……やっ、激し……ぃ」

縋るように名を呼ぶと、男はなおも激しく花唇を突き上げながら耳もとで囁いた。

「そうだライラ、もっとおれを欲しがれ。そうすればもっと可愛がってやるから」

「あっ……ぁあ……」

甘美な苦痛と、押し寄せる恍惚から解放されたい一心でライラは涙目で懇願する。

「お、お願……もっ……と……っ……そこ……ぅ……あぁ……」

ライラの痴態に歓びを覚えたように、サイラスは薄笑いを浮かべると、狭隘《きょうあい》な花孔の中で己が怒張をさらに膨れ上がらせた。

「……ひ……っ……大き……あ、っ……っあ……」

男の欲望に感応して、ライラの体まで悦楽に堕ちていく。

「忘れるな。おまえにとっておれが最初で最後の男だ」

——仕える側から支配する立場へ。たった一夜でふたりの関係が一変してしまう。

「あ……っ」

身の内でなにかが弾けた瞬間、ライラは意識を失った。

＊　＊　＊

「ライラ……」

頭を撫でながら呼びかけても返事がない。

昨夜から彼女の眠りが浅いことには気づいていた。てっきり新しい環境に対する緊張から寝付けずにいるのかと思っていたら、

「まさかシェパードと会っているところを見られていたとはな……」

サイラスの唇から苦笑が漏れる。

こちらの計画が進展するまで王都に近づくつもりはなかったが、ライラのプレマリアージュ参加のせいで予定に狂いが生じてしまった。

ライラをひとりで行かせるわけにはいかない。

そのために本来の計画を早め、同時にもうひとつの計画を走らせることにした。

「修道院にいるあいだに、おれを愛していると認めさせてやる」

そのために多少裏から手をまわし、修道院に同行するのは予定外のことだと信じさせるために小芝居まで打った。

そこまでするはめになったのは、あまりに長く彼女の良き相談相手としてそばにいたせいだ。彼女は執事のサイラスを異性として見ることを、無意識に避けるようになってしまっていた。

そんな関係を改善して長くふたりきりでいるためには、彼女を二次審査まで残す必要がある。

そうすれば元の計画を進めるための時間が確保できて、彼女だけ先にバーネット伯爵家に帰すリスクもなくなる。

こちらが把握している限り、ライラを狙う独身貴族は、高慢なハドリー伯爵を含め、少なくとも五人はいた。

二次審査までライラを王都に留めておければ、狼共を彼女に近づけさせる心配もない。

ひとつ誤算だったのは、彼女が一位通過したことだ。

ライラが心身共に健康なのはわかっていたが、まさか他を圧倒して残るとは思ってもみなかった。

「さすがというべきか……」

サイラスは眠るライラの頬にそっと口づけを落とす。

「わざとベッドをひとつにしたと知ったら怒るだろうな」

朝が訪れるまでまだ時間がある。

早く体を清めてやりたいが、もう少しだけこの幸せを実感していたい。

男は外が白むまでライラを腕に抱き締めると、その寝顔を飽くことなく眺め続けた。

6章　性技指南

　気がつくとライラはベッドで横になっていた。体は綺麗に拭かれ、きちんと寝間着も着ている。

　レースカーテン越しに射し込む光は穏やかで、昨夜の嵐が嘘のようだ。

　あれは雷が見せた悪夢だったのだろうか。

　ライラは起き上がろうとして、酷い倦怠感と腹部に残る鈍痛を感じ、かすかに膨らんだ下腹にそっと手を置いてみる。

「夢じゃない……の？」

　残る違和感に混乱していると、扉が開いてトレイを抱えたサイラスが入ってきた。

「お嬢様、もう少し横になっていたほうがよろしいですよ」

　侍女姿のサイラスに何事もなかったようにやさしく微笑みかけられる。

「あ、ありがとう……でも、いったい……？」

　思わずお礼を言いつつライラが昨夜のことを問いただそうとしたとき、扉の陰からクラリスが顔を覗かせた。

「ライラ様、大丈夫ですか？　朝食にいらっしゃらなかったから心配で様子を伺いにまいりましたわ」

「え、それが、あの……」

「お嬢様は少し風邪ぎみのようです」

ライラに代わってサイラスが答えると、クラリスが「まあ」と口もとを手で覆う。

「大変ですわ。それなら今日の講義は休まれたほうがよろしいですわ」

「い、いいえ！　講義には出るわ。風邪といっても喉の調子が悪いだけだから」

食いぎみに言い募り、無駄に咳払いしてみせると、サイラスの冷めた視線とぶつかる。

「それでしたら早く着替えませんと、あと二十分で講義開始ですわよ」

「わかったわ」

クラリスが自室に戻ると、サイラスはテーブルの上にトレイを置いた。

「今日は休んだほうがいいんじゃないか？」

サイラスはベッドへ近づくと、起き上がったライラの髪の乱れを直すため手を伸ばす。

「だ、大丈夫よ」

ライラは頬をじわりと染め、男の動きに過剰に反応してしまう。

すると彼の手は髪に触れないまますぐに離れた。

「おれといるのが嫌なのか？」

ライラは押し黙る。

昨夜の出来事が事実だとしたら、いまはふたりきりでいる自信はない。

ふたりでいるとどんな顔をしていいのかわからなかった。

「ここにいる限り、おれを避けることはできないぞ」

「……わ、わかっているわ。ただ少し気持ちに整理をつけたいの」

サイラスの顔をまともに見られないまま、ライラは真っ赤になって顔を俯《うつむ》ける。

「つまり考える余地はあるんだな」

彼はそう呟くと、そのまま部屋を出ていった。

強引に関係を結ばされ、ライラが理解できたのは、サイラスがじぶんに対して強い劣情を抱いていたということと、そのために近づく男たちを遠ざけていたという事実だ。

そこまで執着してじぶんを欲していたのなら、どうして彼はその気持ちを最初に打ち明けなかったのだろう。

それに気持ちを受け入れて欲しいと願うのなら、相手に秘密を作るべきではないと思う。

「そういうふうに考えてしまうのは、わたしの独りよがりかしら……」

それ以外にも考えることは山ほどある。

けれどいまは時間がない。講義に出席するために、まずは服を着替えなければならない。

よく見るとベッドの上に着替えが置かれていた。こうなることも想定して彼が準備してくれていたのだろう。

彼が酷い男なのか、やさしい人なのかわからなくなる。

重い体を動かして、ひとりでなんとか着替えを済ませると、ライラは食事に手をつけないまま部屋を出た。

「性交渉には、体の相性というものがあります。必ずしも結婚相手との同衾《どうきん》で、恍惚感や満足感が得られるとは限りません」

　ぼんやり講義を聞いていると、シスターカーラのその言葉がふいに耳に飛び込んできた。

「それでは困ります」

　アンバーが苛立ちの声を上げた。

「殿下に満足していただけないと、私が妻になったとき愛想を尽かされてしまいます」

「そのとおりです。ですから講義でお伝えしているような手淫や口淫などの技を使って、相手が悦ぶように奉仕するのです」

　ライラは思わず挙手をした。

「お聞きしてもよろしいでしょうか？」

「まあ、貴女が質問するなんてめずらしいことですね。なにが知りたいのですか？」

　シスターカーラに促され、ライラは朝から悶々《もんもん》と悩んでいたことを口にする。

「その……体の相性さえ良ければ、気持ちとは関係なく初めての夜から悦びを感じるものなのでしょうか？　心は必要ないのですか？」

　昨夜は強引に処女を奪われてしまった。それなのに不思議とサイラスに対する嫌悪や憎悪は湧いてこない。

結婚前に純潔を失う後ろめたさはあったが、行為の最中ほんの一瞬ながらも悦びを感じてしまった体に戸惑いを覚えた。

意に染まぬ行為だったはずなのに、男に強く求められ、愛撫を与えられているうちに、我を忘れて男の体に取り組ってしまった。

そんなふうに、ほんの数秒でも淫らな行為に耽ったことが恥ずかしい。いけないことをしているのに、それに歓んでしまうとはなんてじぶんは浅ましい人間なのだろう。

けれどシスターカーラの言うように、体の相性というものが存在するのなら、たまたまサイラスの行為に反応してしまったのだとじぶんに言い訳ができる。

「皆さんには正直にお伝えしますが、初夜の段階で悦びを得ることはかなり稀《まれ》なことでしょう。たいていは苦痛や忍耐を強いられることになります」

シスターカーラは令嬢たちを見渡してから、さらに言葉を続けた。

「けれどお互いを強く求め、身も心もひとつになることができれば……そこに大きな歓びを見出すことができるでしょう。だからこそプレマリアージュでは、未来の婚約者を互いに知り、少しでも今後の仲睦まじさに繋がるよう、男女の営みについても学びの機会を与えているのです」

「身も心もひとつに……」

確かに昨夜の相手がサイラスでなければ、嵐の中の出来事はただの忌まわしい体験として記憶の底に封印していただろう。

けれどいまも彼のことを思い出し、昨夜起きたことの意味を考え続けているのは、じぶん自身、心のどこかで彼とこうなることを望んでいたとも考えられる。

でなければどうしてサイラスを憎んだり、拒んだりする気持ちが湧いてこないのか説明がつかない。

一夜明けると、彼に対する照れはあるものの、昨夜のことは意外とすんなり受け入れられて、悩んでいるのは今後のじぶんたちの行く末ばかりだ。

ライラが考え込んでいると、アンバーが小馬鹿にしたように鼻で嗤った。

「要するに相手に求め続けてもらうには、普段の魅力はもちろん、ベッドにおいても相手を満足させる手管が必要ということですわね」

「求め続けてもらう……」

思い返すと昨夜はサイラスを拒絶するばかりで、彼に奉仕をした覚えがない。

昨日はお互い冷静ではなかったし、サイラスも成り行きであぁいう行動に出てしまっただけかもしれない。

そうなると昨夜のことで彼の気も済み、普段の冷静さを取り戻してしまえば、もう二度とライラを求めることもない気がする。

一夜明けて、サイラスと対面する気まずさばかり気にかけていたが、このまま行くとふたりの関係は始まる前に終わることもじゅうぶん考えられる。

彼はこれから先のことを考えているのだろうか。そしてじぶんも、今後サイラスとどういう関係を続けていきたいのだろう。

「それでは次の章に入りましょう」

ライラが思い悩むうちに、講義はどんどん進んでいく。

ずっと上の空でいたせいか、講義が終わるとクラリスに声をかけられた。

「途中から書き込んでいらっしゃらないようでしたけれど、よろしければ私のメモを写していきますか？　もちろん体調がよろしければですけれど」

ほとんど話を聞いていなかったライラにとってはうれしい申し出だ。

それにいまはじぶんやサイラスとの今後について考えがまとまっていない。

こんな状態ならクラリスの部屋で教本にメモを書き写しているほうがよほど気も楽だ。

ライラは誘われるまま二階に行くことにして、クラリスの侍女にサイラスへの伝言を頼んだ。彼にしてみると避けられたように感じるだろうが、考えがまとまらないまま彼と会っても意味がない。できるだけふたりになる時間は後にしたい。

ライラはクラリスの机を借りると、彼女が書いたメモをじぶんの教本に書き写していく。

そうしながらもライラが考えていたのは、これから起こる現実問題だった。

じぶんは処女を失い、婚約はおろかまともな結婚さえできない体になっている。

だからといって両親に執事と結婚すると告げたところで、身分差を理由に別れを強要されるのが目に見えている。

それ以前にサイラスが、お互いのためにも、なにもなかったことにしようと言い出す可能性もある。そうなってしまえば、それこそじぶんの行き場が無くなってしまう。

サイラスのこと、両親のこと。

ここでいくら考えたところで、相手には相手の考えがあるだけだ。

だとしたらはっきりさせるのは、じぶんがどうしたいか、相手にどうして欲しいのかというところに尽きる。

堂々めぐりの末に行き着いたのは、結局じぶんのことだけだった。ただそれすらも、いざ考え出すとわからなくなる。

思い悩んでいたせいか、メモを写すのに思いのほか時間がかかってしまった。

クラリスが気遣って夕食を部屋に運ばせてくれたので、そこから会話を挟んだりしていると、教本を写し終えて二階の部屋を出る頃には夜の十時近くになっていた。

おかげで覚悟を決める時間もできた。

部屋に戻ったら、まずはサイラスにじぶんの考えを伝えよう。

だが、勢い込みながら二階の廊下を歩いていると、どこからか女のすすり泣く声が聞こえてきた。一瞬、怪奇現象かと足を竦ませたが、すぐにそうではないことに気づく。

「あ……ぁあ……」

なにかに耐えるようなせつない声。

昨夜ライラも経験したからその理由がわかる。

どこかの部屋の令嬢が、侍女を相手に性技指南を受けているのだろう。

「――お嬢様」

「き……ゃ」

そのとき、ふいに声をかけられて、思わず大きな声を上げかける。

「お静かに」

女にしては大きな手で口を塞がれた。

「手を離しますが、どうか叫ばないでいただけますか？」

背後からかすれた女の声がして、ライラは首を縦に振る。

「驚かせて申し訳ありません」

振り返ると、サイラスと同じくらい長身の侍女が人懐こい笑みを見せた。

「貴女は？」

「私はアンバー様の侍女でラナと申します」

焦げ茶の髪と瞳を持つ侍女は、片手に水差しを抱えていた。

「水を取りに出たら、お嬢様が廊下の真ん中に立っていらしたので、ついお声をかけてしまいました」

もしかして立ち聞きしていると勘違いされたのだろうか。そうだとしたらばつが悪い。

「ごめんなさい、少し考え事をしていたものだから」

道を譲ろうと横にずれると、なぜかラナが顔をじっと見つめてくる。

「なにか？」

「あの、お嬢様の侍女はサラという人ですか？」

「え？　ええ、そうだけれど」

「やっぱり」

ラナはにっこり微笑んだ後、ふいに真顔に戻った。

「あの侍女、男性ですよね」

「っ……」

思わぬ指摘に冷や汗をかく。よりによってラナはアンバーの侍女だ。

「ま、まさか。そんなことあるわけないでしょう」

「誤魔化しても無駄です」

親しみやすそうな最初の印象に代わって、抜け目ない視線がこちらを捉える。

「私はアンバー様に雇われる前、旅の一座におりました。ですから男装や女装をする役者を大勢見てきています。世間知らずな令嬢方は騙せても、私の目は誤魔化せませんよ」

彼女の口調から、サイラスが男だとラナが確信を持っていることがわかる。

たとえこの場は誤魔化せても、アンバーが騒ぎ立てれば正体を隠し通すことなどできないだろう。人前で服を脱がされたら、バーネット伯爵家にまで責任が及んでしまう。

なによりライラが庇ったところで、立場的にサイラスが重い罰を受けかねない。それだけはなんとしても避けたい。

ライラは顔色を変えると、ラナの腕に取りついた。

「お願いよラナ、このことは秘密にしてもらえないかしら。もちろんアンバーにも言わないでほしいの」

触れるまでは細身に見えたラナだったが、その腕は意外なほど硬く厚みがある。旅の一座にいただけあって、それなりの重労働をこなしていたのだろう。

「……わかりました。この件は黙っておきます」

「あ、ありがとう」

ほっと息を吐くと、ラナの目の奥がきらりと光った。

「ただし、秘密を守る代わりに私の頼み事を聞いてください」

「頼み事って？」

ガタンッ、どこかの部屋で物音がした。

ラナは周囲を見渡すと、腕に置かれたライラの手をすっと遠ざける。

「いまは時間がありません。詳しいことはまた改めてお話しいたします。そのときはこちらからお声がけいたします」

「わかったわ」

「では、また改めてお会いしましょう」

ラナは意味ありげにウインクすると、水差しを抱えて一階へ向かう。

「どうしよう……困ったことになったわ……」

遅れて階下に降りると、部屋の前で侍女姿のサイラスが待ち構えていた。

「サイラス……」

顔を見ただけで鼓動が高鳴る。

彼の顔をまともに見られないのは、伝えたい気持ちを羞恥心が邪魔するからだ。

その躊躇いをどう解釈したのか、サイラスはライラに歩みより、その細い手首を摑むと、部屋の中に招き入れた。

「これ以上、待つつもりはない」

扉を閉じるなり、サイラスが冷ややかな一瞥をくれる。

「邸にいたときのように、避けてばかりではいられないぞ」

その言葉で、もうずっと以前から、彼が気づいていたのだとわかった。

ライラはずっと避けていた。彼に対する感情や、今後考えられる現実のすべてから。

その結果、サイラスを追い詰めてしまったのだといまなら理解できる。

これまで現実逃避しがちな父を心のどこかで非難する気持ちがあったが、結局はじぶんもおなじ過ちを犯していた。

問題に向き合えなかったのは、失うのが怖かったからだ。

父にとってはバーネット伯爵としての名誉。ライラにとってはサイラスの存在だ。

けれどじぶんの気持ちに気づいた以上、もう逃げるわけにはいかない。

ライラは彼に向き合うと、ひと息に想いを告げた。

「わたしはサイラスのことが好き」

強引に処女を奪ったのは褒められたことではないが、あの夜がなければいまだにじぶんの気持ちから目を背けていただろう。

一度言葉にしてみると、抑え込んでいた感情が形をもって膨らんでいく。

サイラスは驚いたように息を呑んだ。

けれど好きという感情は綺麗な面ばかりではない。ライラは正直にじぶんの気持ちを口にした。

「だけどあなたに惹かれれば惹かれるほど、好きになるのが怖かった。だからなるべくそのことを考えないようにしてきたの」

「ああ、そうだろうな」

「気づいていたの？」

今度はライラが驚く番だった。

「王都に行くと決めたとき、おれはこの機会におまえとの距離を縮めようと決意した。それなのにおまえは考えようとしないまま、おれを突然拒絶した」

「あ、あれはだって、サイラスもわかっているでしょう？　たとえ気持ちを確かめ合ったとしても、わたしたちの関係は周りから認めてもらえない。隠れて付き合ったとしても、いずれは引き裂かれる運命なのよ」

サイラスがシェパードと抱き合う姿を目にしたとき、そのことを痛感させられた。

「あなたとシェパードがどんな関係かは知らないわ。だけどわたしとは違って、あなたたちは望めばいっしょにいられるのだと気づいたの」

それが悲しくて苦しくて、いっそじぶんから離れてしまおうと思ったのだ。

「確かに執事のままでは、おまえを娶ることはできない」

悔しげな表情でサイラスがわずかに俯く。

「だからいまのうちにあなたと距離を置こうと決めたの」

それがあの日、ライラが出した結論だった。

サイラスは小さく舌打ちをする。

「それができるなら、おれはとっくにおまえの前から姿を消していた」

彼は手を伸ばすと、その胸にライラの体を引き寄せた。

「おまえを妻にできるなら、一度は捨てた身分を取り戻そうとさえ思った」

「身分……?」

情熱を秘めた熱い眼差しがライラをじっと見据える。

「いまはまだすべてを話せない。ある問題を解決しないと、おまえを連れて戻ることはできない」

彼の抱える秘密がなんなのかはわからない。けれど話せない事情があって、これまで黙っていたということだけはわかった。

それに、サイラスはライラを妻に迎えるために、なにかを解決しようとしている。

彼もライラとおなじように関係を前に進めたいと考えてくれているのだ。

初めて彼の気持ちを知って、ライラはわずかに声を弾ませた。彼を失うことばかり考えていたから、わずかでもふたりの未来に希望があるとわかると、これまで押さえていたぶん好きな気持ちが加速する。

「わたしなら大丈夫よ。いざとなったらサイラスと駆け落ちする覚悟もあるわ。よければ問題解決の手助けだってしたい」

サイラスは穏やかに目を細めたが、すぐに首を横に振る。

「気持ちはありがたいが、おまえを巻き込みたくない」

「わたしじゃ頼りないから？」

「頼る頼らないの話じゃないんだ」

サイラスは迷う素振りを見せたが、やがて重い口を開いた。

「……二年前、おまえに森で拾われたとき、おれは身内に殺されかけていた」

「え……」

耳を疑うような話にライラは睫毛を瞬かせた。

「どうして出会ったときに話してくれなかったの？」

「命を狙われたばかりで、どうやって他人を信用できる？」

「それは……」

確かに彼の言うとおりだ。そんなことがあった後では警戒されても仕方ない。

サイラスが時々心配性なのも、そうした警戒心が働くからだろう。

「あのときはなんとか追っ手から逃げ切れたが、いつまた刺客がくるかわからなかった」

「だから正体を隠すため、髪を黒くして記憶を失くしたことにしていたのね」

ああ、とサイラスが頷く。

「あの日は父から呼び出され、従者といっしょに領地の外れまで出かけた。そこで待ち伏せていた男たちに襲われて、従者はおれを逃がすため命を落とした」

「そんな……」

「あの日おれが外出することを知っていた人間は限られている。よほどおれのことが疎ましかったんだろうな」

その話が事実だとしたら、サイラスの命を狙ったのは実の父親という可能性もある。だとしたら迂闊に家に戻れないことにも納得がいく。

「犯人は本当に身内の人間なの？」

ライラの父と祖父も仲が良かったとは言えないが、殺意を抱くほどいがみ合っていたわけではない。

「いくらサイラスが反抗的だったとしても、身内に手をかけようとまで思うかしら？」

出会ったときのひねくれたやりとりを思うと、相手の悪感情の火に油を注いでいたとも考えられる。

「おまえな」

ライラの考えを読んだのか、サイラスが鼻白む。

「じぶんで言うのもなんだが、おれは相手が他人であるほど冷静に対処できる。たとえ身内でも、心を許さない相手に簡単に本音なんて漏らすわけないだろう」

「それもどうかと思うけれど……」

ライラは苦笑する。

「それにおれの家は、おまえの家と違って身内への情が薄い」

「別に、わたしの家も特別濃いとは思わないけれど……」

「そうだとしても邪魔な家族を排除までしないだろう。おまえも家族の歓心を買うために、いろいろ努力していただろう？」

「それは……そうだけれど……」

じぶんの場合、なんの疑問もなく両親から愛されていると言い切れる自信がなかった。たとえ独り相撲だとしても、その確信が欲しかっただけだ。

「おまえの親に対する態度を見たとき、なんて無駄なことをするやつだと正直呆れた」

「え、そうだったの？」

ライラは驚く。

「おれなら相容れない相手とは適度に距離を保って、それ以上は近づかない。無駄な改善を図るより、それ以上悪化しないことに努める」

そういえばライラが領主代行を務めると言ったときも、サイラスは手助けをしつつもいい顔はしていなかった。

「サイラスの家の事情はわからないけれど、一度お父様や他の家族と話してみたら？　意外と双方の勘違いということもあるかもしれないわよ？」

するとサイラスは露骨に嫌な顔をする。

「おれの命を狙ったかもしれない相手と話をしろというのか？」

「だって、本当に身内に犯人がいると断定できるの？」

サイラスが黙り込む。

「可能性はあっても確証がないから、サイラスもわたしに話せないいんじゃないの？」

その言葉にサイラスはわずかに目を見開く。

「それにわたしだったら、身内から疎まれていると思うだけで何倍も辛いわ。この体におなじ血が流れているのかと思うと、完全に相手を憎んだり断ち切ったりすることもできないんじゃないかしら」

「そんなのものか？」

サイラスは自問するように考え込んでいる。

「だけどサイラスの命を狙ったのが本当に身内の誰かだとしたら、しかるべきところに出て訴えてやりましょう。わたしは絶対サイラスの味方よ」

力説すると、突然サイラスはお腹を抱えて笑い崩れた。

「訴えるって……ははははっ」

「しー、サイラス！　声抑えて！　誰かに聞かれたら大変よ！」

慌てて口を押さえると、サイラスはその手にじぶんの手を重ねてから、ライラの手のひらにキスをした。

「もう少し待ってくれるか？」

笑いを収めたサイラスは、甘やかな眼差しをライラに向けた。

「おまえに求婚するには、いったん家に戻る必要がある。そのためにも、おれは二年前の事件に決着をつける必要がある」

「ん……」

サイラスが喋るたび、彼の吐息と唇が手のひらで熱く蠢《うごめ》く。

昨夜はそれ以上のことをしたというのに、触れるか触れないかだけの感触のほうがよほど胸を騒がせた。

きっとお互いの気持ちを知ったせいだ。

順番は逆になってしまったが、恋はいつからでも始められる。

「わたしたち結婚できるの？」

「必ず」

サイラスはライラの前に片膝をつくと、恭しくその手を額の前に掲げた。

「ライラ・バーネット、どうか私の伴侶になって欲しい」

思いがけない求婚に胸が高鳴る。

彼を愛しいと思う気持ちが胸に溢れて苦しいほどだ。

「ええ、もちろん。あなたの求婚を受け入れます」

すぐさま返事をすると、サイラスは立ち上がってライラの胸のリボンを解いた。

「ここで学ぶべきことはしっかり理解しているな」

「学ぶって……あ……」

男の意図することがわかった途端、ライラは頬を赤らめる。

「だ、だめよ、サイラス。わたしたち正式な婚約もしていないのに……」

「昨夜のことを後悔しているのか？」

「それは……」

いまさらかもしれないが、やはりこういうことは式を挙げるまで大切にとっておきたい。

「……わかった、おまえの許しがないうちは二度とあんな真似はしない」

「ありがとう」

ホッとしたのもつかの間、サイラスは続けて言った。

「ただし夜の営みについて学ぶなら、未来の夫から指南されたほうがいいはずだ」

「え、あの……っ」

慌てるライラを軽々と抱き上げ、ベッドまで運ぶと、男は身につけていた侍女の装いを次々に脱ぎ捨てていく。

適度に筋肉のついた長身痩軀《そうく》の体は、目のやり場に困るような色香が漂った。

サイラスは横たわるライラの上に野生の獣のように忍び寄ると、その体にのし掛かる。

一瞬、強引に組み敷かれたときの記憶がよみがえり、体が無意識に硬直した。

「悪かった。おまえを怖がらせるつもりはなかったのに……」

男の声に後悔と自己嫌悪が滲む。

「おまえがほかの男と結婚すると思うと、まだいない夫に激しく嫉妬して逆上したんだ」

それはライラもおなじだった。

四阿での密会現場を目撃して、サイラスに裏切られたように感じた。正直いまもそのことが心に暗い影を落としている。

「わたしもサイラスとシェパードが抱き合っているところを見てショックだったわ。だからつい突き放すようなことを言ってしまって……」

「おまえが、嫉妬？」

意外に思ったのか、サイラスがわずかに首を傾げる。

「みっともないわよね。本当はいまも求婚されたばかりなのに、ふたりの関係が気になって仕方ないの。もしかしたら昔の恋人かもしれないと思って……」

「安心しろ」

酷くやさしい声でサイラスが頬にキスをしてきた。

「彼女はおれの協力者だ。じつを言うと、ここのベッドがひとつなのも、彼女に頼んでおいたからだ。そうすれば少しでも、おまえがおれのことを意識すると思って」

「……それなら作戦成功ね」

悔しいけれど、これ以上ないというほどサイラスを意識してしまっている。

「あなたがいるとドキドキして眠れないわ」

照れ隠しで体を横に向けると、男の重みが加わって、耳の裏側でそっと囁かれた。

「どうせ眠れないなら、昨夜の上書きをしよう」

男の手が背中にあるドレスの飾り紐を少しずつ緩めていく。

「最後まではしないから、おまえのことを可愛がらせて欲しい」

完全に紐を解き終えると、背中を大きく寛げられ、白い背中に唇を押し当てられる。

「ん……」

思わず声が出ると、ライラはうつ伏せになってシーツの上に顔を埋めた。

「そんなに恥ずかしがるな。よけい虐めたくなるだろ」

「……っ」

男の手が背中に落ちた髪を払いながら、うなじから背筋へとキスの雨を降らしていく。

「っ……ん……」

男の唇が腰骨までたどり着くと、ドロワーズごとドレスを剝ぎ取られた。

「もう少し腰を浮かせられるか？」

「こ、こう？」

四つん這いにされて腰を高く掲げさせられると、瑞々しい尻たぶに顔が近づく。

「ひ、っあ……」

割れ目に沿って、男の舌がゆっくりと這わされる。

臀部の溝が深まるにつれて、双丘を開く指にも力が加わる。

「やだ、汚……やぁ……っ」

うつ伏せのまま臀丘を揺らすと、体をあっさり裏返された。そのまま膝の両裏に手を置かれ、今度は男の正面で脚を大きく開かされる。

「いやっ」

羞恥のあまり顔を覆うと、それがかえって男の嗜虐心を煽ったらしい。

「美味そうだ」

いきなり陰部に吸いつかれて、あえて音を立てながら包皮を舌で剝かれる。

「ひぅ、そこ……や……っあ……」

花唇を舐められるだけでも感じるのに、男の舌で執拗に花粒を嬲《なぶ》られると全身に電流が走ったようにヒクついてしまう。

ライラは打ち上げられた魚のように白い腹を上下させた。

「だ、だめぇ……舐め、ちゃ……やあ……ぁ」

内股と蜜口にむず痒いような快感が生まれ、陰唇の襞からじわじわと蜜が溢れる。

そのうち舌ばかりでなく指まで蜜口に差し入れられ、ライラは甘い声を漏らした。

「あ、ぅ……ん」

舌が肉粒を苛み、指が忙しなく隘路を出入りする。

サイラスが与える刺激になんとか耐えようと、シーツを摑んでやり過ごそうとするが腰が惑うのは止めようがない。

「おれを挑発しているのか？」

「ち、違……っ」

さっきからじぶんばかり愛撫されているが、これが性技指南だとしたら、いつ彼に奉仕すればいいのだろう。

「あ、あの……わたしばかり……その……」

ライラは頬を染めながら、未来の夫に確認する。

「わたしはいつサイラスを歓ばせたらいいの？」

彼は小さく息を呑み、目を閉じると、気を静めるように深く息をした。

「――焦らされるのは初めてだ」

「え？」

「初夜まで我慢するなんて誓うんじゃなかった」

サイラスはライラの手を取ると、みずからの欲望に触れさせた。

「おまえのせいで我慢も限界だ」

初めて触れた男根はありえないほど太く、血管が葉脈のように走っている。

それは猛々《たけだけ》しくそそり勃《た》ち、張り出した肉笠は先濡れの雫で光沢を帯びていた。

「おまえに触れるだけでこうなる」

男の欲望を間近に見せられて、ライラは戸惑いながらも目が離せない。

おそるおそる肉棒を握り込むと、それはライラの手のひらで熱く脈動した。

こんなに太く長大なものが胎に収まっていたなんて、にわかには信じられない。

「手淫や口淫は教わったのか？」

サイラスに問われ、ライラは「ええ」と頷く。

「試してみるか？」

ライラは素直に頷いた。

こうした行為は互いに協力することで、より深い歓びと繋がりを得られると教えられていたからだ。

昨夜は行き違いのせいで、一方的なものになっていた。

けれどいまは互いの気持ちを知っている。できればより深くサイラスと繋がりたい。

ライラは身を起こすと、サイラスの陰茎にそっと顔を近づけた。

「無理するな」

気遣われても、いまさら止めるつもりはない。

少しでもサイラスが歓んでくれるなら、じぶんにできることはすべて応えたい。

ライラは唇を寄せて陰茎を頬張ると、聞きかじった知識のままに、男根の先端や側面に小さな舌を這わせた。

「……っ……」

つたない愛撫ながらも、男はそれなりに感じてくれているらしい。

時折頭上でせつない吐息が漏れると、彼への愛しい想いが込み上げてくる。

もしかしたらサイラスもおなじような気持ちでライラに愛撫していたのかもしれない。

さらによくしてあげたくて、喉の極限まで熱塊を迎え入れた。

「くっ」

ライラの愛撫で男の怒張はますます大きくなる。

みっちり育った肉茎は咥えるだけでも精いっぱいだ。

けれど講義では、舌と指を同時に使うと教えられている。

ライラは肉笠の先端を舐めながら、陽根の根元を指で扱いた。そうすると彼の鈴口から新たな雫が滲んできてライラの唇を濡らす。

「ん、ふぅ……っ……ん……」

苦しげな息を漏らして、ライラは愛撫を続けた。

「っ……」

男はそんなライラを愛おしむように、長い指でゆるゆると髪を掻き乱す。

そうしているとサイラスに触れられてもいないのに、淫唇が熱を帯びてじんじんと疼きだした。

「っ、ライラ……このままだと生殺しだ……」

不慣れな愛撫は男にとっては拷問に近いのだろう。

ライラの口から濡れた太棹を引き抜くと、ライラをじぶんの膝の上で抱きかかえた。

「悪いが舌の使い方はもっと余裕があるときに教えてやる」

愛撫を終えた唇にサイラスの唇が重なる。

サイラスはキスをしながら腟内を舌で掻き回す。肉厚な舌が小さな舌を搦め取るようにしてゆるゆると蹂躙する。

「ん、……ぁ……」

その緩慢な舌の動きとは反対に、男の熱塊が濡れた媚肉の上を撫でるように、何度も強く擦りつけられた。

「あ、……やだ、挿れないで……」

ライラが思わず身を固くすると、サイラスは白い尻たぶに手を置き、対面座位のままじぶんのほうへと強く引き寄せた。

「わかってる、おまえが望まないことはしない」

膣液の滑りを借りて、男の剛直が秘部と下腹のあいだを何度も往き来する。

「それ……感じちゃ……っ、あ……」

膣口の中を突かれているわけではないのに、媚肉を擦られるたびに淫唇が疼き、腰の奥まで甘い痺れが広がった。

擦る動きに合わせてサイラスの長い指が肉粒を弄り、その口が胸の頂《いただき》を嬲ると、ライラの秘裂から粘度のある淫らな水音が響く。

できればその熱い屹立で胎の奥を満たして欲しい。

一度しか経験していないのに、ライラの本能がサイラスを強く求める。

けれど二度目の交接は結婚初夜まで待って欲しいと、じぶんのほうから頼んでしまった。いまさら挿れて欲しいなどと、懇願するわけにもいかない。

埋まらない衝動に耐えようと、ライラが男の腰に脚を交差させると、花唇と陰茎の密着が深まってサイラスがうっと息を詰める。

「参ったな。早く出さないと自制が利かなくなりそうだ」

サイラスは自嘲ぎみに笑うと、やわらかな臀部を抱え込みながら、さらに激しく欲望を擦りあげた。

「ぁああ……っ」

濃密な水音が耳を犯す。

「いっ……あぁ……ぁ……あぁ……」

これがひとつになるということか。

昨夜の快感を上まわる恍惚が全身を支配する。

「く……っ」

サイラスが身震いすると、男の欲望が熱く爆ぜた。ライラの腹に白い飛沫が散っている。

「早くおまえと、またひとつになりたい」

そう願っていたのはじぶんだけではなかったようだ。

満たされた想いと、ほんの少し欲張りになった体を持て余しながら、ライラは抱き締めてくる男の頭にそっと頬を擦り寄せた。

7章　密約

「――以上で講義を終わります。ここまででなにか質問はありますか？」

講義の終わりが近づいて緊張の糸が途切れた瞬間、

「ふあ……」

ライラから欠伸が漏れた。

慌てて口を塞いだが、見咎めたアンバーがこれ見よがしに甲高い声を上げる。

「まあ、ライラ様。大切な講義の最中に欠伸だなんて、さすが一位で通過した方はずいぶんと余裕がおありですこと」

令嬢たちから笑いが起こり、ライラは肩身の狭い思いをする。

さらし者にされたのは悔しいが、連夜の性技指南で寝不足ぎみなのは否めない。

見た目はストイックなサイラスだが、ベッドの上では精力的で、性技指南を口実にライラを追い詰めて愉しんでいるように見えた。

幸か不幸か、ライラは未来の夫となる相手から性技指南を受けているが、本来は侍女と指定された道具を使って行うものらしい。

一応用意しておいたという所定の道具――催淫効果のある液体に、男性器を模した木製ディルドをサイラスから見せられたが、あえて使うかと問われたら答えはノーだ。

道具と恋人、そのどちらかを選べと迫られたら答えはひとつしかない。

「皆さん、静粛に。ライラ嬢も次からは集中力を切らさないようお願いしますね」

「……申し訳ありません、失礼しました」

謝罪の言葉を口にすると、シスターカーラが鷹揚に頷く。

「いまのは〈自習〉が捗っているがゆえの失態――ということであれば結構です。たゆみない努力は成功の源ですが、寝不足になって体を壊しては元も子もありませんからね。気をつけてください」

叱られるどころか逆に気遣われ、ライラは「ありがとうございます」と笑みを浮かべた。

アンバーは期待通りの展開にならなかったのが面白くないのか、不満げに唇を尖らせている。

叱られずに済んでほっとしたが、よくよく考えてみるとシスターカーラの言う〈自習〉とは性技指南にほかならない。

だからライラの顔の寝不足のあとを見つけて気遣ってくれたに違いないが、つまりそれほど長い時間、侍女と戯れていたと思われたということだ。

それに思い至った瞬間、なんともいえない気恥ずかしさに襲われる。

ここに集う令嬢たちは多かれ少なかれ、花嫁修業の一環となる性技の会得に重きに置いているのだろう。実際、ライラは二階の廊下で誰かの喘ぐ声を聞いた。

学ぶことの重要性は重々理解しているつもりだ。

けれど毎夜のようにサイラスから手ほどきを受けているうちに、快感に慣らされ、乱れていく体の変化に戸惑いを覚えないといったら嘘になる。

結婚初夜まで挿入されることはないが、終わりがない分前戯にかかる時間は長く執拗になっていた。

この状態が続けばシスターカーラに心配され、アンバーには攻撃材料を与えてしまうことになる。

サイラスは修道院に入る前、ライラが一位通過したことで令嬢から嫌がらせを受けるのではないかと危惧していたが、まさか言葉通りの展開になるとは思ってもみなかった。

聞こえよがしに嫌みを言う令嬢たちもいるが、とくに最近アンバーが攻撃的になっている。彼女の生まれ持った性格と割り切って無視すればいいのだろうが、彼女の侍女ラナに秘密を握られているという弱みがあるから迂闊な態度が取れない。

それにラナとは二階の廊下で会って以来、姿を見かけたこともすれ違うこともなかった。

彼女が本当にサイラスの秘密を守ってくれているか不安だが、向こうから声をかけると言われた以上、いまは大人しく接触してくるのを待つしかなかった。

「さて、講義を終える前に、皆さんにお知らせがあります」

シスターカーラは咳払いをしてから話を続けた。

「もうすぐエリック殿下主催の舞踏会が開かれます」

その途端、談話室が色めき立つ。

「ただでさえ慣れない環境で皆さんも苦労しているでしょうが、くれぐれも体調管理に気をつけて、舞踏会に不参加という事態にだけはならないよう気をつけてください」

「……！」

なるほど、その手があったのだ。ライラは胸のうちで悔しがる。

病欠を理由に舞踏会を欠席すれば、結果として審査に落ちる確率も上がっただろう。

けれど体調管理に釘を刺されてしまっては、仮病という手はなかなか使えない。

それにこのまま体調不良を訴えると、ライラは性技指南に耽るあまり、体調を崩したふしだらな令嬢という印象を持たれてしまう可能性がある。

そんなことになれば、いざサイラスと結婚というときに社交界で変な噂が広まらないという保障もない。

ライラは令嬢たちと共同生活を送るうちに、貴族の中には一定の割合で無責任に噂話を脚色して拡散する人がいるのだと気づかされた。

そうした悪い噂は、サイラスや家族のためにも避けたいところだ。

「シスターカーラの言うとおり、欠席は許しません。全員参加を心がけてください」

突然凛とした声が響き、談話室がしんと静まり返る。

いつからそこにいたのだろう。

後方の扉の前に、シェパードとシスターマリアの姿があった。

冬を思わせる厳しい表情のシェパードとは対照的に、修道院長のシスターマリアは春の陽だまりで日向ぼっこする猫のように目を細めながら微笑んだ。

「おめでとう皆さん。ここにいる全員がエリック殿下にお会いして、ご挨拶できる幸運を摑んだのですよ」

「それで、舞踏会はいつですの？」

アンバーがたまらずといった様子で椅子から立ち上がる。

「金曜日です」

シェパードが事務的に答えると、アンバーが瞳を輝かせた。目標を定めた彼女はお世辞抜きに輝いて見える。

ほかの候補者たちも頬を紅潮させて笑顔を見せていたが、この場で浮かない顔をしているのはライラとクラリスくらいだ。

談話室のあちらこちらで、着ていくドレスや髪型、エリック王子の好みについて情報交換をして盛り上がっている。

もちろん舞踏会があることを想定していなかったライラは、華やかなドレスなど持参していない。

「またサイラスに手間を取らせることになりそう……」

ライラはひっそりとため息をついた。

ラナとの再会は思いがけないタイミングで訪れた。談話室を出たところで、彼女が待っていたからだ。声をかけようと口を開きかけると、それより早くラナが言った。

「アンバー様、奥様が贈られた荷物が午後にも届くとのことです」

「あら、そう。届き次第、部屋に運んでちょうだい」

どうやらライラのすぐ後ろにアンバーがいたらしい。

「かしこまりました。それでは私は門の近くで待機しております」

ラナがかしこまって頭を下げると、アンバーはライラを睨むようにして先を行く。

この流れで話しかけていいものか迷っていると、ラナはなにかを拾うふりをしてライラにメモを手渡してきた。

「お嬢様、落としものです」

「あ、ありがとう」

ライラは自室に戻りながら、渡されたメモをそっと開く。

――十四時、池のそばの四阿で。

「ライラ様」

部屋の前でサイラスに声をかけられた。

慌てて教本のあいだにメモを挟んで振り返ると、サイラスが銀のトレイにティーセットを持って立っていた。

「待って、いまドアを開けるわ」

サイラスとともに部屋に入ると、さっそく舞踏会の件を伝えた。

「つまり舞踏会用のドレスが必要なんだな」

「ええ、それも四日後の金曜までに」

サイラスには二年前の事件に決着をつけるという目的がある。

それなのに、ドレスの用意などという取るに足らない用事を頼むことになってしまい申し訳なく思う。

「時間的に王都で調達するしかないと思うけれど」

「わかった、その件は任せておけ」

「ああ、それと今日はシェパードが来ていたわ」

彼女はサイラスの協力者で、事件の証拠集めのために力を貸してくれている。

「わかった。いまのうちに彼女と連絡を取ってくる。しばらく留守にしても構わないか？」

「ええ、もちろん。行ってきて」

一瞬ラナの件を話そうかとも思ったが、これ以上サイラスの手を煩わすわけにはいかない。どのみちラナの話を聞いてみないことには手のうちようがなかった。

「どうした？」

ぼんやりしていたのか、サイラスが声をかけてくる。

「なんでもないわ。わたしもお茶を飲んで一休みしたら、散歩に出かけるわ」

サイラスと別れると、ライラは約束の十五分前には四阿のそばにいた。

早めに来たつもりだったが、ラナのほうが先だった。

彼女はライラに気がつくと、木陰の下から陽射しの境界線へと足を踏み出す。

「待たせたかしら？　遅れてごめんなさい」

ライラが謝ると、ラナは少しだけ不思議そうな顔をする。

「別に待ってないよ。荷物の受け取りを口実に、ここで休んでいるだけだから」

これまでの礼儀正しい印象からは一転して、彼女はくだけた口調で話しかけてきた。

暗い廊下で会ったときのラナは、高身長で中性的な印象しかなかったが、陽の下で改めて見ると目鼻立ちが整っているのがわかる。

「ここにいてアンバーは大丈夫なの？」

「まあね、荷物はとっくに受け取っているし」

見ると、四阿のベンチの上に大きな四角い箱がある。そういえばラナはアンバーに荷物が届くと報告していた。

「舞踏会開催を聞きつけた母親が、娘に新しいドレスを贈ってきたんだ」

「そうだったの」

それくらい、アンバーの両親は娘に期待をかけているのだろう。

「ところでラナ、この前言っていた頼み事というのはなに？」

さっそく本題に入ろうとすると、ラナに笑顔でかわされた。

「その前に話を聞かせてよ」

「話？　なんの？」

「ライラ様はどうして男の侍女を同行させたの？　やっぱりアンバー様とおなじように、性技の指南役として男を忍び込ませたの？」

「ど、どうしてそんなことを聞くの？」

聞き返しながらも、ラナの言葉に引っかかりを覚えた。

アンバー様とおなじように――確かラナはそう言っていたはずだ。

そのことに気を取られていると、ラナが急に近づいてライラの腰に腕をまわした。

「あ……っ」

この腕の感触、この力強さは――。

「もしかしてあなた」

「気づいてもらえた？　だったら改めて挨拶するね」

ラナはにっこり微笑むと、さらにライラを抱き寄せた。

「オレはダンテ。アンバー様の性技指南役として雇われている者だよ」

言われてみれば、茶目っ気のある眦《まなじり》はどこか精悍で、密着する身体もよく引き締まっている。首の詰まった飾り襟のシャツも喉仏を隠すためだとしたら納得がいく。

「それじゃ、あなたも男なの!?」

「しっ！」

びっくりして叫ぶと、片手で口を塞がれてしまいライラは唸り声を上げた。

「んんっ？」

「いいから大人しく聞いて。報酬を支払ってくれるなら、オレも指南しますよ。いろんな手管を覚えたいなら、男を変えるのが手っ取り早い方法だからね」

間近に迫る顔が意味ありげにウインクして、そのまま耳もとに息を吹きかける。

「んーっ」

「へえ、感度良いんだ。これって元から？　それともあの男に教えられたの？」

ライラが体を仰け反らせると、脚のあいだに男の片足が割り込んできた。

「どうせならオレとあいつ、どっちがうまいか試してみない？　君はほかの貴族みたいに偉ぶらないし、なんなら個人的に教えてあげてもいいし」

「ん、ん、んっ」

すると突然、ライラとダンテの顔のあいだを光るものが掠めた。

「うわっ！」

驚いて身を引いたのはダンテだった。

彼の立っていた四阿の柱に、短刀が深々と突き刺さっている。

「――ライラから離れろ」

大股で近づいてくるのは、侍女姿のサイラスだ。

その目は鋭くつり上がり、全身からは殺気がみなぎっている。

サイラスは柱の短刀を引き抜くと、鈍色《にびいろ》に光る切っ先を、ダンテの眼前に突きつけた。

「彼女はおれの妻だ。近づくなら殺すぞ」

「ちょ、待った！　アンタなに言ってんの？」

ダンテは身軽に脇に飛びすさると、ライラの体を盾にするようにしてその背中に隠れた。

「なにこいつ、頭おかしいんじゃないの？　使用人が令嬢を娶るなんて、できるわけないだろ」

「いますぐ殺されたいみたいだな」

顔色も変えずにサイラスが短刀を振りかざす。

このまま放っておくと、本当に血の海になりそうだ。

「ま、待ってサイラス！　ダンテもよけいなことは言わないで！」

ライラは男たちのあいだに挟まったまま、この場をなんとか収めようと両手を広げた。

ダンテを庇ったのが気に障ったのか、サイラスが冷ややかな視線をライラに向ける。

「なぜそいつの名を知っている？」

「名前はさっき聞いたの。それにダンテはアンバーの指南役の侍女として雇われてるの」

「アンバー？　どういうことだ？」

ライラは急いで廊下でのことを手短に説明した。

「つまりその男におれの正体を知られて、関係を迫られたというわけか？」

「わー、違う！　さっきのはちょっとした営業！　彼女に頼みたい事はほかにあるんだって！」

ライラの肩越しに顔を覗かせながら、ダンテが焦ったように説明する。

サイラスは目を眇めると、短刀をちらつかせながらライラから離れろと指示をした。

「わ、わかった、彼女から離れるから、その前に短剣をしまってくれ。でないと落ち着いて話もできないだろ」

「そうよ、サイラス。いったんそれをしまってちょうだい。誰かに見られでもしたら大変よ」

サイラスは舌打ちをすると、侍女服の裾を持ち上げて、ふくらはぎにつけていた皮ベルトに短刀をしまった。

それを見たダンテはサイラスから距離を取りながら、降参するように両手を挙げる。

「ライラに近づいた理由を話せ。それと彼女からもう三歩離れてろ」

「わ、わかったよ」

ダンテは言われたとおり後退すると、身の上話を始めた。

「オレは役者のかたわら、貴族のパトロンから小遣いをもらって　時々夜のお相手も務めているんだ」

「要するに男娼か」

「まあ、そうだね。いまはアンバーに雇われて、彼女の性技指南をしている。とはいえ処女までは奪ってないけどね」

「その男娼がライラになんの用だ？」

「彼女は親切そうだし、侍女だからって邪険にしない。だからオレの頼み事を聞いてくれると思ったんだ」

「おまえは頼み事するときに、いちいち相手に抱きつくのか？」

サイラスが睨むと、ダンテが苦笑いを浮かべる。

「だからそれは営業で……。ライラ嬢も男の侍女を連れていたから、オレも相手してもらえれば、ちょっとした小遣い稼ぎになると思ったんだよ」

「節操のない男だ。金のためなら体を売るのか？　浅ましいやつだな」

サイラスが唾棄《だき》すると、ダンテは両手を下ろして真顔になった。

「オレは捨て子で、生まれたときに持っていたのはこの身ひとつだ。そのオレをいまの座長が拾ってくれた。世の中には子どもを利用するあくどい大人も多い中、座長だけは孤児を集めて一人前の役者に育ててくれた。だからオレはじぶんの意志で金持ち相手に金を稼いで、劇団維持のため座長に協力している。そのことについておまえに馬鹿にされる筋合いはない」

軽薄そうに見えたダンテだが、彼には揺るがない矜持《きょうじ》があるようだ。

「……そうか、悪かった」

意外にもサイラスは、すぐに謝罪の言葉を口にした。

「失言を詫びる」

「え？　ああ、わかった。どうも」

ダンテは戸惑いながらも破顔する。

「じゃ、誤解も解けたところでライラ嬢に頼みたいんだけどさあ」

「近い」

歩み出たダンテの顔面をサイラスが片手で摑む。

「痛てて……ちょっとライラ嬢、この嫉妬と独占欲丸出しの男をどうにかしてくれよ！　これじゃ話がちっとも前に進まないんだけどー」

だったら煽るような発言や態度は止めて欲しい。ちゃんと謝罪をして、それを受け入れたということもあるのだろう。先ほどまで感じていた一触即発といった刺々しい空気が消えていた。

タイプの違うふたりだが、ダンテの憎みきれない軽薄さのおかげで、事が深刻にならずに済んでいるようだ。いまはどことなく気安い空気が感じられる。

「それで、どうして欲しいんだ？」

ライラに代わって要望を聞き出すと、サイラスはしばらく考え込んだのちに、今度はじぶんの計画のためにダンテを雇うことにしたのだった。

夕食を終えてライラが部屋に戻ると、侍女姿のサイラスとダンテが顔を突き合わせるようにして何事か話し込んでいた。

「やあ、ライラ嬢。お邪魔してるよー」

侍女姿のまま、ダンテは椅子の上で片膝を立てて、その膝頭に顎を乗せている。

「アンバーも食堂を出た？」

「いいえ、ほかの令嬢たちと話し込んでいたから、あと三十分は下にいると思うわ」

サイラスに味方が増えたのはいいことだ。

「ふたりでなにを話していたの？」

「今後の詳細について計画を詰めていたところだ」

「いやー、サイラスってほんと頼りになるわ。悪事の才能あるんじゃない？」

かたわらに座るサイラスの脇腹あたりを気安く肘で突くと、サイラスは露骨に嫌な顔をする。

「なにが悪事だ。おまえのほうこそライラの人の良さにつけ込んだ悪党のくせに。どうしておれたちが、おまえの修道院脱走に手を貸さないとならないんだ。厚かましいにもほどがある」

「えーっ、いまさらそれ言っちゃう？　オレだってサイラスに協力するんだから、お互い様でしょ」

へらへらと笑うダンテをサイラスが睨む。

「だけど本当にアンバーから逃げ出しても平気なの？」

「彼女に頼んでも外出すら許可してくれないんだから、もう出ていくしかないでしょ。報酬が前金だけになるのは痛いけど、座長が倒れたんなら、オレがいないと劇団は立ちゆかないしさあ」

ここまで聞いたらダンテをどうにかしてあげたい。協力を求めるようにサイラスを見つめると、彼はわずかに肩を竦めた。

「ライラが逃がすと決めた以上、おれも手を貸す。が、本来ならおまえは池の魚の餌にされているところだ」

「こえー……あんたって敵にまわすとおっかないタイプだよね」

本気で怖がっているようには見えないが、ダンテはサイラスの機嫌を取りなすように長方形の木箱を差し出した。

「これ、お詫びのしるし。未使用だからライラ嬢と楽しみなよ」

そう言ってダンテは無理やりサイラスに木箱を押しつけると、代わりにベッドの上に置いてあったライラのドレスを小さく畳んで小脇に抱えた。

「それじゃ、このドレスはオレの知り合いの仕立屋に送っておくから、後で誰かに届けさせるよ」

ダンテはライラの横を通り過ぎざま、こそっと話しかけてきた。

「あいつ、爽やかそうな面のわりに性格ネチっこそうで大変だろうけど、オレの贈り物で愉しませてもらいなよ」

いったいなんの話だろう。

ライラが首を傾げていると、サイラスの低音が響いた。

「用が済んだら、さっさと出ていけ」

「あはは。じゃあねー、おふたりさん」

ここまでお調子者だと、かえって毒気を抜かれるらしい。

ダンテが出ていくと、

「疲れる奴だ」

とため息を吐きながらも、サイラスの口角にはかすかに笑みが滲んでいた。

「それで、どうやってダンテを逃がすの？」

「いまからダンテには体の不調を訴えてもらう。舞踏会前に具合が悪いと言えば、アンバーも病人をそばに置きたくなくてダンテを外に出して、代わりの侍女を呼ぶはずだ。それが上手く行かないときは別の計画を実行する」

なるほど、とライラが頷く。

「それで自由になったダンテが、今度はサイラスのために動いてくれるというわけね」

「そういうことだ。おれもシェパードの手引きで、何度か修道院を抜け出してはいるが、さすがに頻繁に出入りするのはリスクがある。それに中と外を往き来するたび、変装する手間も省けるからな」

「ダンテもよく引き受けてくれたわね」

「報酬の約束をしているからな。多少の危険も金さえもらえれば問題ないらしい」

その言葉を聞いて、急に不安に襲われた。

「昼のことだけれど……」

サイラスは言葉の続きを待つように、黙ってライラを見つめる。

「短剣を持ち歩いていたわよね。それくらい危ない状況なの？　また命を狙われたりするの？」

「あれはただの護身用だ」

「だけど……」

サイラスからは、まだすべてを打ち明けてもらっていない。

恋人を守りたいという気持ちは理解できるが、同時にそれは寂しさを伴う。

「シェパードやダンテがサイラスのために動いているのに、わたしだけなにも手伝えないのが辛いわ」

おそらくサイラスの家は、王都の中でも名家の貴族に違いない。

つまりサイラスの父親は上級貴族。仮にその父親や身内の誰かがサイラスの命を狙ったのだとしたら、犯人を捕まえない限りまた命を狙われることになるだろう。

「わたしもサイラスの手助けがしたい」

強く訴えると、

「あるだろ。おれのためにできることが」

サイラスはライラを強く抱き締めると、そっと頭を撫でた。

「次の審査は全力で落ちろ。舞踏会に出席しても、おまえに近づく男がいたら片っ端から無視しろ。それでもしつこい奴がいたら、必ずおれに言え。どんな手を使っても、そいつを追い払ってやる」

確かにサイラスの問題が解決しても、万が一でも王子の婚約者候補になってしまったらクラリスと似たような状況になってしまう。

「安心して、絶対に落ちてみせるから」

男の胸に頬を寄せると、穏やかな鼓動が伝わってくる。

「ライラ……」

甘く名前を囁かれて顔を仰のかされると、温かな唇がそっと重なってきた。

サイラスに初めて出会ったとき、少年の瞳の奥にじぶんとおなじ影を見つけた。

あの頃はまだそれがなにかまではわからなかったが、本能的にそれを感知していたのだろう。

たいていの子どもなら当然のように享受できる肉親からの愛情。

ライラもサイラスも、それが満たされないことで愛情に飢えと孤独を感じていた。そのことを消化しきれないまま、ライラは行き場のない感情を子供心に持て余していた。

そんなときライラはサイラスと出会った。

たった二年の付き合いでも、彼への信頼は肉親以上に厚い。

それが同情や共感からくるものなのか、恋愛感情から生まれたものなのか、はっきりした理由はわからない。

だけどいまのじぶんはサイラスなしではいられないと思っている。

その感情をいったん受け入れてしまえば、これまで素直に彼と向き合おうとしなかったじぶんの言動すべてが馬鹿らしく思えた。

「ライラ……愛している……」

「ん……」

少しずつキスが深まり、呼吸が乱れる。

この流れでいくといつもの戯れが始まるだろう。性技指南の名を借りた結婚前の秘め事は、後ろめたさとおなじくらい甘美で、淫蕩に溺れてしまう。

「ベッドに行こう」

移動しかけたそのときノックの音が聞こえた。

「……ダンテが戻ってきたのかしら？」

「放っておけ」

サイラスがキスを止めないでいると、ノックの音がまた響く。

「急用かもしれないわ」

気もそぞろになっていると、サイラスは舌打ちしてから扉へ向かった。

「こんな時間にごめんなさい」

泣きはらした目のクラリスを見て、ライラは彼女の肩を抱くようにして招き入れる。

「なにがあったの？」

「侍女に舞踏会用のドレスを適当に用意するよう頼んだの。そうしたらこれまで拒否していた性技指南の話を持ち出された挙げ句、こんなものまで手渡されて」

クラリスは握り締めていた布をテーブルの上に広げた。

「これって……」

明らかに異性を煽情する目的で作られたレース仕立ての夜着だ。

「舞踏会でいつ王子に声をかけられてもいいように、いざというときはこれを着て誘惑するように言われたわ」

「え、でもだって、婚約も内定していないのにそんなこと……」

「前例があるそうなの。有力貴族の令嬢と内々で婚約が決まっていたのに、王子がほかの令嬢を見初めて、既成事実をもとにその方と婚約してしまったという事件が」

「だけど誘惑なんて……それに王子に一夜を求められたとしても、こちらに気がないときは断ってもいいのでしょう？」

「私も反論したのだけれど、お父様の言葉として侍女がこう言ったの。『舞踏会に参加する令嬢はみなライバルであり、彼女たちから一歩抜きん出るためには誘惑もしろ。殿下に求められたときは身を捧げよ』と」

「そんな……」

想い人のいる立場からすると、受け入れがたい言葉だ。おまけに発言したのが身内となるとショックも大きい。

「……どこの親もそうなのかしら？」

　疲れ切った様子で、クラリスが近くの椅子に力なく腰かける。

「まさか父親から、男性を誘惑するための夜着を渡されるとは思わなかったわ……こんなものを好きでもない相手のために身につけなくてはならないなんて、考えるだけでもぞっとするわ」

　親から誘惑を強制されるなんて、どうしたって心が削られる。

「ごめんなさい、どうしても侍女とふたりきりでいたくなくて……」

　申し訳なさそうにクラリスが眉を下げるのを見て、ライラは慌てて言い募った。

「いいの、気にしないで。わたしたちは同志みたいなものでしょう？　こういうときこそお互い励まし合わないと」

「ありがとう、ライラ様」

　クラリスが目を瞬かせて表情を綻ばせる。

　彼女は本当に可愛いらしい。同性でもつい見蕩れてしまう可憐さだ。

　そんな娘だからこそ、権力を望む親は過度に期待してしまうのだろう。

「今夜はこちらに泊めてもらえませんか？」

　クラリスが遠慮がちに聞いてくる。

　彼女の気持ちを思うと断る気にはなれないが、この部屋に泊めるには問題がある。

「わたしは構わないのだけれど、この部屋は手違いでベッドがひとつしかないの」

「まあ、ではサラはどこで寝ていますの？」

「それは……おなじベッドだけれど……」

クラリスが目を丸くする。侍女とおなじベッドを使うなどとは考えもつかないだろう。

「だからここに泊まるとしたら三人で」

「いいえ、お嬢様。今夜はおふたりでベッドをお使いください」

ライラの言葉を遮るようにサラが申し出た。

「だけどあなたはどうするの？」

「一階に使用人のための仮眠室があると聞いています。今夜はそこで休みますわ。ついでにクラリス様の部屋に行って、クラリス様がここにお泊まりになることを侍女に伝えておきます」

「……わかったわ。申し訳ないけれどそうしてもらえる？」

サイラスは小さな会釈を残して、部屋からそっと出ていった。

「ライラ様が羨ましいですわ。あんなに気が利く侍女を同行されて」

「ええ、そうね。サラにはいつも助けられてばかりよ」

クラリスとライラはドレスを脱いで下着姿になると、ふたりでベッドに潜り込んだ。

「プレマリアージュへの参加が決まって気落ちしていたけれど。こうしてライラ様に出会えたことは幸運でしたわ」

「ええ、わたしもよ」

「ここを出て家に戻ったとしても、時々お会いしましょうね」

「ええ、必ず訪ねていくわ」

約束を交わして微笑み合うと、クラリスが思い出したように声を低くした。

「……そういえば、例の噂はお聞きになりました？」

「噂？」

胸騒ぎを覚えながら聞き返すと、クラリスが二階で聞いた噂を教えてくれた。

「なんでも舞踏会のことを知らせにきたシェパードが、誰かと裏庭で話しているところを二階の窓から目撃した令嬢がいるそうですわ」

シェパードと聞いて、ライラの鼓動が少し速まる。

彼女が密会していたなら、相手はサイラスである可能性が高い。

「二階から目撃した方は、相手の顔を見たのかしら？」

「いいえ、四阿の陰になっていたので、シェパードと相手の服しか見えなかったそうですわ」

「そうなの……」

ほっとしかけた瞬間、クラリスが不穏な言葉を口にする。

「ですがシェパードが会っていた相手は、どこかの侍女だったそうですわ。ですから二階の令嬢たちのあいだでは誰かが抜け駆けして、彼女に賄賂を渡したのではないかと妙な憶測が広まっているのですわ」

なるほど。見ようによってはそう取られかねない。このことはサイラスに伝えておかないといけないだろう。

そんなことを考えているライラの横で、クラリスがため息をつく。

「それにアンバー様が、最近お城で妙な噂が広まっていると言っていましたわ」

「お城で？　時期的にプレマリアージュ絡みの噂かしら？」

「当たらずとも遠からずといったところですわ」

クラリスは枕を抱き込みながら、ライラに顔を向けた。

「今回のプレマリアージュはエリック殿下のためだけれど、噂になっているのはもうひとりの王子だそうです」

「もうひとりって……前に教えてくれた第一王子のこと？」

彼女は「ええ」と小さく頷いた。

「確かご病気になられて、いまは療養中なのよね？」

国民には知らされていないが、貴族のあいだでは公然の秘密とされているようだ。

「嘘か本当かはわかりませんが、離宮で療養中の第一王子の姿が、最近王都で目撃されたそうですの」

「それなら体調が良くなって、弟君のお祝いに駆けつけたということ？」

「うーん、どうでしょう？　ご本人はそのつもりでも、第二王子のエリック様を次期王に推す動きもあるそうですから、元気になられても手放しに喜べる話でもなさそうですわ」

「そうね。第二王子派にとっては面白くない展開だわ。それに弟君の舞踏会に顔を出されたら、主役のエリック王子より第一王子が注目を浴びてしまいそうね」

クラリスはライラの言葉に相づちを打つ。

「第二王子を次期国王に――そういう既定路線ができたところに、病弱とはいえ王位継承権一位のアーサー様が戻られたとなったら、プレマリアージュもややこしいことになりそうですわね」

王位継承権の争いなど、ライラとは無関係な遠い世界の話だけれど、プレマリアージュの参加者である以上、事が起これば部外者とも言い切れない。

「舞踏会で騒ぎが起きないといいですけれど……」

そろそろ眠くなってきたのか、言葉の合間にクラリスが何度か小さく欠伸をする。

ライラもつられて欠伸をしながら、サイラスがちゃんと休めているか気になって仕方なかった。

8章　舞踏会

舞踏会前日は講義もなく、準備のために一日を割り当てられていた。

部屋にはサイラスとふたりきりで、服を脱ぐ衣ずれの音しか聞こえない。

「着替えたか？」

衝立の裏から彼の声が響いてくる。

「え、ええ……着るには着てみたけど……」

足音が近づいてきて、サイラスが衝立の端から顔を覗かせる。

そして試着を終えたライラを見るなり、

「驚いた、見事に似合ってないな」

彼が呆然と呟いた。

「っ……このドレスはあなたが用意したのよ！」

真っ赤になって訴えると、サイラスの指がライラの顎を持ち上げた。

「承知していますよ、お嬢様。おれがあえて作らせたのですから」

ニヤリと笑う。なにかを企てているときのサイラスは本当に生き生きとしている。

ダンテが部屋を訪れたときに持っていったドレスは、彼の劇団の衣装を手がける王都の職人のところへ持ち込まれた。

もとは清楚なドレスだったのに、戻ってきたドレスはあえて流行遅れで野暮ったいデザインに仕立て直されている。

「想像以上に酷い仕上がりだ。これならおれがそばにいなくても、それなりの男除けになってくれそうだ」

満足そうにサイラスが眺める横で、ライラは小さなため息をつく。

審査に落ちるためとはいえ、こんな姿で舞踏会に出席するのかと思うと気が重い。

「……これ、ウエストまで弄ってあるみたいだけれど」

「任せろ、おれがコルセットで絞り上げてやる」

「それはどうもご親切に……」

いつもの軽口の応酬に、ライラは内心ほっとする。

じつはアンバーに人前で恥をかかされ、クラリスが泊まっていった晩の翌日、思いきってサイラスにしばらく性技指南を控えたいと頼んでみたのだ。

正直体が持たないし、講義を聞いている最中も、彼との夜がちらついて集中できない。

それ以来サイラスは、挨拶のキス程度しかライラに触れなくなった。

あれだけ続いた性技指南がぴたりとやんだのだ。おかげでその日は熟睡できて、目の下の隈も目立たなくなってきた。

初めは単純に喜んでいたが、こうも頑なに触れられなくなると、もしかしたらサイラスの機嫌を損ねたか、こうした行為に飽き始めていたのではないかと不安になってしまう。

「背中を向けろ」

「え、あ、うん」

向きを変えると、彼がコルセットの紐を摑んだ。

ドレスくらいひとりで着られるがデザインによっては人の助けがいる。

「髪を持ち上げてくれ。うまく紐が結べない」

「わかったわ」

慌てて髪を掻き上げて両手で押さえていると、サイラスの手が止まった。

「どうかし……ん」

露わになった首に彼の唇が押し当てられると、一瞬で体が火照る。

それ以上の刺激をつい期待してしまうが、男の唇はそこに留まったまま動きを止めた。

鏡越しに目が合うと、両肩にサイラスの手が置かれる。

「舞踏会では、おれ以外の男とふたりきりになるなよ」

「心配無用よ。こんなドレスの令嬢に、誰も見向きなんてしないわ」

「いっそのことどこにも出さないで、この部屋に閉じ込めておきたいんだが……」

「無茶言わないで、舞踏会は全員参加なのよ」

「だったら城に火でも放つか。舞踏会じたい無くなれば参加の義務もない」

冗談にしても笑えない。

「そんなこと言うから、ダンテに悪事の才能があるってからかわれるのよ」

するとサイラスは寂しげに笑った。

「謀略を好むのは血筋なんだろう。代々血なまぐさい逸話ばかり残っている」

「それを言うなら貴族の家はどこもおなじよ。古い家ほど黒歴史があるわ」

「……おれといて怖くないか？」

「え？」

男は縋りつくようにライラの体に腕を絡めると、背中に体を預けてくる。

「おれは時々じぶんのことが怖くなる。おまえに迫るダンテを見たときも、止められなければきっと殺していたはずだ。それに暗殺事件の首謀者を特定するための証拠が手に入れば、たとえ相手が身内だろうと躊躇なく排除するだろう」

生まれや育ちも違うから、相手の言動を頭ごなしに否定できない。

ここで善悪を説くのは簡単だけれど、彼自身じぶんの欠点や残酷さに気づいているのなら、きっと大丈夫だろう。

「わたしだってサイラスとおなじよ。嫉妬もするし、命を狙われたら相手を恨むと思うわ。だけど……」

ライラは首を伸ばすと、斜め上にある男の顔に甘えるように鼻先を擦りつけた。

「考えることと行動は別物よ。実際あなたはダンテに怪我をさせていないし、彼はいまあなたの協力者よ。たとえ報酬が目的だとしても、本気で嫌っていれば協力なんてしないはず。あなたには敵を味方にする力があるのよ」

ライラがきっぱり言い切ると、サイラスは鼻で嗤った。

「やはりおまえは人が好すぎる。だからおれみたいな男につけ込まれるんだ」

どこかうれしそうに呟くと、彼の取りまく空気に夜の気配が忍び込む。

熱に浮かされたような熱い眼差しから、男がじぶんに欲情しているとわかる。

ライラもその熱に感化されたように、彼の温もりを欲していた。

密着するわずかなすき間。そこだけがぎゅっと濃縮されたように、相手の息遣いを敏感に感じる。互いが放つ愛情が、相手への欲情に傾いていく。

理屈抜きに目の前の人を欲しいと思う。その欲望で内側を満たして欲しいと強く願う。

見つめ合っているだけなのに、脚の狭間がじんじんと疼く。

瞳が濡れるように、そこも自然と湿り気を帯びる。

「痛……っ」

だが、急にコルセットが締め上げられて、夜の気配が霧散した。

「こうすればぎりぎり入りそうだな。当分クラリスとのお茶会では、甘いものは控えたほうがよさそうだぞ」

真顔で告げられると、じぶんだけ盛り上がっていたようで恥ずかしくなる。

「そういうサイラスこそ気をつけたほうがいいわよ」

「なんのことだ？」

照れ隠しついでにライラは忠告した。

「あなたとシェパードが会っているところを目撃した人がいるそうよ。もちろん相手がサイラスだとは気づかれていないけれど、令嬢の情報も侮れないわよ」

「わかった、気をつけよう」

思った以上に神妙な顔をされてしまい、ライラは場を和まそうと冗談交じりに話を続けた。

「でも令嬢たちはシェパードの噂より、王子の噂のほうに関心があるでしょうね」

「王子の噂？」

続きを促すように、サイラスがじっと見つめる。

「聞くところによると、第一王子が王都で目撃されたそうよ。それで明日の舞踏会に出席されるのではないかと一部で憶測が広がっているらしいわ。そうなったらエリック殿下のプレマリアージュどころではなくなってしまうわね」

ふと気づけば、サイラスが難しい顔で黙り込んでいた。

「サイラス？」

他愛《たあい》もない令嬢の噂話を伝えただけなのに、どうしてそんなにも深刻そうにしているのだろう。

「ほかに王家関連の噂は聞いていないか？」

「え？　ええ、とくには……」

次期国王が誰になるかによって、貴族の勢力図が塗り変わる。

サイラスも貴族の出だから、やはりこうした話は気にかかるのだろう。

「舞踏会でなにか話を聞いたら教えるわね」

「ああ……」

心ここにあらずといった様子で、サイラスが空返事する。

それが気になりつつも、ライラは改悪されたドレスを少しでもましに着こなそうと、鏡の前で角度を変えながら腰のリボンに調整を加えた。


舞踏会当日のアヴァロン城には、見たことのない数の馬車が乗りつけられている。

昼間と錯覚するほどに煌々と焚《た》かれた篝火《かがりび》や、蝋燭の灯りを反射するシャンデリアの光が招待客の紳士淑女を明るく照らす。

令嬢たちにとってプレマリアージュに参加する栄誉を得られる機会は、人生で一度あるかないか。

そんな未来の花嫁候補をひと目見ようと、招待客の誰もが興味津々のようだ。

その中に独身貴族も含まれているのは、たとえ王子の婚約者に内定されなくても、プレマリアージュに参加した令嬢というだけで花嫁としての価値が上がるからだ。

――まるで品評会のようだわ。

城に到着した瞬間から、ライラはうんざりした気分になる。

舞踏会の行われる大広間に入ると、すぐにライラの耳には扇子の下で交わされる夫人たちのひそひそ話が漏れ聞こえてきた。

「ところで奥方様はどちらの令嬢に賭けていらっしゃるの？」

「なんでも一番人気は、アビントン公爵家のアンバー嬢らしいですわ。噂だと、婚約内定にこぎ着けるため、公爵がウィリアム王弟殿下に取りなしを頼んだそうですわ」

「アビントン公爵も必死ですわね。順当にいけばそうなるでしょうが、アンバー嬢が噂通りの勝ち気な性格なら、年下のエリック殿下のお相手としてはどうなのかしら？」

「でしたらマクドナル伯爵家のクラリス嬢がお勧めですわ。容姿も性格もとても可愛らしい方だと評判が高くてよ」

サイラスのために王家の噂を収集しようと、ライラは人を捜すふりをしながら夫人たちに近づいて耳をそばだてた。

「ふふ、それならもっとオッズの高い大穴がいますわよ。なんでも一次審査をトップ通過した方だとか」

「まあ、どこのご令嬢ですの？」

「それが中流の田舎貴族だそうで、確か髪が赤毛で瞳がすみれ色の……」

どうやらひとりの奥方がライラの存在に気づき、ほかの夫人たちに目配せする。

「確か父親はバーネット伯爵ですわ」

「ねえその令嬢って……もしかしてあの方？　だとしたら酷いドレスだわ」

「まあ嘘でしょう。あれで本当にトップ通過されたの？」

話題がじぶんに移っていると気づき、ライラは急いでその場から離れた。

サイラスは王子やほかの独身貴族を近づけないために、あえてダンテに改悪ドレスを用意させたようだが、このままだと別の意味で周囲に注目されてしまいそうだ。

大広間では楽団のチューニングが始まっている。

となると、あと半刻もしないうちに大広間に王族の面々も姿を現すだろう。

噂の第一王子が本当に現れるかどうかも気になるところだが、舞踏会を抜け出すのならいましかない。

ひとまず参加の義務は果たしたので、あとは人目につかないようどこかで時間を潰すつもりだった。

「クラリス様」

会場で友人を見つけ、急いで近づく。

「まあ、ライラ様。それが例のドレス？　……大成功ですわ」

クラリスには事前に計画を話しておいたが、やはり実際の改悪ドレスを目の当たりにすると、どこか哀れみの眼差しを向けてきた。

それくらい酷いドレスなら目的は果たせているはずだ。

「わたしは気分が悪くなって、ええっと……」

抜け出すことを伝えようとすると、彼女は承知しているとばかりに微笑みを浮かべた。

「わかっています。もしも誰かにライラ様のことを尋ねられたら、気分が悪くて休んでいると伝えておきますわ」

「ありがとう」

「お互い様ですわ。それに私も……黙っていていただけますでしょう？」

クラリスの視線の先には、独身貴族の男性が数人集まっていた。きっとあの中のひとりがクラリスの恋人なのだろう。

「彼に会って、もう一度じぶんの気持ちを伝えてみますわ」

「うまくいくよう祈っているわね」

互いの健闘を祈って別れると、ライラは大広間を抜け出した。

しばらく身を潜める場所を探すうちに、ライラは城の中庭へとたどり着く。

途中で何人か、城の侍女や衛兵たちとすれ違いはしたが、口もとを押さえながら「外の空気を吸いたくて」と微笑めば、それ以上詮索されることもなかった。

「さすがアヴァロン城ともなると、庭も見事だわ……」

庭園の花を見てまわったが、休めるような四阿やベンチなどが見当たらない。

広い庭をさ迷っていると、篝火を反射して木立の向こうになにか光るものが見えた。

「なにかしら？」

吸い寄せられるように近づいていくと、ガラス張りの建物が現れる。

どうやら立派な温室《コンサバトリー》があるらしい。

白い木枠の扉には施錠されておらず、中からうっすら灯りが溢れていた。

「こんばんは……」

一応、声をかけてみたけれど中から返事はない。

「良かった。ここなら誰にも見つからず隠れていられそう」

肩の力が抜けるのを感じながら、ライラは温室の奥へと足を踏み入れた。

天井も壁も、白い木枠に大きなガラスが嵌められている。

植物を育てるオランジェリーと、外からの目隠しをかねているのか、壁際沿いには見慣れない植物が所狭しと並べられていた。

会食もできそうな大きなテーブルの脇を通り抜けると、灯りがかろうじて届くような奥まった場所に寝椅子状の布張りのソファがひっそりと置かれていた。

ソファにはクッションや膝掛けも置いてあるので、ここで横になって星を眺めることもできそうだ。

暗い場所から天井を見上げれば、ガラス越しにたくさんの星が輝いているのが見える。

「わあ、とても素敵な場所だわ。サイラスにも見せてあげたい」

「――気に入った？」

突然の声にはっとして振り向けば、ソファのすぐ横にブロンドの髪の少年が佇んでいた。

「君は誰？」

警戒心を感じさせない少年特有の少し高めの声が、夜の空気を震わせる。

膝丈のジュストコールの裾をはためかせて優雅に歩み寄る姿は、まるで絵画から抜け出してきたかのようだ。

「ドレスを着ているってことは、舞踏会のお客さんだよね？　迷子にでもなったの？」

まだあどけなさの残る頬に、グリーンの瞳が悪戯っぽく輝いている。

「わたしは……その……」

まさか栄えある王家主催の舞踏会を抜け出してきたとは言いづらい。

ライラは不躾にならない程度に、目の前の少年をそっと観察した。

ひと目見ただけでも上質な衣装とわかるほど、ずいぶんと品のいい身なりをしている。

それに比べると、じぶんの着ているドレスがなんだか猛烈に恥ずかしくなった。

「もしかして僕といっしょかな？　舞踏会が退屈すぎてこっそり抜け出してきたんだけど……」

「え、あなたも！」

外見で見下すことなく、屈託のない笑みを見せる少年にライラは心底ほっとする。

「ふふ、やっぱりそうなんだ。舞踏会なんて結局は噂話やごますりのための場所でしょ。なんでみんな飽きないんだろうね」

その口ぶりからしても、少年が舞踏会に慣れていることが窺われる。

きっとどこかの上級貴族の子息なのだろう。

「僕はリック、君の名前は？」

少年はソファに腰かけると、片手でぽんぽんと座面を叩いた。

それがあまりに自然な仕草だったので、ライラは気負うことなく隣に腰かけてしまう。

座ってみると遠すぎず近すぎず、相手の警戒心を緩める絶妙な位置だ。

幼く見えるが、気遣いができる子なのだろう。

「挨拶が遅れてごめんなさい。わたしはライラよ」

自己紹介を済ませると、なぜかじっと見つめてから、リックが人懐こい笑みを見せた。

「とても良い名前だね。良ければ少しだけ、僕の話し相手になってもらえる？」

サイラスからは男性を近づけるなと言われている。

目の前の少年は男性というより、男の子と言ったほうがしっくりくるが、子ども扱いするには育ちすぎていた。

サイラスとの約束を破ることにならないか自問自答していると、リックが残念そうな顔をした。

「あ、急に変なこと言ってごめんね。なにか予定があれば遠慮なく断って。僕はひとりでも平気だから……」

サイラスといいこの少年といい、幼い頃から貴族社会、とくに上級貴族の大人たちに混じっていると、年齢のわりに大人びた気遣いを覚えるのかもしれない。

嫌なら断ってもいいと寂しげな表情で言われたら、かえって断りづらくなってしまう。

「いいえ、とくに用事はないわ。わたしでよければ話し相手になるわ」

「わあ、ありがとう。君みたいな可愛い子と知り合えるなんて、今日はついているかも」

社交辞令に違いないのに、リックが言うと心からそう言っているように聞こえる。

本当に愛嬌のある少年だ。弟がいたらこんな感じだろうかとつい考えてしまう。

「ライラはひとりで来たの？　ご両親といっしょ？」

「わたしは……知人の令嬢たちに同行したの。あなたこそひとりで来たの？」

プレマリアージュの令嬢と知られない程度の事実を伝えると、リックは長い足をぷらぷらさせながら呟いた。

「僕は両親といっしょなんだけど、義理の母が心配性で、いつも目の届くところにいないとヒステリーを起こすんだ。それで息が詰まって逃げてきちゃったんだ」

「それだと、今頃お義母様が心配されているんじゃない？」

「平気だよ、ここにいると見当はつけているだろうから、そのうち誰か迎えを寄こすと思うよ」

それよりも、とリックが身を乗りだしてくる。

「もっといろんな話がしたいな。僕、年の近い友達がいなくて……」

儚げな表情で、リックが視線を落とす。

「そんなに社交的で人懐こい性格なのに？」

「うん……恥ずかしい話だけど……」

リックみたいな良い子に友達がいないことを不思議に思う。

もしかしたら義母が過干渉で、普段から自由な友だち付き合いなどを制限しているのかもしれない。

「いいわ、それじゃあわたしと友だちになりましょう」

「本当に？　ありがとうライラ！」

よほどうれしかったのか、感極まった様子でリックが飛びついてくる。

「……っ」

いきなり抱きつかれて声も出せずに固まっていると、

「あ、ごめんね」

リックはすぐに身を離すが、また一瞬で座る距離を縮めてきた。

さっきより体が迫り腕も触れられているのに、抱きつかれた衝撃のほうが大きくて、いまの距離にさほど違和感を覚えない。

「ねえ、ライラに兄弟はいるの？」

瞳を輝かせながらリックが質問してくる。

「妹がひとりいるわ。リックは……なんとなくだけどお姉さんやお兄さんがいそうね」

「すごい！　どうしてわかったの？　僕には兄様がいるよ」

弾けた笑顔が一瞬で曇った。

「……だけど兄様には何年も会えていないんだ。病を患って静養しているから」

「そう、それは寂しいわね」

肩を落とすリックにかける言葉が見つからない。

「早く快《よ》くなるといいわね」

「うん、ありがとう……」

ありきたりな励まししか掛けられずにいると、リックは落ち込んだ様子で力なく呟いた。

「だけどお見舞いに行きたくても、僕に病気が移るといけないからって兄様に会わせてもらえないんだ。それに手紙を書いても一度も返事がない。あんなにやさしくて明るい兄様がなんの理由もなく僕を避けるわけない……だからすごく心配で……」

それ以上は言葉にならないのか、押し黙ってしまう。

話を聞く限りでは、リックの兄は病状が重そうだ。

彼の義母が心配性なのも、兄の病気が関係しているのだろう。

「わたしも前に祖父の看病をしていたの。だからリックがお兄様を思う気持ちはよくわかるわ」

「本当？」

「ええ。リックはお兄様のことが好きなのね」

「うん、大好き！」

うなだれていた形のいい頭がぴょこんと跳ねあがる。

「僕の兄様はとーってもやさしくて、すっごーく格好いいんだ。勉強や剣術、なんでも人よりできるしね」

「まあ、すごい方なのね！　お兄様の話をもっと聞かせて」

「え、本当に？」

リックが目を丸くする。

「どうしてそんなに驚くの？」

「だって兄様の話をしようとしたら、みんな気まずそうに顔を逸らすんだもん。だから僕も兄様の自慢話ができなくてつまらないんだ」

こんなにまっすぐに愛情を向けられたら、きっとリックの兄も弟のことが可愛いに違いない。

ライラはなんだか微笑ましい気持ちになる。

「そんなに素敵なお兄様なら、リック以外にも憧れる人がいるでしょうね」

「そうなんだ！　前に兄様を狙って、寝所に忍び込んできた令嬢もいたんだよ」

「え……っ、それって大胆なお話ね」

「とくに今日みたいな舞踏会があると、みんな兄様とダンスがしたくて行列ができていたくらいなんだ」

「すごいわね」

多少の誇張は入っているかもしれないが、兄の武勇伝についてリックは飽きもせずに延々と話し続けた。おかげで時間が経つのも忘れるくらい楽しく過ごせた。

そこに、温室の扉が大きく軋む音がして、入り口から人影が近づくのが見えた。

「あーあ、お迎えが来ちゃったかも……ねえライラ、明日もまた会える？」

甘えるように、リックが顔を覗き込んでくる。

「残念だけれど、それは無理だと思うわ」

「それってライラが王都に住んでいないから？　だったら部屋を用意するから、僕のところへ遊びにおいでよ」

ずいぶんと懐かれたらしく、リックが食い下がってくる。

弟ができたようで内心くすぐったいと思いながら、ごめんなさいと断った。

「じつは王都にいるあいだ、わたしはじぶんの意思で自由に行動できないの」

「どうして？　誰かといっしょにいるから？　そういえば温室に入ってきたときサイラスって言っていたよね？　その人はライラの恋人なの？」

どうやら独り言を聞かれていたようだ。

ライラは答えに詰まってしまう。

「ご、ごめんなさい。詳しいことは話せなくて……」

舞踏会が終われば、修道院で審査が行われることになっていた。

そこで候補者を二名に絞り、改めて王子の客人として城に招かれると聞いている。

その審査が終わるまでライラは修道院を出られないし、いったん領地に戻るとなると、サイラスからの求婚について父に説明して承諾を得る必要がある。

そんな落ち着かない状況で、リックの家に立ち寄る時間など作れるはずもない。

「だめだよ。話してくれるまで帰さない」

ふいに声音が低くなり、リックの指がライラの二の腕に食い込んできた。

その顔からあどけない表情が消え、代わりに男性的な強引さと身勝手さが透けて見える。

「痛っ」

突然首筋に衝撃が走る。

リックに強く吸いつかれたとわかったのは、数秒経ってからだった。

「ねえ、知ってた？　ここに誰かの痕が残っているよ。近くで見ないとわからないけど、そばにいけばはっきりわかる。君が自己紹介したときからずっと気になっていたんだ」

ライラはとっさに手で首を隠そうとしたが、リックにその手を摑まれてしまう。

力が強い。可愛らしい顔をしていても、やはり男性なんだと思い知らされる。

「これをつけた男って、相手をけん制しているつもりなんだろうけど、僕には逆効果だと思うな。かえって味見したくなる」

外見に似つかわしくない言葉をリックが囁くたび、うなじに熱い息がかかる。

この距離を許すなんて迂闊だった。

「――お話し中に失礼するよ、そろそろ時間だ」

タイミングを見計らって声をかけたようだ。

温室に入ってきた男性がもったいぶった歩調でゆっくりと近づいてくる。

聞き覚えのある声に、ライラは顔を強張らせた。

「みなに挨拶もしないで、こんなところに隠れていたのか」

やれやれと髭を撫でる男性は、王弟ウィリアムに間違いない。

「あーあ、見つかっちゃったあ。あと一時間くらいここでのんびりしていたかったのにな」

エリックはさりげなくライラから離れると、悪戯が見つかった子どものようにわずかに舌を出した。そうするとまた、幼い印象が戻ってくる。

そんなリックに王弟が苦笑混じりに肩を竦めた。

ふたりはいったいどういう関係なのだろう。

知人にしてはくだけすぎているし、友と呼ぶには年が離れすぎている。そのやりとりからすると、一番しっくりくるのは親子関係だ。

どちらにしろ王族の関係者と対面するのはまずい。

「で、では、わたくしはこれで……」

顔を伏せながら立ち上がると、逃げるように出口へ歩き出す。

王弟とは一次審査の大広間で顔を合わせただけだが、プレマリアージュの候補者がみずから進んで舞踏会を抜け出していたと知られるのはまずい。

リックが王族の関係者ならその我がままも許容範囲だろうが、プレマリアージュの参加者が王家主催の舞踏会をサボタージュしていたとなると不敬罪に問われかねない。

それで審査に落ちるなら願ったり叶ったりだが、親にまで累が及ぶとなると話は別だ。

「待って！」

リックに呼び止められたが足を止めずにいると、背後からぼやきが聞こえてくる。

「あーあ、行っちゃった……まさか叔父様が迎えにくるなんて想定外だったなあ」

「従者や侍女に呼びに行かせたところで、煙に巻いて逃げるつもりだろう」

「だって舞踏会なんて退屈なだけなんだもん。僕なしで終わらせたらいいのに」

「馬鹿言うな、エリック。主役が不在ではそもそも始まりもしない」

じぶんの耳を疑うのと同時に、ライラは立ち止まって反射的に振り返ってしまった。

その気配に気づいたのか、王弟とまともに視線がぶつかってしまう。

「おまえは……？」

見られてしまった。

顔から血の気が引くのを感じながら、ライラは慌てて温室を飛び出した。

第二王子の名はエリックと言ったはずだ。なによりあのウィリアムを叔父と呼べるのは王子しかいない。

「はぁ……はぁ……どうしよう、まさかリックがエリック殿下だなんて……」

駆け出したライラは、中庭の外れまでくると肩で息をしながらようやく立ち止まった。

まさか一番避けるべき相手と一対一で会話していたなんて、サイラスに知られたら説教どころではないだろう。

幸いなことに、エリックにはプレマリアージュの参加者だと知られていない。

王弟には顔を見られてしまったが、候補者の顔などいちいち覚えてはいないだろう。

「きっと大丈夫……」

ライラはじぶんに言い聞かせるよう呟いてみる。

「それにご夫人方の噂だと、王弟が推している令嬢はアンバーだもの。もしもわたしのことに気づいても、わざわざほかの候補者についてエリック殿下に話すはずがない」

となると、このまま広間に戻らずにいれば、ライラがプレマリアージュの参加者だと気づかれずに済むはずだ。

ライラは後からくるエリックたちとうっかり出くわさないよう、通りがかった侍女を呼び止めて城門までの迂回路を尋ねた。

「それでしたらこの先の建物の角を曲がって、石畳の廊下沿いに進んでいくと門の近くまで行けますわ。人通りが少ないので薄暗いとは思いますが……」

ライラは礼を言うと、侍女に教わった道を進む。

侍女が言っていたように建物の裏手にある石畳の廊下は薄暗くはあったが、ところどころに篝火が焚かれ真っ暗というほどでもない。

ライラが迂回路を進んでいると、反対側の渡り廊下に見慣れた人影を見つけた。

「あれは……」

一瞬ではあったが取れたフードを被り直していたのはサイラスに違いない。

恋人の顔を見間違うはずもないが、こんなところで会うなんて妙な話だ。

そもそも令嬢つきの侍女たちは、舞踏会のあいだは修道院で待機することになっていた。

それに今夜はダンテの脱走計画のために、サイラスは修道院に留まる予定だ。

もしかしたら急きょシェパードに会う必要が生じて、ここまで足を運んだのだろうか。

そうだとしても今夜は舞踏会で、いつにも増して城の警備は厳しいはずだ。そんな城内をサイラスが自由に移動できるのだろうか。

他人のそら似という可能性もあるが、ライラの直感は彼本人に間違いないと訴えている。

家の問題を抱えていると言ったサイラス。

その彼に協力しているのは城の侍女頭のシェパード。

クラリスから聞いた第一王子の噂。

いくつかの符丁が浮かぶたび、胸のざわめきも大きく広がっていく。

「もしかして……」

ライラは答えを求めるように、人影が消えた暗がりをしばらくじっと見つめ続けていた。


送迎の馬車を降りて修道院の門をくぐる直前、ライラは天頂に輝く月を見た。

プレマリアージュのお披露目と、参加者の歓迎をかねた舞踏会は明け方近くまで続く。

そのため花嫁候補の令嬢たちには、城に仮眠室が用意されており、修道院はいつも以上に静かだ。

部屋に戻って寝間着に着替えたライラは、ベッドに横になりながら扉が開く瞬間をいまかいまかと待ち構えていた。

一瞬睡魔に襲われてうとうとしかける。そのとき、前髪に風がそよぐのを感じた。

薄闇の中目を凝らすと、扉が音もなく閉じた。

「遅かったわね」

夜も遅いせいか、横になったまま出した声は思った以上に冷えきっている。

人影は一瞬肩を震わせたが、無言でベッドサイドまで近づいてきた。

「驚いたな、舞踏会を抜け出したのか」

窓から射し込む月明かりに照らし出された彼は酷く疲れているように見えた。

ライラは起き上がるとベッドの上で膝立ちになり、かたわらの男と向き合う。

「あなたはどこへ行っていたの？」

ライラはサイラスの頭にあったフードを払い、マントのような外套を寛げる。

予想通り、中は男物のシャツと乗馬服という軽装だった。

「修道院にいたのに変装していないのね」

サイラスは緩慢な動きで外套を脱ぎ捨てた。

「その姿でどこへ行っていたの？」

「……わかっているんだろう？」

ライラは頷く。

「でも、あなたの口から聞きたいの」

ライラはすみれ色の瞳で強く訴えた。

「答えてサイラス。あなたはいったい何者なの？」

すでに答えは出ていたけれど、じかに確かめずにはいられない。

ここで彼を待つあいだ、頭は混乱し、胸には不安が渦巻いていた。

「今夜城にいたのはシェパードに会うため？　それともほかに目的が？　最近の噂となにか関係があるの？」

事が片づくまで、サイラスはすべてを話せないと言っていた。

けれどいま考えていることが事実だとしたら、先に伝えておいて欲しかった。

「……黙っていて悪かった」

彼は小さなため息を漏らすと、観念したように口を開く。

「おれの名はアーサー・アヴァロン。この国の第一王子だ」

覚悟はしていたが、改めて聞かされると動揺が大きい。

「やっぱりそうなのね……」

予感が当たったことで不安が濃くなる。

以前は執事と令嬢という身分差に阻まれ、そのあと求婚されたときは貴族同士の結婚だと思っていた。

けれど実際は、王位継承権のある第一王子と中級貴族の令嬢という、別の階級問題が生じていたようだ。

ただ好きというだけでは乗り越えられない社会的な隔たり。それがいつも、ふたりの仲をややこしくしてしまう。

「身分は変わっても、おまえを愛する気持ちに変わりはない」

許しを乞うように、サイラスの――アーサーの手がライラの頬に触れた。

外にいて冷えきった指は、温もりを探すように顔の輪郭をなぞっていく。

「それじゃあサイラスの……いえ、アーサー殿下の命を狙ったのは国王陛下ということですか？」

「いや、違う」

ライラの改まった言葉遣いに、少し傷ついた様子でアーサーが答える。

「暗殺計画の首謀者は、国王に罪を着せようとしただけだった」

「だったら首謀者は誰なのですか？」

ライラの脳裏にエリックと王弟ウィリアムの顔が浮かぶ。

「王家はなにかと複雑なんだ。王位をめぐって兄弟で争ったこともあれば、王子が先王を毒殺して王位を簒奪《さんだつ》したこともある。父も王としては立派だが、身内としては最悪だ」

アーサーはどこか遠い目をして言葉を続けた。

「父は王妃の愛がじぶん以外に向かうことを嫌い、我が子を乳母に預けさせ、母子で会うこと禁じていた。王家の人間は執着心が強い。本気で欲しいと思えば、それが身内や臣下の妻だろうと平気で奪う傾向がある」

「だから王座を欲しがる身内の誰かが、アーサー殿下の命を狙ったということですか？」

「そうだ」

思い返せば彼も、目的を遂げるためには手段を選ばず実行するような大胆さがある。

ライラの家の困窮を救うために執事となり、修道院に同行するため侍女にも化けた。

「サイ……いえ、アーサー殿下」

慣れない敬称に戸惑っていると、アーサーが肩を竦めた。

「構わない。いまはサイラスとして扱ってくれ。おまえには普段通りでいて欲しい」

ライラはほっとして口を開いた。

「サイラスはお城にいたから、シェパードと親しかったのね」

「彼女はおれの乳母の娘だ。その乳母は二年前の暗殺事件のとき、たまたま居合わせて命を落とした」

「そんな……だからシェパードはサイラスに協力しているの？　母親の敵《かたき》を討とうとして？」

「ああ」

告白を聞いて、ようやくすべてのピースがはまった。

「どうして身分のことを隠していたの？」

「おまえを不安にさせたくなかったからだ」

伏し目がちの長い睫毛が、男の頬に暗い影を落とす。

「現状のままおまえと城に戻っても、証拠を摑んで首謀者を捕まえない限り、また命を狙われることになる。しかも次に狙われるのはライラ、おまえだ」

「え？　どうしてわたしが？　相手の狙いは王座なんでしょ？」

矛盾を感じて聞き返すと、サイラスの瞳がせつなげに揺れる。

「おれが敵なら真っ先に相手の弱点を狙う。いまのおれにとっての弱点はライラだけだからな」

「わたしがあなたの弱点？」

サイラスは秘めていた想いを苦しげに吐露し始める。

「首謀者をこの手で捕まえない限り、おまえはつねに危険と隣合わせの日々を送ることになる。だから言い逃れできないよう、二年前の証拠を集めようとしているところだ。この状況をありのままに伝えたところで、おまえを不安にさせるだけだ。だから目処が立つまで、極力ライラを巻き込みたくなかった」

そう言ってサイラスは黙り込んでしまう。

いままで彼は、そんな重荷をずっと独りで抱え込んでいたのだ。

ライラは思わず苦笑する。

「サイラスってすごく賢いのに、馬鹿なこともするのね」

心外だとでも言うように、男の目が眇められた。

「だってわたしが領主代行をしているときに、あなたが言ってくれたのよ。もっとおれを頼れ、ひとりで抱え込もうとするなって」

痛いところを突かれたのか、サイラスが渋面を作る。

「話を聞いて怖くないのか？　王家に嫁ぐとなったら尻込みするんじゃないか？」

こんなに心もとない彼の声は初めて聞いた気がした。

すべてを話せば離れていく。そんな不安がサイラスにはあったのかもしれない。

「……そうね、正直言うと戸惑っているわ」

サイラスの顔がわずかに強張る。

「求婚を断るつもりか？」

「いいえ」

ライラはサイラスの肩に両手を置くと、みずからそっと額に口づけた。

「あなたの敵はわたしの敵よ。ふたりでいっしょに捕まえましょう」

すると、サイラスの顔にじわじわと笑みが広がる。

「おれはおまえに拾われたことを感謝している」

ライラはわずかに目を見開いた。

「まさか二年越しにお礼を言われるなんて思ってもみなかったわ」

絶対に礼は言わないと宣言した少年と本当におなじ人物だろうか。

「サイラスってひねくれ者だと思っていたけど、もしかしてすごく不器用だったりする？」

思わず口にすると、彼はムッとした表情で唇を重ねてきた。

「おまえがおれを不器用にさせているんだ」

「ん……」

繰り返しキスされて、彼の重みに耐えきれず体が徐々に傾いでいく。

とうとう仰向けになってベッドに倒れ込むと、そのままキスが激しくなる。

「あ……ふ……ぅ……」

舌が絡ませられながら口腔を掻き回される。背中から腰にかけてゾクッと甘い痺れが走っていく。

「おまえを前にすると、おれは無様な男に成り下がってしまう」

自嘲しながら、サイラスの唇が次第に下へ下へとおりてくる。

一週間ぶりの愛撫の予感に自然と肌がざわめいた。

けれどその唇は鎖骨のあたりで動きを止め、ライラの胸に額を押し当てながら、思い留まるように長く細い息を吐く。

サイラスは律儀にライラが頼んだことを守ろうとしているらしい。

性の衝動から気を逸らすように、サイラスはライラの隣に移動すると、肘を突いた手で頭を支えながら話しかけてきた。

「――舞踏会はどうだった？」

「それが……」

彼の言葉に一瞬で現実に呼び戻される。

「なにかあったんだな」

わずかな戸惑いを、勘の鋭い彼が見逃すはずもない。

「じつは……」

ライラは温室の出来事を詳《つまび》らかに打ち明けた。

「どうやらエリック殿下も舞踏会が嫌で抜け出したみたいで、それでお互い相手の素性を知らないまま会話をしていて……。だけど帰り際にウィリアム王弟殿下に見られてしまって、プレマリアージュの令嬢だと気づかれてしまったかもしれないわ」

「叔父とエリックは、そんなに親しそうにしていたのか」

「噂によると王弟殿下はアンバーの父親に頼まれて、彼女を強く薦めているらしいの」

「――つまりおまえはおれ以外の男とふたりきりになっていたんだな」

「え……っ」

甘い空気から一転、彼から不穏な空気が漂う。

「ご、ごめんなさい。まさか話しかけてきた男の子がエリック殿下だとは思わなくて」

確かにサイラスからは、男を近づけるなと言われていた。けれど相手はサイラスの弟だ。そこまで機嫌を悪くする必要はないはずだ。

「殿下とはちょっと世間話をしただけよ。大好きな兄様に会えなくて寂しいと言っていたし、会話のほとんどはあなたの自慢ばかりだったのよ」

そうやって弁解しているうちに、はたと気がつく。

エリックの話が兄様――サイラスの話だとしたら、彼に好意を持つ令嬢が大勢いて、中には寝所に忍び込むような大胆な令嬢がいたということになる。

　なぜだか無性に腹が立ってきた。

　いくら過去の話とはいえ、じぶんばかり責められるのは納得がいかない。

「なぜおれを睨む？」

「なんでもない、もう寝るわ」

　男に背を向けようとすると、サイラスの手に阻まれる。

「このまま寝かせるわけないだろう」

「え？」

「先に約束を破ったのはおまえだ。今度はおれが破っても文句はないはずだ」

　なんのことかと聞き返す前に、サイラスの体がのし掛かる。

「んんっ」

　つい先ほどまでのやさしいキスとは違う。

　強く感情をぶつけてくるようなキスはどこか性急で荒々しかった。

「……っ……ふ……」

　口腔を陵辱され、飲み下せない唾液が口端を伝う。

　透明な液体が首筋まで流れる頃、いつの間にか寝間着の紐を緩められていた。

　前で交差する紐は完全に解けず、緩んだ紐と紐のあいだから網にかかった魚のように、白い柔肉が姿を見せていた。

「長いこと放っておかれて、ここが疼くんじゃないのか？」

「ひ、ゃあ」

胸の尖りを唇でついばまれ、肉厚な舌で芽吹く前の蕾を何度も擦られる。

「ぁあ……っ」

強い刺激に吐息が押し出されると、男はさらに両手で胸を寄せてその頂きを嬲り始めた。

「ひ、あ……っ」

ちゅぷちゅぷと淫らな音が響く。

ふたつの蕾を舌と指で愛撫しながら、途中でライラの手をじぶんの欲棒へと導いた。

そこはすでに硬く張りつめていて、ライラが触れるとビクンッと反応する。

「ここをどうするか、教えてやったはずだ」

どうやらサイラスは、約束を守れなかったライラに性技指南を再開するつもりらしい。

なにもなければ、戸惑いながらも喜んで彼の愛撫を受け入れていただろう。

けれどいまは、エリックから聞かされた話が頭にこびりついて離れない。

考えてみればサイラスは、処女のじぶんとは違い、性技指南できるほどすべてにおいて手慣れていた。

それが寝所に忍び込んだ令嬢との成果だとすると、とても彼と戯《たわむ》れる気にはなれない。

「やめて、今夜はそんな気分になれないわ。それにすごく疲れているの」

ライラが拒否すると、男の態度が硬化した。

「つまり疲れるようなことをしてきたわけだ」

「え……？」

サイラスは寝間着に使われていた飾り紐を一気に引き抜いてライラを全裸に剝くと、サイドテーブルに置かれていたダンテの木箱を摑んだ。

「あいつに渡されたとき、これを使うとは思わなかったが……」

木箱から取り出されたのは、男根を模したディルドと液体の入った小瓶だった。

「口を開けろ」

「い、いや」

顔を背けると、なにかに気づいたサイラスがとっさに首を摑んだ。

「ここが濃くなってる」

「え……」

そういえばエリックにキスマークを指摘され、強く吸いつかれたことを思い出す。

「誰にやられた？　エリック？　まさか叔父上か？」

正直に答えるべきか迷っていると、サイラスが舌打ちした。

「誰にせよ腹が立つ。おまえにはやはりお仕置きが必要だな」

男は瓶の中身を口に含むと、口移しでライラの喉に液体を流し込んでくる。

「ん……っ……なに？」

味は甘い葡萄酒で、舌にわずかな苦みが残る。

その液体は喉を焼きながら、胃に届く頃には、腹の奥をカッと熱くさせた。

「……ぁ……」

ドレスを着るためにろくに食事も摂っていなかったせいで、空腹時に食前酒を飲んだような酩酊《めいてい》感に襲われる。

ただの酒にしては酔いがまわるのが早い。すぐに視界がゆらゆらと揺れ始める。

「な……なんだか、体が……変……」

「おれ以外の男とふたりきりになったうえに、体にまで触れさせるとは……」

忌々しげに舌打ちをして、首の痕に上書きするようにきつく吸いつかれた。

「あ、……痛ぅ……」

体が過敏になっているのか、サイラスの唇が触れただけでも鳥肌が立つ。

男はライラの手を取ると、まだ少し柔らかい陰茎へと導いた。

「もう教えたよな？　ちゃんと勃《た》たせろ」

否とは言わせない口調で命じられ、ライラは霞がかった意識の中、男の欲望を手で扱き始めた。

「ぅ」

みずからも妖しげな液体を口に含んだせいか、サイラスの呼吸がわずかに乱れる。

ライラの手の中で男の肉茎はぐんぐんと硬度を増し、鈴口から欲望の蜜を零した。

「上達したな」

じぶんの手技で彼が感じているとわかると、ライラの脚の狭間まで、触られてもいないのにかすかに濡れるのを感じる。

ライラがもじもじしていると、サイラスが鼻で嗤った。

「おまえも触って欲しいのか?」

禁欲していたのはおなじはずなのに、彼のほうにはまだ余裕があるらしい。

サイラスがライラに欲望を握らせたまま体の向きを変えると、ライラの鼻先に太くそそり勃つ陽根が迫った。

それからライラの体を起こして横向きにさせ、左の太腿を枕にしながら、もう片方の脚を大きく割り広げると、露わになった花唇にむしゃぶりつく。

「ひゃ、あっ」

陰唇に男の熱い舌が絡まる。舌は媚肉の襞に沿って淫らに動き、溢れ出る蜜を丹念に舐め取っていく。

「あ、ぁ……そこっ……や、あ……」

夜の冷気と男の吐き出す熱気を感じて、ライラの秘裂がひくひくと反応する。

「おまえも舐めるんだ」

眼前に腰を近づけられ、ライラはとっさに目の前の欲棒を口に含んだ。

「ん、ふぅ……っ」

下顎が外れそうなほどいきり勃った陰茎は、すき間なく頬張るライラの口腔の中で時折動いて反応する。

「ふぅ……ふ、ぅ」

蜜口にはいつの間にか指まで加わり、陰核と秘裂を交互に苛んできた。

「あ……気持ち……い……ぃ、……」

前後不覚の中、体ばかりが敏感になっていく。

「すごい……とろとろだ……こんなに蜜が溢れて……中も動いている……」

男に舐られるたび、疼く場所に熱い息がかかる。

「ん……ぁ……っ……」

過敏すぎる体を持て余しながら、ライラは夢中で脈打つ屹立を愛撫した。

鈴口を丹念に舌で舐めると、裏筋をたどるように肉茎に舌を這わせる。唾液に濡れた剛直は、蜜を零しながらさらに硬度を増していく。

「そんなにおれが美味いか？」

「ん、おいひ……ぃ……」

ライラは肉棒の根元を擦りながら肉笠に吸いつく。じぶんの愛撫によって反応を示し、脈動する怒張が愛おしくてたまらない。

「ぅ……ふ……っ……」

そんな奉仕に応えるよう、サイラスも花唇に舌を這わせ、蜜壺の浅い場所に舌を差し入れながら膣孔を掻き回した。

けれど媚薬で強制的に感度を高められた体は、そんなわずかな刺激だけでは物足りなくなっている。

「も、もっと……」

深い場所で彼を感じたい。激しく突かれ揺さぶられながら、その腕にぎゅっと抱き締められたい。

サイラスの愛撫に翻弄されながら、ライラは憑《つ》かれたように欲棒を舐めしゃぶった。

それなのに男はライラから牡茎を取り上げてしまう。

そしてなにかを手に取ると、蜜で溢れた場所にそれを押し当てた。

潤んだ瞳を凝らすと、蜜孔にあったのは陰茎を模したディルドだ。サイラスに比べると長さも太さも、その半分にも満たない。

「いやっ……サイラス……」

愛撫の対象を奪われたライラは無意識に腰を揺らす。

彼の手管で煽られた体はその熱を持て余して、浅ましいほどに男の欲望を求めていた。

「きて、サイラス……あなたが欲しいの……」

涙目で訴えたが、彼は意地悪く笑うばかりで、揺れる腰を押さえ込み、その蜜孔にディルドを少しずつ埋め込んだ。

「あ、いや……っ」

肉環にぐっと圧がかかり、異物がゆっくり侵入してくる。

たっぷり濡れているから痛みは感じない。

けれどサイラスの熱棒とは違い、それは冷たく無機質で異物感が強かった。

「やっ……それ、抜いて……」

「だめだ、これはお仕置きだから我慢しろ」

「いや、いや……」

そんなことを言われても、前にサイラスを受け入れてから、そこに舌や指以外許したことはない。いくらサイズが小さいとはいえ、そんな状態で体の奥に挿入されると思うと、無意識に体が強張ってしまう。

「安心しろ。これは処女用のディルドだ。さっき飲ませた媚薬とおなじ成分を持つ樹液を固めて作ってあるからすぐに気持ちよくなれる」

そう言って、サイラスは時間をかけて、ライラの秘裂を媚薬性のあるディルドで犯した。

「これが奥に入ると、その体温で少しずつ樹液が溶けて媚薬の効果が高まる」

「っ……」

「ほら、これで全部呑み込んだぞ」

持ち手以外のすべてが膣孔に収まると、胎内の異物感が増した。

けれどそれ以上なにかされるわけでも、なにかが起きたわけでもない。

「ねえ、これ……っ、て」

サイラスに呼びかけたときだった。

ドクンッ――鼓動が大きく跳ねる。

口移しで媚薬を飲まされたときの、何倍もの熱と疼きが体の奥を襲った。

「はぁ……はぁ、ぁあ……なに……これ……ぁ、あ……」

その刺激に耐えようとライラは前屈みになったが、肌がシーツに擦れるだけで声が漏れそうになる。

「あうっ」

秘裂からじぶんのものか樹液なのかわからないものが溢れ出てきて、それが花唇や太腿、尻の窄《すぼ》みにまで伝い流れると掻痒《そうよう》感に似た激しい疼きに襲われた。

たまらず秘所に手を伸ばそうとするが、男の手に阻まれる。

「触るのは禁止だ」

「だ、だって……」

「これはほかの男に触らせた罰だ」

「そんな……」

耐えがたい疼きに、なおも手を伸ばそうとすると、サイラスに手首を摑まれた。

「言ったはずだ。触るのはなしだ」

「お、お願い、放して！」

こんなふうに拘束されては、疼く場所に触れることができない。

「許して……お願いっ……」

　サイラスの手を振り解こうとしていると、ライラは背後から抱き抱えられ、そのまま男の膝の上に拘束されてしまう。

　彼は揺れる腰に手を置いてしみじみと呟く。

「いい眺めだな。これだけ濡れているなら、おれのものもすぐ入るな」

「あっ……ぁ……」

　痒いところに手が届かない。そんなもどかしい疼きが断続的に襲ってくる。

　適度な刺激は快楽に繋がるが、過ぎた刺激は苦痛に等しい。

「いや、触って……早く……う、ぅ……」

　媚薬の効果は凄まじく、ライラは尻を揺らして懇願した。

「お、お願い……触ってぇ……なか……」

　媚薬など使われていなければ、そんなはしたない言葉など口にしなかっただろう。

　けれどじぶんでどうすることもできない状況では、ひたすら彼に頼むしかない。

「サイラス……お願いよ……お、奥が……疼いて……」

「……っ」

　サイラスは息を呑むと、悔いるようにハッと苦笑いする。

「これだとどっちが罰を受けているかわからないな」

　男は獣が番うように背後から白い背中を抱き締めると、秘裂の肉襞に屹立を擦りつけながら意地悪く囁いた。

「これを挿れるのは、初夜まで待つのだろう？」

「うぅ……」

「それにこれはお仕置きだ。触ってやるから今夜はそれで我慢しろ」

「あ、ぁあ……」

乳房を激しく揉みしだかれると、全身が疼いてたまらない。

触れて欲しいのは別の場所なのに、男はあえて胸ばかり弄ってくる。

「違っ……そこじゃ……ぁ……ん」

そんなライラの反応を愉しみながら、男の指が柔肉の蕾を抓む。

「ひ、ゃあ……ぁ……」

甘い疼きが肌に広がる。漏れる声はいつにも増して甘くせつない。

「尻を突き上げて、そんなに気持ちがいいのか？」

ライラは頭《かぶり》を振った。気持ちはいいが触れて欲しいのはそこではない。

一向に解放されない疼きにまともな思考ができなくなる。ただひたすらに、疼く場所をどうにかして欲しいと願ってしまう。

「も、誰にも……触らせ、ないからぁ……だから……お願い……」

男は小瓶に入っていた残りの媚薬を口に含むと、深いキスをしながらライラの喉に無理やり流し込んだ。そのままキスを続けながら、長い指で秘裂に潜む肉粒を探りだし、それを小刻みに擦り始める。

ようやくそこに触れてもらえると思うと、みずから進んで腰を突き上げてしまう。

「いつの間におねだりがうまくなったんだ？」

サイラスは指で秘裂に潜む肉粒を探りだすと、それを小刻みに擦り始めた。

「ひ、ぅっ」

眩暈がするほどの強烈な刺激が全身を襲う。

「やめっ……そこ、触っちゃ……やぁ、ぅ」

あれほど触れて欲しかったのに、いざ触れられると怖いくらい感じてしまう。

無意識に秘裂が締まりディルドの形を奥襞が味わう。花唇から蜜が溢れて、淫唇と密着する牡茎の側面を濡らした。

このままではおかしくなりそうで、ライラは涙を流して訴えた。

「もっと奥……中の、取って……お願い……」

それを見下ろしながら、サイラスが冷めた口調で聞いてくる。

「そんな目で、おれ以外の男を見たのか？」

「み、見てない」

ふるふると頭を振り乱すと、サイラスが意地悪く嗤う。

「だったらここで誓うんだ。そんな目で甘えるのも泣いてせがむのもおれだけにすると」

「ち、誓うわ……わたしにはサイラスだけよ……」

男は満足そうに微笑むと、その指を膣孔に差し込んだ。

「あぁ、早く抜いて……」

指は膣襞を擦りながら、中に埋まったディルドをゆっくりと抜き放った。

「もう半分近く溶け出しているな」

「そんな……」

媚薬でできたディルドを抜いても体の疼きが収まらない。

「いま指で掻き出してやる」

ふたたび男の指が潜り込むと、浅く深く二本の指が蜜洞を抉る。

「あ、ぁ……」

待ちわびた刺激に、秘裂が勝手に指を食い絞める。

けれどこれでは物足りない。

サイラスを深く感じるには、彼自身のものでもっと奥まで突いて欲しい。

「や……もっと奥、突いてぇ……」

「くそ……っ」

サイラスは仰け反るライラの体を抱え直すと、指の抽挿を次第に激しくさせていく。

「そこ、そこ……ぁ……あ……もっと、ん……っあ……」

「ライラ、早くおれの妻になって、この中でおれを満たしてくれ」

背中越しにせつない声とため息を感じながら、ライラは幾度となく彼の指で達かされ続けた。

9章　最終審査

舞踏会から三日後、修道院は朝から慌ただしい空気と異様な緊張感に包まれていた。

王宮に迎える最終候補者を選ぶため、王家を代表して王弟ウィリアムの審査参加が決まったからだ。

その審査は、午後から十人の候補者を五人一組で面接することになっている。

「邪魔よ、どいてちょうだい」

食堂に向かって歩いていると、背中に軽い衝撃が走った。

「あ……っ」

すれ違いざま、アンバーがわざとぶつかってきたらしい。

転びかけたライラはとっさに壁に手を突く。

こうまで露骨に嫌がらせをされると、さすがに文句のひとつも言いたくなる。

「謝罪する余裕もないくらい、お腹を空かせているのね。そんなに慌てなくても朝食は逃げたりしないわよ」

「なんですって？」

先を歩くアンバーが目をつり上げて振り返った。

彼女は誰に対しても友好的なタイプではなかったが、舞踏会の翌日からはじぶん以外は全員敵だと思っている節がある。

あのやさしいクラリスにさえ刺々しい態度で接するのだ。

とくにライラには、これまで以上に敵愾心《てきがいしん》を燃やしているように思えた。

ひとつひとつは小さな嫌がらせでも、積み重なれば不満もたまるというものだ。

そのせいでつい今回は嫌みを口にしてしまったが、ライラとしてはこれ以上のトラブルは避けておきたい。

ライラは反省して、友好的に相手に微笑みかけてみた。

「アンバー様、よろしければ今度クラリス様と三人で食事でもいかがかしら？」

「はあ？　馬鹿言わないで。面接を前にずいぶん余裕がおありなのね」

アンバーは胸の前で腕組みをしながら、忌々しそうに顔を歪める。

「余裕なんてないわ。ただ、いまさら焦っても仕方がないと開き直っているだけよ」

さすがに審査に落ちたいとは言えずに、ライラは当たり障りのない言葉を返した。

けれどそれが逆に彼女の言うところの余裕に見えたのか、アンバーはかえって顔を怒りに染めた。

「ラナの件で恩を売ったつもり？　田舎貴族の分際で、私にえらそうな口利かないで」

叩かれる――勢いよく振り上げられた手がライラの顔に届く直前、誰かの手がアンバーの腕を摑んだ。

「アンバー様、面接前に騒ぎを起こすのは、賢い選択とは思えません」

「サラ……」

窮地を救ってくれたのはサイラスだった。

彼は物怖じする様子も見せずに慇懃無礼に言い放つ。

「面接を辞退されるおつもりなら、騒動を起こすより申告されることをお勧めいたします」

暗に失格を仄めかすと、アンバーは集まりだした野次馬の視線に気がついた様子でたじろいだ。

「ふん！　主人に似て侍女も無礼ね。軽々しく貴族に触れるなんて躾《しつけ》がなっていないわ」

引っ込みがつかないのか、アンバーが怒りの矛先をサイラスに変えた。立場上、言い返せない相手を非難する卑劣さには我慢ならない。

サイラスに代わって言い返そうとすると、彼の視線がそれを制した。

「アンバー様、先ほどからラナの代わりの侍女がお待ちになっていますよ」

サイラスが意味ありげに告げると、こちらの様子を窺っていた侍女が慌てて入ってくる。

「アンバーお嬢様、今日は天気もいいですし外で朝食をとられてはいかがでしょう？　よろしければお食事を裏庭の四阿までお運びいたします」

アンバーはライラを睨みつけから侍女に言った。

「それは良い考えね。このまま食堂に行くと、みっともない赤毛を見ながら食事することになるもの」

悪意を置き土産に、アンバーは食堂とは反対のほうへ歩きだす。

当初ダンテは仮病を使って外に出るつもりだったが、アンバーがそれを許さなかったために、ライラが事前に用意していた外出許可書を使って逃亡することになった。

舞踏会当日。ライラの侍女が落とした外出許可書をアンバーの侍女が使って逃亡――それがサイラスの用意していた第二の計画だ。

審査を前に逃げた侍女が男だと知られたくない事情もあって、アンバーとしては公にしたくないという気持ちが働いたのだろう。

事情聴取のため修道院長に呼び出された際、アンバーは父親の威光をかさに着て事件を揉み消そうとした。

ライラも苦情を申し立てなかったため、その温情に助けられた形で、表向きラナは脱走ではなく侍女交代ということで片づけられた。

このところ風当たりが強いのも、この件が尾を引いているかもしれない。

アンバーとしては、ライラに助けられたことがよほど屈辱的だったのだろう。

彼女が立ち去って騒動が落ち着くと、潮が引くように野次馬もいなくなる。

「大丈夫か？」

廊下にふたりきりになると、サイラスが無事を確かめてきた。

「ええ、大丈夫。さっきは助けてくれてありがとう」

「ライラ様、災難でしたわね」

騒ぎを聞きつけたのか、クラリスがやってきて心配そうな顔をする。

「面接を前に、アンバーも気が立っているみたいだわ」

ライラが苦笑いすると、昨日肩をぶつけられたばかりのクラリスも「そうですわね」と賛同した。

ダンテを雇ってまで性技指南を受けるくらいだ。アンバーの意気込みを考えると、彼に逃げられたことは手痛い失態なのだろう。

侍女が男ということは抜きにして、クラリスもアンバーが侍女に逃げられたことは把握している。

「侍女の件で神経質になっているのかしら？」

ライラがため息をつくと、クラリスには別の見解があるようで、すぐに否定した。

「たぶん違うと思いますわ。彼女がライラ様に攻撃的なのは、舞踏会が原因だと思います」

「え？」

クラリスの発言にいち早く反応したのはサイラスだった。

「それはどういうことでしょう？　あの晩ライラ様は体調を崩されてお部屋で休んでいらっしゃいました。お嬢様が城を出られてからなにかあったのでしょうか？　先ほどのような事態を避けるためにも、できれば私にも詳しく教えていただけないでしょうか？」

サイラスの口調は穏やかだが、ライラを見る視線はどこか冷ややかだ。

こういうときの彼には下手に口を出さないほうがいいと、ライラは身をもって経験している。

エリックにキスの痕を上書きされたせいで、舞踏会から戻ったライラはダンテの媚薬まで使われて、挿入しないまま声が嗄れるまで喘がされた。

半分記憶が飛んでしまっているが、いつにないライラの乱れようを彼はお気に召したらしい。今度なにかあれば、またお仕置きだと不穏な言葉を口にしていた。

おかげでライラはサイラスの嫉妬に警戒心が芽生えてしまっていた。そこへクラリスの意味ありげな発言だ。どんな内容か気になって仕方ない。

「クラリス様、わたしもなにがあったか詳しく聞きたいわ」

「わかりました。ここだと人目がありますわ。よければ談話室に移動しましょう」

談話室に到着して三人だけになると、クラリスが話を切りだした。

「じつはライラ様が修道院に戻られたあと、エリック殿下が舞踏会に姿をお見せになったの。そこまではアンバー様も上機嫌でいらしたのだけれど……」

クラリスがひどく言いにくそうにライラを見る。

「どうぞ先を続けてください」

サイラスが神妙な顔で先を促す。

どうやら話の展開に不穏な空気を感じているのはライラだけではないらしい。

「そこでプレマリアージュに参加する令嬢たちがエリック殿下にご挨拶したのだけれど、殿下がひとり足りないことに気づいてしまったの」

「わたしが抜け出したことに気分を害されたの？」

ライラが慌てると、クラリスは首を振る。

「いいえ、その逆ですわ」

「どういうこと？」

「候補者の令嬢たちはここぞとばかりにエリック殿下に群がったのだけれど、殿下としてはこの場にいない令嬢のほうに興味を覚えたようなの」

「そんな……」

正体がバレないようにしたつもりが、そのことがかえってあだになってしまったようだ。けれどあの場に残って目立たないようにしていたとしても、あのドレスのせいですぐに温室にいた令嬢だと気づかれてしまっただろう。

「どうやらライラ様の行動は裏目に出てしまったようですわ」

クラリスに駄目押しの言葉を言われ、こっそり隣を窺うと、サイラスは呆れた視線をライラに向けた。

そんなふたりの様子には気づかないまま、クラリスは先を続ける。

「エリック殿下はここにいない令嬢はどこの家のものか、どんな令嬢かと質問されたの。そのときアンバー様や何人かの令嬢方は、ライラ様がお叱りを受けるものだと思って、あることないこと告げ口を始めたの」

そのときのことを思い出したのか、クラリスが悔しそうに唇を噛んだ。

「本当に悪意のある言い方でしたわ。それで私も黙っていられずに、ついライラ様を擁護してしまって……」

「ありがとう、庇ってくれて」

ライラが微笑むと、クラリスは申し訳なさそうにライラの手を握った。

「いいえ、出過ぎた真似をしましたわ。私たちの目的は審査に落ちることです。だからあのときはアンバー様たちの話を聞き流すべきでした。だけど友だちの評判に傷がつくのはとても無視できなくて……」

「いいのよ、クラリス」

彼女の手を握り返しながら、ライラは微笑んだ。

「わたしもあなたの立場なら、きっとおなじことをしていたはずよ」

ふたりで手を取り合っていると、サイラスが先を促した。

「そのあとエリック殿下はどうされたのですか?」

クラリスは話の途中だったことを思い出したようだ。

「エリック殿下は私たちがライラ様について話すのを聞き終えると、気分がすぐれないと仰って、誰とも踊らずに退出されてしまったの。そのときになって皆、エリック殿下はライラを叱責するために質問されていたわけではないことに、気がついたの。だって不在の令嬢が話題になっているあいだは目を輝かせて聞いていらっしゃったのに、王弟殿下にアンバー様やほかの令嬢とダンスを踊るよう促された途端、興味を失くされたように自室に戻られてしまったのだもの」

「それでアンバー様はご立腹されたというわけですね」

「ええ、最初のダンスは彼女と殿下が踊る予定でしたから」

サイラスの問いにクラリスが頷くのを見て、ライラは頭を抱えた。

アンバーの八つ当たりの原因がダンテ以外にもあったことがわかったと同時に、事態が望まぬ方向に進んでいるとわかったからだ。

温室で会話した令嬢とプレマリアージュの令嬢が同一人物だと気づいていないことを祈るしかない。

「ライラ様、少々よろしいでしょうか？」

サイラスは壁際のほうへライラを呼んだ。

「どうしよう、サイラス。温室でエリック殿下に舞踏会を抜け出してきたと話していたの。そのうえ仮病まで使って退席したとわかったら不敬罪に問われるかもしれないわ」

クラリスに聞こえないよう声を潜めると、サイラスが苛立ったように大げさなため息をつく。

「そうじゃないだろ。クラリスの話をちゃんと聞いていたのか？」

「そのつもりだけれど……」

「クラリスがおまえを擁護したのは友としては正しい行為だが、審査に落ちることを目指す仲間としては最悪の行動だ。なにせエリックに必要以上に関心を持たせるアシストをしたんだからな」

「そんな……」

友情を深めている横で、サイラスだけは冷静に事態の分析をしていたらしい。

彼はしばらく考え込んでから、クラリスを気にするようにライラに耳打ちしてきた。

「シェパードが審査のため早めに修道院に来るはずだ。おれは彼女と会って、確実にライラが審査に落ちるよう手をまわしてくる」

「わかったわ。シェパードの協力があればきっとなんとかなるわね」

「……だといいが」

「え？」

いつになく弱気な発言に不安を覚えてしまう。

けれどライラが言葉の意味を確かめる間もなく、サイラスは急いで部屋から出ていった。


談話室前の廊下の片側には、待機用の椅子が五脚並んでいた。

ライラはクラリスと隣り合って腰かけ、名前が呼ばれるのを待っている。

いまはアンバーを含む一組目が面接の最中だ。

雑談できる雰囲気でもなく、室内や廊下はしんと静まり返っていた。

中でどんなことが行われているのか、気になって耳を澄ませてみても話し声はこちらに届かない。

審査の合否に頓着しないライラですら、異様な緊張感に吞まれているのだから、真剣に面接に挑む令嬢たちは、それ以上の精神的重圧を感じていることだろう。

談話室を進んださらに奥に、小談話室がある。

おそらくその部屋に一組目の令嬢たちと、審査役のシスターマリアとシェパードがいるはずだ。

サイラスはシェパードに会うと言って出かけたきり姿を見ていない。

事前に王弟も審査に出席すると聞いていたが、中にいる様子はなかった。

これもサイラスの裏工作の効果なのだろうか。だとしたら今日の審査に温室の令嬢がライラと知る者はいない。あとはクラリスといっしょに審査に落ちるだけだ。

ライラが決意を固くしていると、前触れもなく談話室の扉が開いた。

「おめでとうございます、アンバー様」

「私は最初からアンバー様が選ばれると思っていましたわ」

「ふふ、当然よ」

一組目の令嬢たちの中心に勝ち誇った様子のアンバーが見える。

彼女は待機しているライラたちに見下すような一瞥をくれながら、自室へと引き上げていく。

次の組はいつ呼ばれるのかドキドキしながら待っていると、修道院長のシスターマリアが顔を出した。

「お待たせいたしました。二組目の方々は奥へお越しください」

修道院長の先導で扉のさらに奥、小談話室へと入っていく。

面接用に整えられた部屋にはシェパードが中央に座る長机が置かれ、それと向かい合うように椅子が五つ並んでいた。

「どうぞお座りください」

シェパードに促され、気合いの入った令嬢たちが先を競うようになるべく正面に近い席を陣取っていく。審査に消極的なライラとクラリスは、自然と左右に分かれて座ることになった。

「では最終審査を始めましょう。まずは――」

シェパードが口火を切ったとき、

「し、失礼いたします……！」

シスターカーラが慌てた様子で駆け込んできた。

「何事です？　いまは面接中ですよ」

「それが……今しがた王弟殿下がお見えになられて」

「え……っ」

王弟の来訪は想定外だったのか、シェパードの狼狽した様子が伝わってくる。

「どういうことです？　王弟殿下は欠席されるという話ではなかったのですか？」

修道院長がシェパードに回答を求めたが、彼女は一瞬眉宇《びう》をひそめただけで、すぐに平静を取り戻して指示を下した。

「シスターカーラ、面接が終わるまで王弟殿下のお相手をお願いします」

「は、はい、かしこまりました」

だが、開け放したままの扉から誰かが入ってくる。

「その必要はない。私も審査に参加させてもらう」

「王弟殿下……！」

突然現れた王族に、その場にいた全員が立ち上がり臣下の礼を取る。

先に頭を上げたのはシェパードだった。

「恐れながら、ここは女子修道院でございます。たとえ王族の方であっても、男性がこちらに立ち入るのはご遠慮いただきたく存じます。それに殿下が欠席されることについては、王妃様のご承諾を得ていると聞いておりましたが？」

「ははは。相変わらずシェパードは手厳しい」

王弟は笑顔を浮かべながらも、その目でシスターカーラに退室しろと威圧する。

シスターカーラはシェパードの顔色を気にしつつも、王弟の命に逆らうわけにも行かず、申し訳なさそうに部屋を出た。

「確かに女子修道院の中に男が入るのはいかがなものかと思う。だがこの寄宿舎は、修道院の敷地内にあっても修道女が暮らしているわけではない――そうだな、修道院長？」

「は、はい。仰るとおりです」

「それに審査を通過した令嬢のどちらかは、私の可愛い甥の婚約者になるわけだ。であるなら、叔父の私にも意見を言う権利くらいあってしかるべきではないかね？」

そこまで言われては否とは言えない。

修道院長はじぶんの座っていた椅子を王弟のために空けた。

王弟はその椅子に腰を下ろすと鷹揚に片手を挙げる。

「君たちも座りたまえ」

次々と着席する中、ライラは王弟の探るような視線を感じた。

いったいなにが起きているのだろう。

ライラだけでなく、その場にいる全員から戸惑いの気配が伝わってくる。

「おやおや、ご令嬢たちはずいぶんと緊張しているようだ」

原因を作った男が愉しげに笑う。

「それでは改めて、審査を始めさせていただきます」

この場を取り仕切るのはやはりシェパードらしい。

全員が居住まいを正すのを見届けて、彼女は責任者らしく面接の要領を説明した。

「右から順に、こちらの質問に答えていただくようお願いします」

つまり、クラリスを皮切りに、ライラが最後に回答することになる。

幸運なことにほかの答えを聞いてから返事ができるので、答えに関して微調整も行いやすいだろう。

「では、最初の質問です。皆様の王族に対する印象を教えてください」

皆そつなく答え、その質問が終わると、続けて叶えたい夢や目標、婚約者の心構えについて聞かれた。

ライラは当たり障りのない凡庸な答えばかり返してやり過ごした。

「では、次が最後の質問となります」

これで終わりかと安堵しかけると、それまで沈黙を守っていた王弟が声を発した。

「最後の質問は、私がしてもいいだろうか」

「っ……」

やはり王弟の視線はライラを捉えているようだ。

シェパードもそれを察したのか、注意を逸らすように異議を唱える。

「恐れながら王弟殿下。前半の面接合格者はアビントン公爵家のアンバー嬢に決定しています。公平を期すためにも、途中で参加された王弟殿下には後半の面接を温かく見守っていただきたく存じます」

すでに王弟推薦のアンバーは最終候補として決定しているのだ。

彼女に肩入れしているのなら、ほかの候補者が誰になろうと関係ないはずだ。

それなのにわざわざ口出しするということは、アンバーの婚約内定を確実にするために、彼女より劣る令嬢を対抗馬にしたいと目論んでいるのかもしれない。

そうなってくると温室で無様なドレス姿を見せたことや、今回の面接で陳腐な答えばかりしたのは逆効果だっただろうか。

それでこちらばかり窺っていたのだとしたら、なんとなく説明がつく。

ライラが困惑する中、シェパードもまずい状況に陥っていた。

「私は誰だ、シェパード」

「……王弟殿下です」

「では、侍女頭の意見が私に必要だと思うのか？」

暗に逆らうなと言っているのだろう。

シェパードは一瞬だけライラを見ると、すぐに睫毛を伏せる。

「……出過ぎた真似をして申し訳ございません」

王弟は彼女の意見を圧力で撤回させると、明日の天気を訊くような口ぶりで令嬢たちに問いかけてきた。

「もしも夫から理不尽な要求をされたら、諸君がどう対応するか聞かせて欲しい」

王弟はふいに中央に座る令嬢を指名した。

「たとえば命を差し出せと言われたら、君はどう答える？」

「え……？」

一瞬なにを聞かれたのかすぐには呑み込めなかったようで、指名された令嬢はその場に固まったまま黙り込んでしまう。

それなのに王弟は質問に補足することもなく、ただ黙って令嬢の答えを待っていた。

ライラは二年前の暗殺未遂事件のことが頭に浮かび、王弟の問いに顔を青くする。

サイラスは身内が首謀者だと言っていた。その身内は国王に罪を着せ、第一王子の命を奪おうと企んだらしい。

だとしたらサイラスが消えて得をするのは誰だろう。

そう考えると、第二王子のエリックと王弟ウィリアムの可能性が高い。

第一王子が城に戻らなければ、王位継承権がエリック王子に移る。その後見人として王弟が次期国王の補佐役を務めれば、王弟にもかなりの権力が集中することになるだろう。

ライラが考え込んでいると、黙り込んだ令嬢を気の毒に思った修道院長が、ふたりのあいだを取りなすように口を添えた。

「恐れながら王弟殿下。先ほどの質問はエリック殿下のために命を捧げる覚悟があるかどうかを尋ねていらっしゃると解釈してもよろしいのでしょうか？」

「いかにも」

王弟が鷹揚に頷くと、指名された令嬢は納得したように答えを返す。

「私はエリック殿下のためならなんでもいたします。命を捧げることも厭いません」

王弟は答えを聞き終えると、今度はクラリスを指名する。

「私は……ご命令には従います」

苦しい返事には彼女の葛藤が窺えた。

じぶんが当てられたら、どう回答すればいいのだろう。焦るばかりでうまい答えが思いつかない。

そうしている間にも王弟は次々と令嬢を指名する。

令嬢たちの答えはどれも似かよっていて、最後にライラを指名する頃には王弟は小さな欠伸すら漏らしていた。

「では、君の考えを聞かせてもらおうか」

「……っ」

ライラは激しく動揺した。

凡庸な答えを返せば、アンバーの対抗馬に選ばれる危険性がある。

かといって正直にエリックに命を捧げるつもりはないと答えればそれはそれで問題だ。

「答えはまだかな？」

王弟は退屈そうに椅子にふんぞり返った。

そんなライラの様子をシェパードが気遣わしげに見守っている。

これは不正なコイントスとおなじだ。

最初に正解が示されなければ、表が出ても裏が出ても相手次第で正誤が変わる。

いっそ答えがないのなら、せめてサイラスの役に立つことがしたい。

彼は首謀者を捕らえるために証拠を探していると言っていた。だとしたら今回は、王弟の腹の内を探る良い機会だ。

ライラは覚悟を決めると、挑むように質問者を見返した。

「お答えする前に、わたしからいくつか質問してもよろしいでしょうか？」

「質問に質問で返すとは呆れた娘だ……まあいい、なにが知りたい」

王弟は愉しげに目を細める。

どうやら予期せぬ展開を面白がるのが王家の人間の特徴らしい。

こういうところはサイラスやエリックと似たものを感じる。

「命の覚悟を問うということは、命を狙われる危険があるということだと思います」

「……」

「だとしたら命を狙うのは他国の刺客でしょうか？　それとも城内に敵が潜んでいるということでしょうか？」

「ライラ様……っ」

シェパードが顔色を無くす。

暗殺事件の首謀者かもしれない相手に面と向かって聞いているのだ。二年前に母親を亡くしているシェパードには、それがどれほど危険なことかわかっているに違いない。

けれどいまのライラはプレマリアージュに参加する令嬢のひとりにすぎない。

無知な娘が好奇心で聞いたぐらいなら、せいぜい不興を買う程度だろう。

それに話を振ってきたのは王弟のほうだ。

サイラスと似た性格なら、王弟は機嫌を悪くするどころかこの状況を愉しむに違いない。

「いやはや、聡明と言うべきか無謀と言うべきか……」

青ざめるシェパードを尻目に、質問者はクックッと喉の奥で笑う。

どうやらライラの読みは当たったたらしい。彼は予想外の展開を楽しんでいるようだ。

「勇敢な令嬢であることに間違いはないいな」

「……それで、警戒すべきは内と外どちらでしょうか？」

王弟を前にしても怯まないライラの態度に、周囲は固唾を呑んで見守っている。

修道院長は十字を切って天井を仰ぎ、シェパードですら顔色を無くしていた。

王弟は前のめりになって口を開く。

「私としては、異国の敵だけで終わって欲しいと願っている」

「つまり、国内にも用心が必要ということですね」

「あってほしくはないが、ないとも言い切れない」

「そう仰るということは……過去にもなにか事件があったのですか？」

サイラスの役に立ちたい——その一心で質問を重ねてみたが、さすがに立ち入りすぎたようだ。

男を取り巻く空気が一瞬で変わった。

王弟から作り笑いが消え、射るような視線を向けられて、ライラは鳥肌が立つほどの殺気を感じる。

「仮になんらかの事件があったとしても、いまの君に王家の内情を教えるつもりはない。正式に、王家の一員となれば話は別だがね」

もっともな言い分だ。けれど答えをはぐらかしてこちらを威圧してきたのは、ライラの質問が痛いところを突いていたからだろう。

いまの段階で王弟を黒とは断定できないが、王弟に対する疑惑が深まった。

「質問は以上かな、ライラ嬢？」

「あ、はい。ありがとうございました」

さすがにこれ以上質問を重ねるのは不自然だ。

すぐに引き下がると、王弟の顔にまた笑顔が戻る。もちろん目だけは笑っていない。

「それなら次は、君が私の質問に答える番だ」

探るような視線が注がれ、ライラは無意識に身構えた。

「じぶんの夫が原因で己に危険が迫ったらどうする？　愛する男との生活を捨て、ひとりで平和に暮らすか？　それとも危険を承知の上で、運命をともにする覚悟はあるのかな？」

「わたしは……どちらも望みません」

ライラの頭に浮かぶのはサイラスだけだ。いまここで答えられるのは、彼への想いだけしかない。

「わたしの夫となる方は、愛する者を全力で守ろうとするでしょう。その夫に身の危険が迫るなら、わたしは彼を支えてともに戦う道を選びます」

「ほう。逃げもせず、盾にもならずに、ともに剣を取るというのか。それはまた勇ましい……しかし無謀ではないか？」

王弟は小馬鹿にしたように失笑を浮かべる。

「確かに無謀な考えかもしれません。そうありたいと願っても、わたしにはなんの力もないのですから……」

だからサイラスは、ライラを巻き込まないために過去を秘密にしていた。

求婚されたいまは身分や過去のことも打ち明けてくれているが、それでもシェパードやダンテのように協力は求められない。

敵にライラの存在を知られると、それがサイラスにとっての弱点になるのだと言う。

彼はじぶんを妻に迎えるために、首謀者を捕らえようと証拠固めに奔走している。

王弟の問いには「じぶんもともに戦う」と息巻いてはみたが、実際は彼を助けるどころか助けられてばかりいた。

じぶんの不甲斐なさに思わずため息が漏れてしまう。

それを見た王弟はなにか勘違いをしたようだ。肩を揺らして高笑いする。

「ははは、鼻っ柱は強くても、どうやら口だけのようだな」

豪快に笑い飛ばされて、ライラは俯いてしまう。

シェパードは頃合いをはかったように立ち上がった。

「意気込みはけっこうですが、王弟殿下にそのような口を利くことは感心できません。

よって二組目の合格者は――」

「ライラ嬢だ」

シェパードの決定の前に王弟が断言する。

「二組目の合格者はバーネット伯爵家のライラ嬢とする」

「え……っ」

一瞬ライラとシェパードの視線が重なる。

慌てたのはシェパードだった。

「お、お待ちください、王弟殿下。失礼ながら今回の審査の決定権は、私に一任されております」

王弟の宣言を覆そうとシェパードが権利を主張したが、相手は簡単に引き下がるような男ではなかった。

「一組目の合格者はシェパードが選んだのだろう」

「ですがそれはある程度、王家のご意向を尊重した上での決定です」

要は王弟が推薦するアンバーを選出したのだから、ここでは口出しするなとけん制しているのだろう。

しかし王弟はそれを無視して言った。

「一組目をシェパードが決めたことに変わりはない。だとしたら今回は王家を代表して私が決めさせてもらう。そうでなければ、私がここにきた意味がない。それとも、王弟の私に恥をかかせたいのか？」

「それは……」

シェパードの視線が揺らぎ、ライラの顔に泳ぎ着く。

きっと彼女はサイラスの指示で、ライラを審査から落とす予定だったに違いない。

そのために王弟が修道院に来られないよう王妃に働きかけていたようだが、王弟はそれすら逆手に取って決定に口出しまでしている。

いくらシェパードがプレマリアージュの責任者でも、侍女頭の立場では王家の人間に逆らうことはできない。

このままではじぶんのせいでシェパードの立場が悪くなってしまう。

――彼女には城に留まって、サイラスのために動いてもらわなければならないのに……。

ライラはみずから立ち上がると、王弟に告げた。

「謹んでお受けいたします」


深夜になってから、どこかに姿を消していたサイラスが部屋に戻ってきた。

その顔はどこか疲労の色が滲んでいる。

おそらくシェパードから事の顛末《てんまつ》を聞いたのだろう。

とても話しかけられる雰囲気ではなく、ライラは彼が侍女の服から男物の服に着替え終わるまで黙って椅子に腰かけていた。

サイラスはクローゼットの扉を閉じると、ライラのそばへと歩み寄る。

「ごめんなさい……わたしが出しゃばってしまったから……」

震える声で謝ると、サイラスが頭を撫でてきた。

「おれとシェパードのためにやったのだろう」

小さく呟くと、彼の沈んだ声が響く。

「さすがにおれは城へはついていけない」

「……うん」

彼がいないときに、審査の合格者としてアンバーとともに修道院長室に呼び出された。

そこで彼女から言い渡されたのは、城に上がるときは身ひとつで侍女の同行も許されないことと、滞在する二週間はエリック殿下のお相手を務めることだった。

「わたし……あなたを困らせてばかりね……」

いまさら悔やんだところで決定は覆せない。

「猶予は二週間……それまでに実行犯の男を見つけないとな……」

思い詰めた表情でサイラスが空《くう》を見つめる。

「実行犯？　首謀者ではなくて？」

「首謀者の目星はついている。二年前、おれを殺そうとした男を証人にするんだ。男は暗殺に失敗して王都から姿を消していたが、王都に戻ってきたということまでは摑んでいる。ただ……」

「なにかあったの？」

「第一王子の噂が出たせいか、男がまた姿を消した。いまダンテが行方を追っているが、男が王都を出たらお手上げだ」

「そんな……」

審査に落ちる目的も果たせず、事件の手がかりを掴む手伝いもできない。

サイラスは座るライラを抱き寄せて、落ち込む頭をぽんぽんと軽く叩いた。

「必ず実行犯を見つけて首謀者を捕らえる。それまでおれを信じて待っていてくれるか？」

ライラは男の腰に腕をまわすと、そのまま彼の胸に顔を押し当てた。

そんなライラの頭をサイラスが何度もやさしく撫でてくれる。

明日からの二週間、ライラはたった独りで王宮で過ごさなければならない。

「愛してる、ライラ」

サイラスは背中を屈めると、仰向くライラにそっとキスを落とす。

その晩サイラスはライラの孤独と不安に寄り添うように、朝までずっと抱き締めてくれていた。

10章　王宮

審査の翌日、昼過ぎになると、城から迎えの馬車がきた。

修道院の門の前は、見送りの令嬢たちで溢れている。選考から漏れてしまえば、敵《ライバル》も戦友に変わるのだろう。

寄宿生活のときは冷たい態度だった令嬢たちが、人が変わったようにライラに話しかけてきた。

「どうか婚約者になられても、私と親しくしてくださいね」

「……」

打算的な変わり身の早さは、女性特有なのだろうか。最後のほうだけ仲良しアピールをされてもどう返せばいいのかわからない。

ライラが苦笑いを浮かべていると、アーチ状の木製扉の前にクラリスの姿を見つけた。

「ちょっと失礼いたします」

偽の友情に別れを告げて、急いでクラリスのもとに駆け寄る。

「ライラ様、こんなことになってしまって……」

クラリスはライラの顔を見るなり、申し訳なさそうに睫毛を伏せた。

「仕方ないわ、わたしが蒔《ま》いた種だもの」

「ですが……」

ライラは改めて、外界と隔絶された修道院の厚い扉と高い壁を眺めた。ここを出たら、今以上に閉ざされた場所へ飛び込むことになる。

クラリスはじぶんだけ解放される幸運に後ろめたさを感じているらしい。

友だちにそんな気遣いをさせたくなくて、ライラは笑顔で話しかけた。

「そんなことより、クラリス様の結婚が決まったら、わたしを結婚式に招待してね」

「ライラ様……」

涙を浮かべるクラリスに、ライラはそっと耳打ちする。

「大丈夫よ。お城に上がったらエリック殿下にアンバーのことを思いっきり売り込むから」

「私も陰ながら応援していますわ」

ふふ、ようやくお互いの顔に笑みが浮かぶ。

「そういえばサラの姿が見えませんね」

周囲を見渡しながらクラリスが首を傾げた。

「彼女は一足早く修道院を出たの。ほかに片づけないといけないことがあって……」

サイラスはダンテと合流して、そのまま実行犯を追うらしい。

二週間後、エリックに正式な婚約者が決まれば、その流れで継承権一位の座が移ることになるらしい。

最悪のシナリオとして、実行犯を見つけられないままサイラスが戻れば、たとえ継承権一位の座は維持できても、首謀者にまた命を狙われることになる。

そうなるとライラにも危険が及び、下手したらふたりの結婚にも邪魔が入りかねない。

それがサイラスの見立てだった。

「ライラ様、どうなさったの？」

いつの間にか物思いに沈んでいたらしい。

「えっと、これは……」

どう言い繕えばいいか迷っていると、

「ちょっとライラ、早くしてちょうだい！　貴女のせいで到着が遅れるじゃない」

六頭立ての豪奢な馬車に、早々と乗り込んでいたアンバーが痺れを切らしたように声を上げた。

「それじゃあ、クラリス様。行ってくるわね」

ライラが慌てて馬車に乗ると、座るより先にアンバーが言った。

「未来の王妃に相応しい乗り物だけど、同乗者にあなたがいるなんて不愉快だわ」

気鬱なところに敵意を向けられると、さすがにライラも気が滅入る。

そんなライラとは対照的に、アンバーは髪型やドレス、靴に至るまで、寸分の隙もない装いだ。少々露出が多いようにも思うが、豊満な胸を強調するドレスは、彼女の華やかな雰囲気によく似合っている。

　一方のライラは着飾る気にもなれず、家の評判を傷つけない程度の装いに留めていた。ライラにとって王宮にあがることは敵地に赴くのと変わりない。

ただどうせ行くなら、少しでもサイラスの役に立ちたいと考えていた。

そんなことを考えていると、動きだした馬車の中でアンバーに話しかけられる。

「それは作戦？」

「え、なにが？」

聞き返すと、アンバーがムッとした表情を見せた。

「だからその格好よ。修道院でもおなじようなドレスばかり着ていたわね。そのドレスを見るのも何度目かしら？」

「……わたしは衣装持ちではないから」

「そうかしら？」

アンバーは油断ならないとばかりに眉を跳ねあげた。

「そうだとしても、じぶんになにが似合うかはよくわかっているようね」

「そう？　わたしの着るドレスはサイ……いえ、サラが選んでくれているの」

「おかしいわね。そんなにセンスの良い侍女がいるのに、どうして舞踏会のときはあんなドレスを着ていたの？　そうやって変に目立って殿下の気を引くのが作戦？」

「違うわ。そんなつもりは……」

「ふんっ。私は騙されないわよ。そうやってエリック殿下に興味がなさそうなふりをしても、ちゃっかり最終候補に残っているじゃない。貴女のことは最初から警戒していたのよ」

こちらを気にしていたと言われ、ライラは内心驚いた。

アンバーはいつも自信に溢れ、ほかの令嬢たちに対して歯牙にもかけない態度を取っていたから、他人のことなど眼中にないものだと思っていた。

けれどアンバーの攻撃性が、他者への虚勢や不安の裏返しなのだとしたら、いまのうちに誤解を解いておいたほうがいいだろう。そのほうがお互い無駄にいがみ合わずに済む。

ライラは刺々しい態度を崩さない同行者に伝えた。

「わたしはアンバー様がエリック殿下の婚約者に相応しいと思っているわ」

「白々しい」

本心からそう言ったのだが、彼女の心には響かなかったらしい。

アンバーはつけていた白い手袋をライラの足もとに脱ぎ捨てた。

「拾って」

「え……」

騎士や男性のあいだで手袋を脱ぎ捨てることは、決闘を申し込むという意味がある。

「私はライバルと馴れ合うつもりはないの。だから早く拾いなさいよ」

そんなことを言われてもライラには競うつもりはない。

「わたしは勝負なんてしないわ。第一エリック殿下の婚約者に選ばれたいとも思っていないわ」

「嘘おっしゃい。プレマリアージュで婚約者に選ばれることは、貴族の娘にとって最高の栄誉よ。最終候補に残ったというだけで、じぶんの価値が上がるのよ」

アンバーにとっては最終候補に残り、王子の婚約者になることが、身につける宝石のようにわかりやすい価値基準なのだろう。

けれどライラはそんなことでじぶんの価値をはかりたくない。

人にはそれぞれ基準がある。だからといってそれを相手に強要するのはどうかと思う。

仕方なく、ライラは彼女の挑発を無視する。

重苦しい雰囲気の中、ライラはサイラスを想ってやり過ごした。


城に到着すると、立派な客室に通された。

城付きの侍女たちが客室から退出すると、ライラは物珍しさから室内を見まわった。

ベッドは大人三人が横になれそうなほど広い。

クローゼットもふたつあり、中は新しいドレスや靴などで埋められていた。

試しに靴を履いてみたらサイズがぴったり合う。おそらくドレスも同様だ。これで荷物が不要と言われた理由がわかった。

続き間にあるバスルームも広く、バルコニーにかかるオークの木陰からは穏やかな陽が射し込んできて睡魔を呼んだ。

「疲れた……」

ライラは重い体を真っ白なシーツの上に投げ出す。

ひどい疲労感を覚えるのは、馬車という狭い空間で強い敵意を浴びていたからだ。

ここにサイラスがいれば、彼と冗談を言いながら文句のひとつでも口にしてだいぶすっきりできただろう。

いざ離れてみると、彼がどれほど心の支えになっていたのか改めて思い知らされる。

このまま瞼を閉じれば、朝まで眠っていられそうだ。

けれど今夜は、王族との晩餐会が予定されている。

参加すればエリックはもちろん、王や王妃、それに王弟もそろうはずだ。

ライラは深く息を吐くと、気持ちを切り替えることにした。

せっかく城にいるのだ。少しでもサイラスに有益な情報を集めよう。もしかしたら実行犯に繋がる手がかりが見つかるかもしれない。

ライラはベルを鳴らすと、城付きの侍女を呼んでシェパードとの面会を希望した。

彼女ならサイラスと連絡を取りつけることも可能だろうと思ったからだ。

けれど侍女からは、シェパードは晩餐会の準備に追われ、いま会うのは無理だろうと告げられてしまう。

仕方がないので、少し早いけれど晩餐会の着替えをするため鏡の前に立った。

いま着ているドレスは出発前、サイラスが選んでくれたものだ。

こうして改めて見てみると、差し色に白いフリルの入った青いドレスは、アンバーが言っていたようにライラの赤い髪とすみれ色の瞳によく映えていた。

サイラスが執事だった頃は、当然のように彼が選んだドレスを着ていたので、アンバーに指摘されるまでほとんど意識せずにいた。

けれどこのドレスを纏うことで、サイラスの存在をそばに感じられる。

「サイラスも頑張っているんだから、わたしも頑張らないと」

晩餐会用のドレスに着替え、食堂に向かうと、扉の前でアンバーとはち合わせた。

彼女は露骨に顔を背け、ライラを押しのけるようにして中へと入っていく。

ライラも苦笑混じりにあとに続くと、やや高めの女性の声が響いた。

「まあ、可愛らしいお嬢様方ね。お会いできてうれしいわ」

出迎えてくれたのは、晩餐会のホストを務める王妃だった。

美しい女性だが、アイスブルーの瞳と高めの声が神経質そうな印象を与える。

「王妃様、本日はお招きいただきありがとうございます」

アンバーの横で並んで挨拶していると、エリックがやってきてにこやかに応じた。

「やあ、また会えたね」

見覚えのある人懐こい笑みは、温室で会ったリックそのままだ。覚悟はしていたが、リックがエリック王子だと再確認すると少なからずショックを受ける。

よりにもよってなぜ彼の話し相手になってしまったのだろう。いまさら後悔しても遅い。せめてアンバーの敵対心を煽らないよう、これ以上エリックが話しかけてこないことを祈るしかない。

ライラがよそよそしくしていると、

「まあ、エリック様！　私こそ、またお目にかかれて光栄ですわ」

アンバーはここぞとばかりに声を弾ませ、自身をアピールしようと前に出た。

「私、こうしてまた殿下にお会いできる日を夢に見ておりましたのよ」

そういえばアンバーは、ライラがエリックと温室で会ったことを知らない。

だからエリックの最初の発言はじぶんだけに向けられたものだと勘違いしたらしい。

エリックは一瞬だけ疑問符を浮かべる顔をしたが、あえて否定もせず黙ってにっこりと微笑んだ。

そういえば、エリックは温室でも気遣いができるタイプだった。

このまま無難に挨拶が終わりそうだと暢気《のんき》に考えた瞬間、

「ところで、君は誰だっけ？」

「えっ……」

無邪気な質問にアンバーが凍りつく。

エリックにしてみれば、プレマリアージュの候補者たちと顔を合わせたのは舞踏会当日だけだ。

あの日は大勢の令嬢や招待客に囲まれていただろうから、いちいち人の顔や名前を覚えていられないのも仕方がないことかもしれない。

そうだとしても、言われたほうはショックであるに違いない。

このまま温室のときの調子でじぶんに話しかけられても気まずくなるだけだ。ライラは儀礼通りの会釈をして、白々しく挨拶をした。

「はじめまして、エリック殿下。ご挨拶が遅れて大変失礼いたしました。私はバーネット伯爵家のライラと申します。舞踏会では体調がすぐれず、ご挨拶ができないまま退出してしまい、心からお詫び申し上げます」

「え、ライラ？　あ、ああ、はじめまして」

エリックは戸惑いの表情を浮かべたが、そこはすぐに察して合わせてくれた。

それを見たアンバーも気を取り直したのか、改めて自己紹介をする。

「私と殿下は二度目ですわ。アビントン公爵家のアンバーと申します。舞踏会ではエリック殿下と楽しくお話をさせていただきましたわ」

挨拶しながらライラにけん制する様子を見て、エリックがくすくす笑う。

「ふたりとも面白いなあ。本当に良い最終候補者が選ばれたと思うよ。滞在中はぜひゆっくり話がしたいなあ」

「可愛い甥に喜んでもらえて光栄だ。私も人選に一役買ったからね」

ふいに声が割り込むと、王弟が王妃の手を取り、その甲へ挨拶のキスをするのが見えた。

「さあ、王妃、お嬢様方。私が席へと案内しましょう」

王弟に促され、アンバーは王妃に続き、勝ち誇ったように前を歩いていく。

まともに相手をするのは疲れるが、彼女には頑張って婚約者になって欲しい。

ライラが歩きだそうとすると、ドレスの裾を背後のエリックに引っ張られた。

「ふふ、また君に会えてうれしいな。じつは叔父上に、散々ライラのことを悪く言っておいたんだ。あんな流行遅れのドレスを着た令嬢とは恥ずかしくていっしょに人前には出られないって感じで。あ、気を悪くしないでね。アンバー以外の令嬢を下手に褒めると、絶対叔父上が邪魔すると思ったんだ。だけどまさかライラを最終選考に残すとは思わなかったな。これはうれしい誤算だよ」

見かけの無邪気さと違って、エリックもなかなかの策略家らしい。

なるほどサイラスの言ったとおり、これも王家の血筋によるものなのだろうか。

ライラは苦笑しながら小声で返した。

「エリック殿下、どうか温室での出来事はお忘れいただけますでしょうか」

「なぜ？　どうして敬称なんかで呼ぶの？　また僕のことリックって呼んでよ。僕はこの前みたいにライラと楽しく話がしたいんだ」

彼は同世代の友達がいないと言っていたし、気楽に話せるライラと再会できて、純粋に喜んでくれているのだろう。

もしも状況が違えば、ライラも喜んで友だちになれたはずだ。

けれどエリックは第二王子で、ライラはここに婚約者候補のひとりとして来ている。

いまは過度に懐かれても困るし、なによりサイラスの状況を考えると、彼の身内と一線を置いておく必要がある。

ライラはドレスの裾を掴む少年の顔を見つめた。

二年前だとエリックは十四歳。兄を慕う彼がサイラスの命を狙ったとは考えにくいが、首謀者が次の王にエリックを据えようと画策しているかもしれない。

そうなるとエリックの知らないところで利用されている可能性もある。

「おや、エリックはライラ嬢がお気に召したのかな?」

先に着席していた王弟が白い歯を覗かせながら、こちらを窺うような目で見ていた。

「あはは、ドレスの糸くずを取ってあげただけだよ」

そう言ってエリックはライラから離れると、さっさとじぶんの席に座る。

アンバーはちゃっかりエリックの横の席を陣取っていた。

城には食堂だけで五つもあり、客人の数によって使い分けているらしい。

この部屋は食堂の中では一番小さく、王族が親しい者との食事にしか使わない部屋だと侍女から聞いている。

白いクロスのかかる長卓の端と端に王と王妃の席が設けられ、客人用の椅子が左右に三席ずつ用意されていた。

上座は空席だが、その右手にアンバーが座り、隣にエリック、一席空けて王弟が王妃の右横に腰かけている。

ライラがアンバーの正面に座ると、彼女はライラにだけわかるようにきつく睨んできた。

エリックに話しかけられていたのが気に入らなかったのだろう。

食事をする前からお腹がいっぱいになってしまう。

「我らが王はまだかな？」

「いまお呼びしているところです」

「三十分前の話だけどね」

王弟が尋ねると、王妃とエリックが苦笑混じりに答えた。

会話を聞いているだけではいつものことなのか、それとも王が今回の晩餐会に乗り気でないのか判断がつかない。

「では、ひとまず乾杯だけでもしようじゃないか」

王弟の申し出にエリックも賛同すると、給仕係がグラスにワインを注ぎ始めた。

すると食堂の扉が開いて、眼光の鋭い威風堂々とした中年男性が入ってくる。アヴァロン王だ。

すぐさま全員立ち上がり、王が腰かけるのを待つ。

ライラはその姿についサイラスの面影を探してしまう。

意志の強そうな眉と唇。この世には面白いものがないと言わんばかりに、ブラウンの髪と瞳のあいだには気難しそうなしわが刻まれている。

おそらくサイラスとエリックは母親似なのだろう。兄弟の容姿はどちらかといえば王弟寄りだ。

確かサイラスはアヴァロン王のことを『王としては立派だが、父親としては最悪だ』と言っていた。

権力への執着はあっても、我が子への愛着がない。だとするとなんらかの要因があれば、我が子に手をかけないとも言い切れない。

そういう目で見てしまうと、ここにいる全員が怪しく思える。疑い出せばきりがない。

もしかしたらサイラスが首謀者の名前をはっきり言わないのは、実行犯を捕まえるまで首謀者を断定できないからだろうか。

王が着席すると、見計らったように料理が運ばれてきた。

アンバーは点数稼ぎをしようとしているのか、エリックだけでなく王妃や王にも積極的に話しかけている。

口数が少ないままライラが味気ない食事をしていると、斜め前にいるエリックが話しかけてきた。

アンバーや王弟はそれぞれ王や王妃の話に耳を傾けているせいか、こちらの様子には気づいていない。

「さっきから料理にあまり手をつけていないようだけど、口に合わない？」

エリックの視線がスープを添えた子羊肉に注がれる。

「いいえ、料理はとても美味しいです。たぶん緊張しているせいで……」

いまは酒が入って王や王弟も饒舌《じょうぜつ》になっているが、食事が始まったときは居心地の悪さを感じるほど空々しい空気が流れていた。

じぶんの家族やサイラスとはそれなりに会話が弾むので、こうも話題が続かないとどうしていいのかわからない。

「あの、皆様はいつもいっしょに食事をされているのですか？」

「うーん、用がないときは、基本ばらばらかなあ」

「そうですか……」

「あ、でも、兄様がいた頃は、まだみんなで集まっていた気がするな。いまはその兄様がいないから、全員そろう機会は滅多にないんだ」

エリックの口からサイラスの話題が出たので、さりげなく尋ねてみた。

「殿下のお兄様と国王陛下は仲がよろしいのですか？」

「特別良くもないけど、悪くもないかな。……どうしてそんなことを聞くの？」

「え、その……アーサー殿下がご病気だと、国王陛下も落ち込んでいらっしゃるだろうと思って……」

「さあ、よくわかんないな。そのことについて父上と話したことがないから」

「え？　ご兄弟のことなのに陛下と話をされないのですか？」

「うん。僕はいつも兄様としか話さないよ」

食事の最初に会話が弾まなかったのは、普段から交流していないからだろう。

エリックの話を聞いていると、王家の家族感は独特のようだ。

「ライラ嬢はここでも好奇心旺盛のようだ。どうしてそんなに王家の事情に関心を持っているのかな？」

いつの間にか王弟が背後に来ていた。

見上げると、酔った目が食い入るようにライラを見つめている。

どう答えていいか迷っていると、リックが肩を竦めて笑う。

「やだなあ、叔父上。僕の婚約者になったら王家の一員になるんだよ。彼女が相手の家族を気にするのは当然だよ。ねえ、ライラ？」

フォローしてくれるのはありがたいが、ここでエリックの言葉を肯定すれば婚約を希望していると勘違いされるだろうし、かといって否定すると王弟から追及されてしまうだろう。

ライラは奥の手を使うことにした。

給仕係が、立ったままの王弟のグラスにワインを注ぐタイミングで、ライラは額に手を当てて大げさに息を吐きながら辛そうに告げる。

「王弟殿下、エリック殿下、お話し中に申し訳ございませんが、部屋に戻ってもよろしいでしょうか？　なんだか気分がすぐれなくて……」

立ちくらみを起こしたように、ふらつきながら立ち上がると、エリックが慌てて駆けつけ体を支えた。

「大丈夫、ライラ？　部屋まで送ろうか？」

「い、いいえ。ひとりで平気です。お先に失礼して、部屋で休ませていただきます」

ライラは急いで王と王妃に辞去の挨拶をすると、そのまま自室へと戻る。

不審に思われたかもしれないが、食事に手をつけていなかったので具合が悪いといってもそこまでおかしくは思われないだろう。

部屋に戻って寝間着に着替えると、夜更け近くまでぼんやり窓の外を眺めていた。

疲れているのに気が張っているせいか、なかなか眠気が訪れない。

仕方なくベッドを抜け出し、バルコニーに出てみると、半分欠けた月がオークの樹を照らし、ライラの足もとに黒い影を落とした。

ひとりでいるとどうしても埒《らち》があかないことばかり考えてしまう。

バーネット伯爵家の領地を離れ、王都で修道院に入り、いまはアヴァロン城にいる。

執事のサイラスと他愛ない日々を送っていたことが遠い昔のことのように思う。

あの頃もサイラスとの身分差で悩んではいたが、いまよりもっとシンプルだった。

彼と想いが通じてようやく結ばれるかと思ったら、今度はサイラスの暗殺未遂事件や第二王子エリックのプレマリアージュに絡む後継者問題という問題まで起きてしまっている。

厄介なのはエリックがサイラスの弟で、二年前の暗殺未遂事件とまったく関わりがないと証明できないことだ。

王弟が首謀者なら、今回のプレマリアージュを通じて、エリックを抱き込んでいる可能性があるから迂闊なことは話せない。

「王弟も推薦しているし、家柄からいってもアンバーが婚約者に内定すると思うけれど。万が一エリックが友情を愛情と誤解するようなら、わたしには深いお付き合いをしている恋人がいると明かすしかないわ」

そうすればライラは必然的に婚約者候補から除外される。

問題なのはそれを打ち明けるにしても、慎重に時期を選ばないと、サイラスの実行犯捜しやバーネット家に影響が及んでしまうということだ。

一番良い解決策は、サイラスが実行犯と首謀者を捕まえて、城に戻った彼の口からライラを婚約者として皆に紹介してもらうことだろう。

一日でも早く解決するためにライラも協力したいが、それとなく話を聞いて探るくらいしか方法が思いつかない。

——せめてシェパードと連絡が取れるといいのだけれど。

「早く迎えに来て、サイラス……」

思わず呟いたとき、扉を小さく叩く音がした。

「いまなにか音がしたような？」

バルコニーにいたライラは部屋に戻って耳を澄ましてみる。

ベッドサイドにだけ明かりを灯した薄暗い部屋に、またしてもノックの音が響く。

灯りがついているので侍女が様子でも見に来たのだろうか。それともシェパードが会いに来てくれたのだろうか。

ライラは扉に近づくと、期待を込めて「誰？」と尋ねた。

「僕だよ、起きてる？」

「エリック殿下!?」

声の主に驚いて思わず扉を開けると、わずかに開けた扉のすき間から枕を抱えたエリックがちょこんと顔を覗かせる。

「こんな夜更けにどうされたのですか？　さすがにこの時間に女性の部屋を訪ねるのはどうかと思いますが……」

「ごめんね」

エリックが俯き加減で枕をぎゅっと抱き締める。

油断してはいけないのだろうが、エリックを見ていると幼い頃の妹を思い出して、母性本能が刺激されてしまう。

「なにかあったんですか？」

つい尋ねると、エリックは黙って枕に顔を埋めた。

「エリック殿下、理由がわからないとわたしもどうしていいかわかりません」

そう促すと、エリックが消え入りそうな声で打ち明ける。

「に、兄様が……死んでしまう夢を見たんだ……」

おもむろに顔を上げたエリックの頬には涙で濡れたあとが見えた。

動揺しているのか、彼は大きな瞳からはらはらと涙を流し続ける。

「ご、ごめんね……兄様のことは誰にも話せなくて……それで……」

ひとりの夜は悪いことばかり考えがちなのは、ライラもさっき経験済みだ。

「……とりあえずお入りください」

一瞬悪ふざけでキスマークをつけられたことを思い出すが、サイラスのことで落ち込むエリックを追い返すわけにもいかない。誰にも話せない苦しさはライラも共感できる。

彼を部屋に招き入れると、エリックはおずおずと足を踏み入れた。

彼を落ち着かせるために、近くの寝椅子にいっしょに腰かけたが、さすがに気まずく思ったのかエリックは黙り込んでしまう。

「どんな悪夢を見られたのですか?」

ライラがやさしく問いかけても、エリックはなかなか話し出そうとしない。

「エリック殿下、悪夢は人に話すと見なくなるそうですよ」

「そう、なの?」

ライラが微笑みながら頷くと、エリックがようやく口を開いた。

「兄様……兄様が僕の……」

よほど怖い夢だったのか、途切れ途切れに話そうとして言葉を詰まらせる。

エリックには親しい友人も話せる家族もいない。そのせいで、抱え込んだ恐怖が彼の中でどんどん肥大化していったのだろう。

その姿はひどく痛々しい。心からサイラスを――兄のことを慕っているように見えた。

ライラはエリックを落ち着かせようと、黙って背中を撫で続ける。

「……今夜は遅いのでいったん部屋に戻りましょう。明日またゆっくりお話をお伺いいたします」

「いやだ……！」

ぐずる子どものように、エリックは頭を振る。

十六歳のサイラスはずいぶんと大人びていたが、エリックは王妃の過保護のせいで見た目より幼いのだろう。

ライラは幼い子どもをあやすように、すっかり冷え切った彼の体を枕越しに抱き締めた。

けれど、いざ背中に腕をまわしてみると、エリックの体はやや線が細いものの骨や筋肉などはちゃんと男性のつくりになっていることがわかる。

なんだかいけないことをしている気分になり、ライラはそれとなく体を離しながら明るく笑いかけた。

「さあ、お部屋に戻ってごじぶんのベッドでお休みください」

「……また、怖い夢を見たらどうすればいい？」

「そのときはわたしが話を伺います。わたしも怖い夢を見たとき、母に話してみたら、次からはおなじ夢を見ませんでしたよ。あ、それと寝る前にホットミルクを飲むのもいいそうです」

するとエリックの顔にようやく笑顔が戻る。

「それって子ども騙しじゃない？」

「そうですか？　真夜中に枕を抱えて淑女の部屋を訪れる殿下にはよく効く方法だと思いますよ」

「ひどいよ。僕を子ども扱いするのはライラくらいだ」

わざとむくれる頬を指で突くと、笑顔がぱちんと弾けた。

どうやら心配なさそうだ。

だが、ほっとした瞬間、エリックが枕ごと抱きついてくる。

「エ、エリック殿下!?」

「やだなあ。ふたりのときくらいリックって呼んでよ。あと前みたいに普通に話すって約束してくれないと放さない」

枕越しとはいえ、このままでは困る。

ライラはため息をついて譲歩した。

「……わかったわ、リック」

「やったあ。じゃあ、さっそく明日僕とお茶会ね」

「っ……いいわ」

ライラは抱きつかれたまま、潤んだ瞳で見つめてくるエリックに苦笑する。

なんだか小動物を相手にしているようだ。前にキスマークをつけてきた少年と同一人物には思えない。

「ライラはどんなお菓子が好き？　言ってくれたらなんでも用意するよ。なにか欲しいものがあれば遠慮なく言って」

「……それじゃあ、アンバーもお茶会に招待してもらえる？」

「どうして？」

エリックが驚いたように目を見開く。

「ふたりはライバルみたいなものでしょ？　どうして彼女の肩を持とうとするの？」

「それは……」

リックに誤解されないうちに、早めにじぶんの考えを伝えておいたほうがいいかもしれない。

「あのね、リック。変に思うかもしれないけれど、わたしはアンバーと違ってプレマリアージュに乗り気ではないの」

「うん。舞踏会を抜け出したと聞いたとき、そうだろうとは思ってたよ」

「だからアンバーと競うつもりはないの」

エリックは首を傾げ、不思議そうに尋ねてくる。

「だけどどうして？　こう言ったらなんだけど、僕の婚約者になれば一生贅沢ができるし、家の格も上がって君の家族も安泰だよ」

　確かに好条件がそろっている。けれどそこには気持ちが足りない。

　ライラは一瞬迷ってから、エリックに告げた。

「じつは好きな人がいるの」

「誰？　どこの貴族？」

　エリックの兄が恋の相手だ、と正直に話したいところだが、首謀者を捕らえるまでは打ち明けるわけにはいかない。

　そこでライラは半分事実を話すことにした。

「……その人は使用人なの」

「え？」

　聞き間違いだと思ったのか、エリックの緑の瞳がゆっくりと瞬く。

「それって本当？　使用人の恋人なんて、君の両親が許すと思うの？」

「もちろん身分差があるのはわかっているわ。だけどじぶんの気持ちに嘘はつけない。彼を愛しているの」

　エリックは肩を竦めると、信じがたいと言わんばかりにため息をつく。

「ライラって、じつはお馬鹿さん？　一国の王子と使用人を天秤にかけるなんてありえないよ」

　エリックが呆れるのも無理はない。

ライラも身分差を理由に、サイラスへの想いを無理に封じ込めようとしていた。

そのせいで彼を追い詰め、結果的にじぶんの本音を曝かれることになったが、サイラスが執事として仕えていたときから彼のことが好きだったし、サイラスが第一王子のアーサーだと知ってからも、いっしょにいたいという気持ちに変わりはない。

「思うようにならないことはわかっているわ。だけど彼といれば、どんな困難も乗り越えていける気がするの」

けれどエリックは腑に落ちないようだ。

「考え直したほうがいいんじゃないかな？　だって環境の違いすぎる相手との末路なんて目に見えてるよ」

ドキッとした。環境の違いすぎる相手——まさにサイラスは王家の人間だ。

この先うまくやっていけるかまだわからないが、ひとつだけ確かなのは彼がじぶんを守るために行動してくれていることだ。

言葉だけでなく態度で示してくれる彼の想いにライラも応えたいと思っている。それに、サイラスといっしょなら幸せになれるという根拠のない自信もあった。

「心配してくれてありがとう。だけどわたしの気持ちは変わらないわ」

「……」

しばらく無言でいたエリックがふいに立ち上がる。

「部屋まで送りましょうか？」

「子ども扱いしないでよ」

エリックは不機嫌そうに眉をひそめる。

「わかったわ、おやすみなさい」

遠ざかる背中に声をかけたが、エリックは考え込んでいる様子で振り返りもしない。

そのまま部屋にひとりきりになると、なんとなく後味の悪さだけが残った。

王族より使用人を選んだと聞いて、さすがに気を悪くしたのかもしれない。

この様子では、明日のお茶会の話も立ち消えになるだろう。

「仕方ないわ。どうしたってエリックと婚約するわけにはいかないのだから」

アンバーとエリックがうまくいきますようにと、ついお節介なことを考えながら、ライラは独りには広すぎるベッドで横になった。


数日後、エリックから茶会の招待状が届いた。

「いまさらどうして？」

好きな人がいると伝えた翌日、エリックからの招待はなかった。

すぐに城を追い出されるか、不敬罪に問われるかもしれない。

そんなふうに身構えていたのに、日を置いて届けられたのは茶会の招待状だった。

いまさら茶会に招待するなんてどういう意図があるのだろう。

不思議に思いつつも、指定された時間に温室を訪れた。

ガラス越しに見る空は、灰色の厚い雲の下に重たげに沈んでいる。

「やあ、ライラ。久しぶりだね」

微笑むエリックの隣で、アンバーがしなだれかかるように腰かけている。

どうやらふたりの仲に進展があったようだ。

「エリック殿下、本日はお招きいただきありがとうございます」

ほっとしながら型通りに挨拶すると、エリックは不機嫌そうに唇を尖らせた。

「嫌だな、僕のことはリックって呼んでよ」

「ですが……」

アンバーに視線を向けると、彼女は屈辱に顔を歪めている。

「いいから、遠慮しないで座りなよ」

ライラがふたりの前に座ると、給仕係が紅茶を注いでいく。それが終わると、エリックは人払いしてから口火を切った。

「滞在の最終日に、君たちの送別会をかねた晩餐会が開かれる予定だ。慣例だと、そこで僕が婚約者を発表することになっている」

「まあ、楽しみですわ」

アンバーが相づちを打つと、エリックが続けた。

「本来は二週間の選考猶予を与えられているんだけど、僕は婚約者を決めるのにそんなに時間をかけなくてもいいかなと思っているんだ」

「えっ」

そんなことになっては、サイラスが実行犯を捜す期間まで減ってしまう。

城にきて今日で四日目、本来ならあと十日の猶予があるはずだった。

「今回は期間を短縮して相手を指名することになるから、ふたりには事前に伝えておきたくてね」

「とても良いお考えですわ。長く滞在したところで、もうひとりの方には永遠にチャンスが巡ってこないわけですから」

アンバーは勝利を確信したように不敵に笑うと、エリックの腕に豊満な胸を押しつけるようにして腕を絡めた。

「それでいつ、ご指名なさるのですか？」

ライラが尋ねると、エリックがそれなんだよねえと困った顔をする。

「シェパードに晩餐会の繰り上げを依頼したら、材料の調達や準備のために調整が必要みたいで、最低でも三日以上、準備期間が欲しいと言われたんだよ」

つまり経過した四日を含めると、約半分の期間でエリックの婚約者が内定することになる。

確か、婚約者の内定と同時に、エリックに王位継承権一位の座が移るのではないかという憶測が出ていたはずだ。

「あの、殿下。とある噂を耳にしたのですが、それは本当でしょうか？」

「殿下と呼ぶなら教えないよ」

駄々っ子のようにエリックが顔を背ける。

「リック、教えてください」

ライラが言い直すと、エリックが満足げに微笑みながら聞いてくる。

「いったいどんな噂？」

「わたしが耳にしたのは、リックの婚約者が内定すると、王位継承権一位の座も第一王子から第二王子に移るという話です」

「あー、それね」

気乗りしない様子でエリックがため息を吐く。

「叔父上が父上にそう進言しろって、せっついてくるんだ。僕は王座なんか興味ないし、政治や社交とか面倒なことは嫌いだもん」

「では、リックは国王陛下に進言されないということですね」

ライラは胸を撫で下ろす。

継承権問題がないのなら、サイラスが慌てて城に戻る必要はないと考えたからだ。

それならアンバーが指名されてからライラが城を出れば、サイラスの捜索の手伝いができるかもしれない。

けれどエリックの答えは意外だった。

「それはまだ保留中」

「え、どうしてですか？　殿下――いえ、リックは王位に興味はないのでしょう？」

「うんまったく。だけど僕が王位に就いても、面倒なことは全部叔父上が引き受けてくれることになっているんだ。だから条件次第で、引き受けてもいいかなって思ってる」

「その条件というのは？」

　思わず前のめりになると、

「ライラ！　いい加減にしてちょうだい！」

　アンバーがテーブルを叩いたせいでティーカップが派手な音を立てた。

「お茶会の席で無粋な話はしないでいただけるかしら？　エリック様もつまらない話なんて興味ありませんわよね？」

「そうだね。せっかくだから別の話がいいな」

　会話の主導権を取り戻したアンバーはふふんと嘲笑う。

「ねえ、エリック様。誰を婚約者に選んだのか、早く教えてくださいませ」

「発表は三日後だよ」

「だけど待ちきれませんわ」

「うーん、だけど途中で気が変わる可能性もあるしなあ……」

　アンバーは期待を込めた眼差しでじっとエリックを見つめる。

　その視線を受けながら、エリックはもったいぶるように紅茶を一口飲んだ。

「そんなに知りたいのなら、現時点での気持ちを発表するね。僕の婚約者は――ライラ、君だよ」

「え……」

聞き間違いだとライラは思った。そうでなければ彼が言い間違えたとしか思えない。

「い、いまのはご冗談ですよね？」

アンバーが慌てて聞き返す。

「本気だよ。僕はライラを婚約者に選ぶ」

「…………」

驚きのあまり、なにも反応できない。

「ふふっ、ライラったら言葉も出ないほど感激してくれたの？」

エリックが悪戯っぽく瞳を輝かせ、ライラに熱っぽい視線を向けた。

次の瞬間、青ざめた顔のアンバーが席を立つ。

「……わ、私は失礼いたします。この件は私の父や王弟殿下にも報告させていただきます」

アンバーは絞り出すような声でそれだけを言うと、肩を怒らせて温室を出ていく。

勢いよく閉じられた扉の音で、ライラは我に返った。

「どうしてわたしなの？　アンバーのほうがリックのことを想っているのに」

ライラは思わず抗議してしまう。

「それに前に言ったでしょ。わたしにはほかに好きな人がいるって」

エリックは優雅に紅茶のカップの口に運びながら、なんでもないことのように言う。

「だからライラを選んだんだよね」

「え？」

「だってさあ、従順なだけの女なんてつまらないし」

「つまらないって……」

口調はあどけないが、その愛らしい姿の裏に老獪《ろうかい》さが透けて見えて、急にエリックのことが怖ろしくなる。

舞踏会の日の夜にこの場所でキスマークをつけられたときとおなじだ。

その無邪気さと愛嬌の良さで、相手に警戒心を抱かせずに近づいたところで本性を現す。

エリックは本当にサイラスのことを慕っているのだろうか？　本気で王位に興味がないと思っているのだろうか。

彼の見え隠れする二面性のせいで、どこまでが真実なのかわからなくなる。

「その点ライラは好きな人がいて、僕との婚約も望んでいない……そうだよね？」

「……ええ、そのとおりよ」

ライラは身構えつつ返事を返した。

「だけど令嬢と使用人は結婚できないよね？　立場上、許されるわけないし」

「……」

エリックは薄笑いを浮かべながら、アフタヌーンティー用の三段スタンドからスコーンを掴むと、これみよがしにふたつに割る。

「だから、僕がふたりの仲を応援してあげるよ。嫁入り道具といっしょに、彼を城に連れてくればいい」

「え……？」

話の方向が見えない。応援すると言いながら、どうしてエリックの妻になるのだろう。

戸惑うライラを見て、エリックはますます目を細めた。

「ほかに好きな人がいる女を妻にするって、すごく面白いと思うんだよね。だって君が僕の妻になれば、君は彼のことを想いながら僕と夜を過ごすんだよ。僕、想像しただけでワクワクしちゃうな。あ、そうだ。なんならライラの彼を寝室に呼んで、目の前で愛し合うのも一興じゃない？　もちろん僕たちに子どもができたら、彼を愛人にしてふたりでイチャついたってかまわないよ」

歪んでいる――エリックの禍々《まがまが》しさを目の当たりにして、ライラは顔から血の気が引いていくのを感じた。

「どうしたの？　顔色が悪いよ」

エリックがライラに触れようとして、思わずその手をはね除ける。

「そんな結婚生活なんてありえないわ」

「どうして？　ライラがほかに好きな人がいるから、僕はその恋人ごと君を受け入れるって言っているんだよ。それなら僕も君も幸せになれる」

ライラは覚悟を決めた。いまは彼に嫌われて距離を置くのが一番だ。

「リック、聞いて」

「うん？」

「わたしはあなたの婚約者に相応しくないわ。それにもう純潔ではないの」

「――それってつまり使用人と寝たってこと？」

ライラは静かに頷いた。

さすがにこの事実を知れば興味を失うだろう。侮辱されたと怒りだすかもしれない。

けれど耳に響いたのは彼の哄笑《こうしょう》だった。

「あははは、君って本当に最高だね。僕の兄様の次に予測がつかないよ」

エリックは強引にライラの手を摑むと、獲物を見る目でライラを見据える。

彼は愛らしい子犬ではなく、狡猾《こうかつ》な肉食獣だった。

「ますます欲しくなったよ」

「……っ」

振り払いたいのに振り払えない。

ぐっと拘束が強まり、エリックが顔を近づけてくる。

「逆らっても無駄だよ。城では僕の言うことは絶対だ」

「いやっ、離して……！」

体を捻って立ち上がると、その勢いで椅子が倒れた。

派手な音がしたせいか、近くを通りかかった警備兵が駆けつける。

「エリック様、いまの音は？　どうされましたか？」

邪魔が入って人目を気にしたのか、エリックはライラから手を放した。

「大丈夫、問題ないよ。彼女に虫がついていたから、僕が退治してあげようとしたんだけど……そうだよね、ライラ？」

にっこりと微笑むエリックは愛らしく人懐こい。

けれどその笑顔の裏に、彼の歪んだ本性が隠されている。

「し、失礼いたします」

ライラは青ざめた顔で、エリックと警備兵が話している隙に急いで温室を出た。

ぽつり、外に出た途端、雨粒が頬を打つ。

靴擦れができるのも構わずに駆け足になるのは、一刻でも早くエリックから遠ざかりたかったからだ。

部屋に戻ったライラは、城に来たときとおなじ青いドレスに着替えた。

こうなっては、サイラスの迎えを待っている場合ではない。

「どちらへ行かれるのですか？」

部屋を出ようとすると、扉のすぐ横に警備兵が立っていた。

「ライラ様、どちらへ？」

「ちょ、ちょっと散歩しようかと……」

「外は雨です」

「え、ああ、そうなの？　気がつかなかったわ」

笑って誤魔化すと、警備兵が一礼する。

「今日よりエリック殿下から、ライラ様の護衛を任されています。外出の際は同行いたしますので、いつでもお声がけください」

「……わかったわ」

客室に戻ると、扉に背を当てたままずるずると座り込む。

「どうしよう……逃げられないわ……」

絶望的な気分に追い打ちをかけるように、雨が激しく窓を叩いた。


その夜から、真夜中にエリックが訪ねてくるようになった。

「ラーイラー……ねえ、ここ開けてよ……僕、また怖い夢を見たんだ……」

扉越しに歌うように名を呼び、媚びるように訴えかけてくる。

ライラはその声が届かないように、ベッドに潜り込んで両耳を枕で塞いだ。

おかげで夜は眠れず、昼も精神的な疲労からか仮眠もままならない。

昨日今日と、二日続けての来訪で疲弊したライラが寝椅子で横になっていると、シェパードが侍女を伴って現れた。

「ライラ様、お加減が悪いと聞いてお薬をお持ちしました」

「シェパード！」

薬を差し出す侍女頭に話しかけようとすると、小声で制された。

「いまはだめです」

見ると、扉の前で控える侍女がチラチラこちらを窺っている。

「具合はいかがですか？」

シェパードが淡々と問いかけてくる。

「この二日、眠りが浅くて……」

その原因がエリックとは言えず、ライラは暗い顔をした。

「そうでしたか。やはりただの風邪ではなさそうですね」

シェパードは扉近くで控えていた侍女を呼び寄せると、てきぱきと指示する。

「医師のところへ行って、睡眠薬を調合してもらうように。それとこのメモの薬ももらってきてください」

「ですが……」

見張るよう言われているのか、侍女はライラを気にする様子でなかなか動こうとしない。

シェパードがそれを見て眦を吊り上げた。

「なにをしているのですか、早くしなさい」

「は、はいっ」

弾かれたように侍女が出ていくと、シェパードがため息を漏らす。

「いまのはエリック殿下の侍女です。それとなく貴女の動向を探らせたいのでしょう」

「そんな……」

見えない糸でがんじがらめに縛られていくようで胸が苦しい。

「城内ではすでに噂になっています。エリック様がここに警備を置いたことで、貴女が婚約者に内定したのではないかと、そう思われているのです」

ライラは思わずシェパードに取りすがった。

「サイ……いえ、アーサー様は？」

「婚約者内定の晩餐会が早まったことは定宿の主に知らせていますが、その前に王都を離れると連絡がきていたのでアーサー殿下に伝わったかどうかはわかりません」

「そんな……」

ライラは絶望的な気分になる。

彼が知っていれば助けがくると思えるが、もしも王都にいないなら、次に会うときライラはエリックの婚約者になっているかもしれない。

「いったいなにがあったのです？」

「噂通りよ。エリック殿下に婚約者内定を告げられたの。今夜の晩餐会で正式に発表すると言っていたわ」

「なんてことに……」

シェパードが眉をひそめる。

「エリック殿下には諦めてもらえるよう、わたしには恋人がいて、すでに身も心も相手に捧げていると伝えたの。でも彼はわたしを嫌うどころか、ますます婚約者にと熱望されて、夜中に部屋の外まで訪ねて来るようになってしまって……」

「王家の血ですね」

シェパードは沈鬱な表情を浮かべた。

「アヴァロン家の方々は、代々策略と征服欲の強い気質をお持ちです。簡単に手中に収めることができないものほど固執して、それを得るために手段を選ばないところがあります」

ライラは片手を額にやった。

「どうすればいいの？　二晩続けてエリック殿下が夜中にやってきたの。扉の前に何時間も居座って、いろんな理由をつけて扉を開けるよう訴えてくるの」

「絶対に開けてはいけません」

シェパードがライラの肩に手を置いた。

「あの方は幼い頃から人に取り入るのがうまい方です。いまの王妃はエリック殿下の亡くなられた母君の妹ですが、エリック様を実の子のように溺愛されています。そしてこれはここだけの話ですが、いまの王妃は国王陛下と結婚する前に、王弟殿下の愛人だったという噂がございます。そこからエリック殿下は王妃と王弟の子ではないかという疑惑が……」

「それじゃあ、サイラス――いえ、アーサー様を狙ったのは王弟と王妃なの？　息子のエリック殿下を次の王にするために？」

「……確かなことはわかりません。だからこそアーサー殿下も実行犯を捕まえて、首謀者を特定する決め手が欲しいのです。ここで暗殺の首謀者やその一味を全員罰しない限り、アーサー殿下は命を狙われ続けることになります」

王弟が首謀者だとしても、敵はひとりとは限らない。

だからサイラスも迂闊に王都へ戻れず、実行犯の捜索に力を割いているのだろう。

「だったらアーサー様が戻るまで、わたしは城を出て身を隠すことはできないかしら？ここから逃げないと、明日には晩餐会が開かれるのでしょう？」

「それは……無理です。アーサー殿下不在の城で、実質、王位継承権一位の立場にいるのはエリック殿下です。それにこうも監視が厳しくては、ライラ様を連れ出すこともできません」

「それじゃあ、わたしは内定を受けるしかないのね……」

ライラは呆然と呟くと、目の前が真っ暗になる気がした。

「なんとかして晩餐会は明日に延期になるよう手をまわします。エリック殿下には三日以上猶予が欲しいと事前に伝えているので一日延期するのは許容範囲でしょう。ですからライラ様もあと一日、なんとしても身をお守りください」

言われるまでもない。じぶんのすべては愛するサイラスだけのものだ。

しばらく経つと侍女が戻ってきた。

いくつか薬を手渡されたが、エリック付きの侍女と聞いてからは迂闊にその薬を口にすることもできない。

幸か不幸か、サイラスとの性技指南で媚薬効果の凄まじさは経験済みだ。

この薬の中にそんなものが含まれていないとも限らない。しばらくは飲み水にも注意したほうがいいかもしれない。

「ありがとう、あとで飲むわ」

ライラが横になることを告げると、シェパードたちが部屋を出ていく。

ひとまず今夜一晩やり過ごせば、きっとサイラスは戻ってくる。じぶんを妻に迎えるために。

いざとなれば明日の晩餐会で、第一王子に求婚されていることを告白しよう。

そうすればエリックを溺愛する王妃が二重婚約になることを認めないだろうし、王弟もアンバーとの婚約を強く勧めるに違いない。そうなるとさすがにエリックも独断でライラと婚約することはできないはずだ。

ライラはみずから危険に足を踏み入れることになるが、バーネット伯爵家に責任が及ぶことはないだろう。

サイラスはライラの身を守るために奔走してくれている。そんな彼を裏切ることになるが、エリックと婚約なんてことになればそれこそ本末転倒だ。

「どうすれば今夜を乗り切れるのかしら……」

ライラは思いあぐねた末、ペンを取ると急いで手紙を二通したためた。


アンバーの部屋で息をひそめていると、夜更けにノックの音がした。

「……ライラ様」

シェパードの声にライラは急いで扉を開ける。

「どうだった？」

「エリック殿下はライラ様の部屋に入っていかれました。ライラ様の計画がうまく運んだようです」

「良かった……」

ライラはひとまずほっとする。

今夜の計画のため、ライラは手紙を二通用意した。

一通はシェパードに今夜の計画を知らせる手紙。もう一通はアンバーに面会を申し出る手紙だった。

アンバーが話を聞いてくれるか、そもそも会ってくれるかもわからなかったが、彼女も追い詰められていたらしい。

エリックとアンバーを取り持つ作戦に、彼女は承諾した。

互いの部屋を取り替えて、アンバーはライラの部屋でエリックを待ち、これが最後の夜だからと泣き落とすか誘惑する手筈になっていた。

アンバーにはエリックと既成事実を作ってもらい、晩餐会にライラが指名されることがあれば、ライラは辞退を申し出て、彼女がこの件を持ち出せば必然的にアンバーが婚約者とみなされるはずだ。

それにエリックが乗ってくれるかどうかが最大の難関だった。

「エリック殿下はどんな様子？」

「すぐに部屋をお出にならなかったので、アンバー様が上手に事を運んでいると思われます」

「そう、良かった……それならわたしは朝までどこかに隠れているわ。アンバーの部屋もいいけれど、ここにいつエリック殿下が来ないとも限らないし……」

シェパードは扉を開くと、そこから外の様子を窺い、ライラを手招きした。

「私について来てください」

「どこに行くの？」

「説明はあとで。いまは時間がありません」

急き立てられるように、ライラは寝間着の上にガウンを羽織ると、案内されるがままシェパードのあとをついていく。

表の廊下ではなく、使用人が往き来するための通路を通り、また表の廊下へと戻る。それを何度か繰り返すと、王宮内の図書館に到着した。

重厚な扉を開けた入り口で、シェパードが合図を送るようにランプを揺らす。

すると奥の方でも応じるようにランプの灯りが小さく灯った。

「さあ奥へ進んでください、一時間経ったら迎えに参ります」

背後で扉を閉じられ、追い立てられるように奥の灯りに近づいていくと、書庫の陰から人影が現れた。

「少し痩せたな。王宮の食事は口に合わなかったか？」

「サイラス！」

思わぬ再会に小さく叫び、愛する人の胸に飛び込む。

「淑女が男に抱きつくなんて大胆だな」

こんなときでも意地悪な言葉を忘れないのがサイラスらしい。

「すごく会いたかったわ」

「おれもだ」

ライラをきつく抱き寄せると、サイラスはライラの肩に顔を強く押しつけた。

「おまえの匂いがする」

その吐息が肩や首すじにかかるだけで、これまでの緊張や不安が解けていく。

「実行犯が捕まったの？」

「いや、追い詰めたが逃げられた。いまはダンテとその仲間が追っている」

「……それじゃあ、迎えにきたわけじゃないのね」

思わず落胆のため息を漏らすと、男が顔を上げてその温もりが離れていく。

「シェパードの知らせを受けて、矢も盾もたまらず無事を確かめに来たんだ。明日の晩餐会には必ず迎えに行く。だからもう少しだけ待っていてくれ」

「ええ、いざとなったらサイラス——いえ、アーサー殿下に求婚されていると告げるつもりよ。それで命を狙われることになっても、あなた以外の人と婚約するつもりはないわ」

秘めた決意を伝えると、サイラスがふっと目を細める。

「おまえならそう言うと思った」

ふっと笑い、彼はライラの頬を愛おしげに撫でる。

「今夜の計画は聞いた。まさかアンバーが協力するとはな」

「彼女はじぶんの利益になることなら手を貸すと言っていたわ。わたしが裏切らないよう、婚約を辞退する誓約書まで書かされたの」

ライラは苦笑しながら、頬にある彼の手にじぶんの手を重ねた。

「晩餐会当日にアンバーとエリック殿下の既成事実を持ち出せば、さすがに国王陛下や王弟の手前、エリック殿下もアンバーとの婚約を認めざるを得ないと思うわ」

弟の名を聞いて、サイラスは複雑な顔をする。

「最初からライラがおれの婚約者とわかっていれば、エリックもそこまで馬鹿なことはしなかっただろうが」

ただ、と言い淀んだあとサイラスが続けた。

「エリックはおれを慕うあまり、その感情が行き過ぎて問題を起こす傾向がある」

「問題？」

「おれが目をかけていた従者を引き抜いたり、おれに近づく令嬢たちを次々誘惑したりしていたんだ」

「そ、それはちょっと行き過ぎね」

「王族の者はたいていのものが手に入る。だから得るのが難しいものほど固執してしまうのかもしれない」

確かシェパードもおなじようなことを言っていた。

「サイラスもそうなの？」

「当然だ。おれはおまえを手に入れるために執事にまでなった男だぞ。潜伏中の身で、貴族の邸にいるだけでも叔父上に勘づかれる可能性も高いのに、それをおしてもおまえのそばにいた理由がどういうことか考えてみろ」

ライラがくすりと笑うと、男も目を細める。

「ようやく笑ったな。おれはその顔が二番目に好きだ」

「一番目は？」

サイラスは意地悪く笑うと、

「それはいまから見せてもらう」

体を軽々と持ち上げて、そのまま机に腰かけさせられると、彼の目線と近くなる。

「ん……」

唇が重なり、男の舌が忍び込んできた。そのまま口腔を緩く掻きまわされると、ただそれだけで脚の狭間がじんじんと疼きだす。

「あ……っ……」

彼の性技指南を受けるうちに、いつの間にかそういう体にされてしまった。

「ふ……っ……」

熱心なキスで腔内の隅々を探られると、思いもよらない場所にも快感が潜んでいることを知らされる。

サイラスとのキスはどうしてこんなに気持ちいいのだろう。

熱に浮かされたように頭がぼんやりする。思考は途切れるのに、体の感覚は鋭敏になって、彼に触れられるすべての場所が性感帯へと変えられていく。

「おまえに触れたくて堪らなかった」

男の手がライラの下肢に伸ばされ、花唇に触れる指先が濡れた蜜をすくい取る。

「おれの手が恋しかったか？」

キスだけで反応しているとわかっているくせに、サイラスはわざと言わせようとする。

「意地悪……」

ライラがそっぽを向くと男は嗤った。

「そうやって意地を張っていると後悔するぞ」

男の手が無遠慮に、秘裂の上辺だけを指で擦りながら、口では淫らに舌を動かして、ライラの舌を絡めては舐める。

「あ、ん……っ」

「あまり可愛い声を出すな。いまは余裕がない」

サイラスはライラの脚のあいだに腰を進めると、すでに昂った屹立をライラの割れ目にそっと擦りつけた。

「奥まで挿れないから、脚を閉じていてくれるか？」

請われるまま膝を閉じると、男はライラの膝頭を抱えながら腰を動かした。

余裕がないというのは本当らしい。

いつもなら時間をかけてライラに愛撫を施すのだが、今夜は性急に互いの性感を高めようとしているらしい。

「あ……っ……」

雄茎の張り出した笠が、肉粒を押し潰すように擦りつけられる。

這入《はい》りそうで挿《はい》らない。中途半端な刺激はかえって快楽を生むようで、ライラの蜜壺から淫猥な音が漏れる。

「……っ」

蜜孔にぐっと強い圧迫を感じた。

挿入《そうにゅう》しかけて、なんとか思い留まったようだ。そのまま腰の動きを止め、ライラの着ているガウンを脱がし、寝間着の前を開くと、薄闇に浮かぶ白い乳房に顔を埋めた。

「う、っ……ふ……」

男の熱い舌が乳首を撫でる。

乳輪ごと柔肉を頬張り、音を立てるようにきつく吸われると、腰骨から背筋にかけて甘い痺れが伝わった。

その一方で、お預けにされた媚肉がじんじんと熱を持って、体の隅々を煽ってゆく。

「もっと……」

ライラは思わず懇願する。

じぶんから初夜まで待ってと頼んでおきながら、いまは無性に彼が欲しいと願ってしまう。

彼と逢うのが、これで最後になるかもしれない。

そんな不安に突き動かされ、堪らなく彼に抱かれたいと望んでしまう。

ライラはわずかに脚を開くと、媚薬など口にしていないのに、潤んだ瞳でサイラスを見上げた。

「きて……」

「……っ」

男が息を呑む。

「だめだ。いまは時間が」

「お願い……」

ライラの想いを察したのか、サイラスも耐えていた一線を越えた。

「無理だったら言え」

「う、ん……っ」

太く張りつめた亀頭がぬかるんだ箇所に押し入ってくる。愛液が滲む割れ目に、男の欲望がゆっくりと埋められていく。

「ひ、ぐ……っう」

覚悟はしていたものの、あまりの圧迫感に息が詰まった。

それでも少しずつ腰が進められていくと、狭隘な肉壁も徐々に道を拓いていく。

「大丈夫か？」

耳もとで囁かれ、ライラは頷く。

ライラの肉襞は男の欲望を欲しがるように、無意識に内壁を収縮させた。

「声は抑えろよ」

「ん……」

長大な逸物が途中でずるりと抜かれる気配がした。

もっと奥まで欲しいのに、せっかく男で満たされた場所が空っぽになる。

けれど次の瞬間、

「あうっ」

奥まで一気に屹立を突き立てられ、ライラは衝動的に背中を仰け反らせた。

「あっ……あ……あ……」

抽挿が速まると、ライラの喘ぎが大量の書物に溶け込んでいく。

「あ、あ、ぁ……ぁあ、あん……あ……っ」

慣らされていないぶん、膣孔がよけいに男の欲望を感じてしまう。

熱く息づく肉棒は、猛る動きでライラを追い詰めていく。

「ぁ……っあ……ん、……もっ……と……」

体の芯が疼いて、間断なく与えられる刺激に媚肉が歓喜の蜜を溢れさせた。

「っ……そんなにおれを締めつけて……もっとこれが欲しいのか？」

「ん……欲しい……」

サイラスは目を細めると満足げに笑う。

「ああ、おれの一番好きな顔だ。恥辱にまみれながら、おれを欲しがるそのいやらしい顔、堪らない」

サイラスは逃げる腰を摑むと、肉孔にみっちりとはめ込んだ肉塊で奥を侵す。上下に濡襞を擦ると、そこは淫らにヒクついて陰茎を食い絞めた。

「……はぁ……あ……、……ん」

「ずっとおまえにこうしたかった」

男が激しく抽挿すると蜜液が溢れ、繫がる場所からはしたないほどの水音が漏れる。

「ああっ」

堪えきれない声をキスで封じながら、サイラスはなおいっそう激しく腰を動かした。

肉と肉が擦れ、その狭間で濡れた音が淫靡に響く。

体も心も満たされる感覚にライラは溺れた。

「もっと……欲し……そこ……」

涙目の視界に、男の背中と上下に揺れるじぶんのつま先が見える。

「ライラ、おまえはおれだけのものだ」

その言葉を刻むように、容赦ない肉棒の滾りが最奥を突き乱す。

「ああ……」

目の前の人が愛おしい。

ライラは男の背中にしがみつくと、穿つ熱い楔を内襞できつく咥え込み、体の深い場所で男を感じた。

「ライラ……おれのライラ……っ」

うねる蜜孔の脈動に、男の理性も緩んでいく。

男が達するまでに、ライラは二度も絶頂を味わったのだった。

晩餐会に向かう途中、ライラは廊下でアンバーに出くわした。

「私はすべきことはしたわ。今度は貴女が務めを果たす番よ」

アンバーは相変わらず挑戦的だ。

「わかっているわ。だけどアンバー、あなたは本当にエリック殿下との婚約を望んでいるの？　彼はその……誠実ではないように思うけれど」

するとアンバーは小馬鹿にしたように笑う。

「それで怯むくらいなら、ほかの女の部屋に忍び込んできた殿下と寝たりしないわ。私が欲しいのはエリック殿下の正妻としての身分。それが叶うなら多少のことには目を瞑るわ」

「あなたがそれでいいのなら構わないけれど……」

ライラには理解できないが、条件で価値が決められるアンバーだからこその理屈だ。

じぶんならとてもじゃないがそんな状況には耐えられない。

けれど彼女がそれを望むと言うのなら、それ以上は口出しできない。

ただひとつ気になることがある。

「ねえ、アンバー。あなたがエリック殿下の妻になりたいのは、彼が王位を継ぐ立場になるかもしれないから？　王太子妃になりたいの？」

「あなた、温室でも言っていたわね」

アンバーがうんざりした様子で廊下を歩きだすと、ライラもすぐに隣を歩く。

「そういう政治的な話には興味ないの。私はただ幼い頃から大叔母様やお母様から、プレマリアージュで婚約者になれなかった話を散々聞かされたわ。だからいつか私がその夢を叶えてやろうと思うようになったの。私が王太子妃になるなら、それでも構わない。だけどまず大事なのはプレマリアージュで婚約者になることよ。だから政治的な駆け引きなんてどうでもいいの」

「そ、そう。わかったわ」

どうやらアンバーはある意味純粋に婚約者内定を目指しているらしい。

きっとそれを利用してエリックの王位継承を企んでいるのは、王弟とその背後にいる大人たちなのだろう。

連れだった形でアンバーと初日とおなじ食堂に入ると、そこにはすでに王妃とエリックの姿があった。

「お待たせして申し訳ございません」

ライラたちが慌てて詫びると、王妃が鷹揚に微笑む。

「いいえ、まだ時間前ですよ。国王陛下も火急の用があるとかで、こちらに来るのが少し遅れると伝言がありました」

「火急の用……」

まさかサイラスになにかあったのだろうか。ライラは不安に思う。

彼とは外が暗いうちに図書館で別れた。実行犯捜索を一時離脱してまで、彼がライラを案じて様子を見にきたと知ったのはシェパードが迎えに来たときだ。

サイラスやダンテが実行犯を取り逃せば、確たる証拠がないため暗殺未遂事件の首謀者を断罪することができない。

そうなったら首謀者が野放しのまま、サイラスは城に戻るしかない。

「エリック殿下、ご機嫌はいかが？」

「まあまあかな。昨夜は不思議なことが起きたからね」

アンバーは当然の権利のように、国王とエリックのあいだの席に収まる。

ライラがアンバーの向かいの席に座ると、エリックが意味ありげな視線を向けてきた。

「ねえライラ、聞いてよ。昨夜プレゼントを取りに行ったら、頼んだものとはべつの人形が箱の中に入っていたんだ。どうしてそんなことが起きたと思う？」

「……さあ、わかりません。おそらく箱には最初から贈り物なんて入っていなかったのだと思います。それを哀れに思った誰かが、代わりに贈り物を入れてくださったのでは？」

素知らぬ顔で答えると、エリックが思い当たったように目を見開く。

「そういうこと？　まさか敵同士、手を組んでいるとは思わなかったよ」

「殿下は人形を受け取ったのですから、最後まで大切になさってください」

ライラが告げると、アンバーはエリックの腕に触れながら「同感ですわ」と微笑みかけた。

「これはこれは……ずいぶんと親しげなご様子ですね。エリック殿下、アンバー嬢」

にやつきながら食堂に入ってきた王弟は、王妃の隣に座ると国王が遅れる旨の話を聞かされていた。

「それでは、国王陛下を待つあいだ先に喉を潤すとしよう」

王弟の合図で食前酒が運ばれる。

ライラの前に座るアンバーは、じぶんの杯を手に取ってライラに向けた。

「貴女と食事をするのは、今日で最後ね」

「ええ」

「ともに残った候補者として、私と乾杯してもらえるかしら？」

ライラはじぶんの杯を取ると、離れた場所にいる彼女と杯を交わす。

「国王陛下がお見えです」

先触れの声がして扉が開くと、国王陛下が誰かを伴って現れた。

その場にいた全員が急いで立ち上がると、

「兄様！」

正装姿のサイラスを見て、誰よりも早くエリックが声を上げた。

彼は破顔して、悪さを仕掛けるときの何倍も瞳を輝かせている。

彼が兄を慕っているというのは、どうやら本当のことらしい。

国王の隣に急きょ席が用意されると、サイラスはその席の前で直立した。

装いのせいか、いつにもまして彼が輝いて見える。

手を伸ばせば届きそうな距離にいるのに、そこにいるのは伯爵家の邸で執事を務めていた男とは別の人間、違う存在になっていた。

「初めてお会いする方もいるので先に挨拶をさせてもらう。私は第一王子アーサー・アヴァロンだ」

「アーサー様……」

ライラが思わず漏らすと、凜とした眼差しにやさしい光りが一瞬だけ灯る。

サイラス——いや第一王子アーサーはライラから目を離すと、国王が座るのを待って、全員といっしょに着席した。

なんだかアーサーの存在を少し遠くに感じて、ライラは運ばれてきたスープを見つめる。

じぶんとアーサーは将来を誓った仲だが、彼に正式に紹介されるまで、ここでのライラはプレマリアージュの候補者にすぎない。

気になって王弟のほうを見ると、彼だけがわずかに顔を強張らせているように見えた。

——やはり王弟が首謀者なんだわ。

王は前回のときとは打って変わって、みずから積極的に杯を掲げた。

「では、乾杯しよう。長らく留守にしていた、我が世継ぎの帰城に」

「帰城に！」

全員で杯を持ち上げ、酒を口に含む。

これでエリックに継承権が移ることは阻止できたはずだ。

「兄様はいままでどこでどうしていたの？　僕、静養先に何度も手紙を書いたんだよ」

エリックが身を乗りだして興味津々といった様子で兄へ尋ねる。

「私は森である人に拾われて、その人の邸でしばらく世話になっていた」

「まあ、それならどうしてすぐに連絡を寄こさなかったのですか？　貴方の従者と乳母の遺体が見つかって、王が近衛兵に行方を捜索させていたのですよ」

そのときのことを思い出したのか、王妃の顔が青ざめた。

「え、そうなの？　僕には病気だって言ってたのに！」

エリックが不満の声を上げると、国王がいなすよう口を開く。

「アーサーの遺体が出ない以上、死んだとは確定できん。このアーサーが易々と敵の手に落ちたとも考えにくい。もしもみずから身を隠したのだとしたら、なにか理由があってのことだろうと、病と公表したのだ。まさかそれから二年近くも行方知れずになるとは思わなかったが」

国王は子どもに関心がないと聞いていたが、跡継ぎのアーサーのことはそれなりに慮《おもんぱか》っていたらしい。

「ご心配おかけして申し訳ありません。国王陛下に命を狙われたものですから、しばらく様子を窺おうと思ったのです」

「なんだと？」

国王がわずかに気色《けしき》ばむ。

ひやりとさせる発言に、無関心を装うのに慣れた給仕係たちの顔色も変わる。

その場にいた全員にひりつく空気が流れた。

その一方で爆弾発言をしたアーサーだけが、ひとり涼しげな表情で全員の顔を見渡し微笑んでいる。

「アーサー殿下、気でも触れられたか？　いくら第一王子といえ先ほどの発言は不敬に値しますぞ！」

王弟が非難すると、国王が片手でそれを制した。

「なぜ私を暗殺者呼ばわりする？」

「恐れながら……私は二年前、陛下の名で呼び出され、待ち伏せしていた男たちに襲われました」

「ほう、それは面白い」

国王は不快になるどころか、かえって興味を引かれたように話の続きを求めた。

「従者と乳母が身を挺して庇ったくれたおかげで、私はからくもその場から逃れることができました。逃げる途中で追っ手をふたり殺し、残るひとりに深手を負わせました。城に戻りたくても、私を襲撃させたのが陛下であれば戻ったところで殺されるだけです」

「確かにそうだ」

殺伐とした親子の会話を固唾を呑んで見守っていると、アーサーが続けた。

「状況から陛下を疑いました。ですが、いくら考えても陛下には動機がない。私を殺したところで陛下の地位は盤石です。いまさら殺したところで意味がない」

「それじゃあ、兄様を殺そうとしたやつは誰なの？」

「馬鹿げている！　そんな被害妄想で陛下を暗殺者呼ばわりしたのか？　無礼にもほどがある！」

　王弟が、持っていた杯を叩きつけるようにテーブルに置くと中身が飛び散り、白いクロスを赤く汚した。

「叔父上の仰るとおり、このままではただの被害妄想です」

　アーサーが合図すると、食堂の扉が左右に大きく開かれた。

「ほら、とっとと歩けよ」

　後ろ手に縛られ、目隠しをされた男をダンテが前に突き飛ばす。よろよろと床に膝を突いた男の左頬には縦に大きな傷痕があった。

「どうして……っ」

　思わぬところで再会したダンテの姿にアンバーが息を呑む。

「こ、ここはどこだっ。誰か助けてくれ」

　目隠しされているせいで場所も把握できていないらしい。

「いま目隠しを取ってやるから、ご主人様に命乞いしなよ」

　ダンテが素早く目隠しを取ると、傷の男は周囲を見渡し、そこに見知った顔を見つけると急いでそばに駆け寄った。

「我が王よ、どうかお助けください！」

　傷の男に脚に縋りつかれ、王弟は慌てたように傷の男を足蹴にする。

「おまえなど知らん！」

「――これはどういうことだ、ウィリアム。もしやおまえが私の名を騙りアーサーを暗殺しようとしたのか？」

王が剣呑な眼差しを向けると、王弟は困惑したままぎこちなく笑う。

「わ、私にもなんのことやらさっぱり……」

「この男が二年前、私を襲った暴漢の生き残りです。頰にある傷は、そのとき私がつけたもの」

アーサーのあとに続くよう、ダンテが説明を引き受けた。

「オレはアーサー様の命を受け、この男を捕らえました。こいつはアヴァロンの人間じゃない。だから陛下の顔を知らず、王の名を騙ってじぶんたちを雇った男の顔しか見ていない」

アーサーは王弟に近づくと不敵に笑った。

「暗殺に失敗したら報酬も得られないまま、他国に逃げるしかない。だが一年経っても王子暗殺未遂の件が騒ぎにならない。二年も経つと逃亡費用も尽きてきて、また稼ぎに王都に戻ってきたというわけだ。なにせ命を狙った王子は病で療養しているのだから、この顔を知る者もいない」

「そっか、それで二年も戻らなかったんだね」

「ああ……ほかにも理由はあるが」

エリックに相づちを打つと、アーサーがライラを見つめる。

「叔父上、私の命を奪ってどうなさるおつもりでしたか？　貴方が王座に座るには、私のほかに陛下やエリックも殺さなければならないというのに」

「それは……っ……」

王弟が口ごもると、エリックが「あ！」と叫んで両手を打つ。

「そういえば叔父上が、兄様が城に戻らないときは、僕が王位を継ぐようしきりに薦めてきたよね？　そういうの僕が面倒だって断ろうとしたら、面倒なことはぜーんぶ叔父上が引き受けてくれるって言ったよね？」

「な……っ」

無邪気な暴露に王弟の顔が青ざめていく。

国王は椅子から立ち上がると、すぐに衛兵に命じた。

「そこの男とウィリアムを牢に連れて行け」

観念したのか、ふたりは目立った抵抗もなく連行されていく。

これがアーサーの狙いだったのだ。

実行犯で揺さぶりをかけ、エリックをそそのかし、王位簒奪を目論む王弟の計画を暴露することが。

だからアーサーはあえて弟と連絡を取らなかったのだろう。

「やっぱり兄様はすごいや。敵を騙すにはまずは身内からってことだね」

「心配をかけてすまなかった」

アーサーが謝罪すると、エリックがはしゃぐように両手を広げた。

「そんな謝らないでよ。それより今夜の晩餐会で僕の婚約者が決まるんだ。いまから発表してもいい？」

ライラはぎくりと体を硬直させる。

首謀者が捕まって安堵していたが、まだ婚約者の件が残っていた。

するとアーサーは歩きだしながら声を上げる。

「その前に、私の婚約者を紹介したい」

アーサーはライラのもとまで歩み寄ると、細腰を引き寄せながら、全員を見渡した。

「ライラ・バーネット嬢、私は彼女を妻に迎える」

「ええっ」

目を丸くするエリックとアンバーを尻目に、アーサーはライラの手を取ると、その甲に恭しく唇を押し当てた。

「待たせたな、ライラ」

その場にいた人たちがどういう顔をしていたのかわからない。

「アー……」

名前を呼びかけた唇を、彼の唇に邪魔されて、すぐに視界が彼の顔で覆われたからだ。

「ん……」

きっと呆れられているだろう。アーサーは人前にしては長すぎるキスを、国王の咳払いが聞こえるまで何度も繰り返した。

エピローグ　マリアージュ

「いやあ、ライラ嬢。すごく綺麗だね。花婿でなくても惚れ直しちゃうね」

シェパードがライラのウエディングドレスに最後の手直しを加えていると、様子を見に来たダンテが手放しで絶賛する。

「ありがとう、ダンテも来てくれたのね。公演があるから式には出席できないと思っていたわ」

「今日だけ夜公演にしたんだ」

「そう。今度の新作も楽しみにしているわね」

ダンテはいまやアーサーお抱えの劇団主宰者だ。なんだかんだでふたりの協力関係は続いているらしい。

「シェパードさん、そろそろアーサーを呼んでやってもいいかな。あいつ花嫁を見たくて痺れを切らしているんだよ」

「――いい加減なことを言うな」

「痛っ」

ダンテが叩かれた頭を抱えていると、その背後から花婿姿のアーサーが現れた。

「綺麗だ、ライラ。式など中止して、いますぐベッドに連れ去りたいくらいだ」

「やだ、アーサー」

ライラが頬を染めていると、鼻白む声が割り込んできた。

「兄様、まだ昼前だよ。お盛んなのはいいけど、僕との約束は忘れてないよね？」

「わかっている、すぐ行く」

エリックは未来の義姉に笑顔で手を振ると、一足先に部屋を出た。

「ライラ、すまない。身内の用を済ませたら、その足で式に向かう。悪いがダンテやシェパードと先に教会へ向かってもらえるか？」

「ええ、わかったわ」

白いドレスとブーケに包まれたライラは光り輝いている。

その眩しさに一瞬見蕩れてから、アーサーは思い出したようにライラの頬にキスすると、彼女に背を向け歩き出す。

先ほどまでライラに見せていた穏やかな表情は消えていた。

アヴァロン城の塔内には、公には知られていない特別な部屋がいくつかあった。

アーサーとエリックは塔の最下層へ下りていくと、ある地下牢の前で足を止める。

空気の澱《よど》んだその部屋は、すえた臭いと時折聞こえる誰とも知れない低い怨嗟《えんさ》の声に満ちていた。

「叔父上、お久しぶりですね。ご機嫌いかがですか？」

アーサーが声をかけると、暗がりから薄汚れた髭面の男が鉄格子に取りついてくる。

「た、頼む、アーサー。ここから私を出してくれ」

「無理です」

「な、なぜだ？　その婚礼衣装はあの令嬢と結婚するからだろう？　王族の婚礼なら恩赦が認められているはずだ」

するとアーサーは昏い笑みを口端に浮かべた。

「叔父上、貴方はとうに恩赦を与えられているのですよ」

「なに？　これのどこが恩赦だ！　王族の私をこんなところに閉じ込めているくせに！」

「それでは斬首がお望みですか？　国王は叔父上を死刑にするつもりでいましたが、我が妻が悲しむのでこうして生きていられるのですよ」

アーサーでは埒が明かないと思ったのか、いまや罪人となった王弟はエリックに助けを求めた。

「お願いだ、エリック。どうか私のことを陛下に取りなしてくれ」

「えっ、やだよ、せっかく新しい遊びを始めたところなのに」

「遊びだと？」

「そう。僕ね、アンバーと婚約することにしたんだ」

「そ、そうか、それは良かったな」

「じつは晩餐会の前日に、彼女とベッドをともにしたんだけれど。そのとき兄様の暗殺計画を持ちかけられたんだよね。首謀者には叔父上と十人近くの貴族が加担しているって聞いたんだ」

王弟は呆然とエリックを見つめる。

「暇潰しにちょっと相手しただけなのに、彼女、すっかりじぶんの体で僕を籠絡したと勘違いしてるみたいなんだ。すっごく可愛いよね、あまりに愚かでさ。兄様の廃嫡が成功して、僕が王に即位すれば、叔父上が後見人として力を振るう予定だったんでしょ？」

「エ、エリック、おまえ……」

狼狽える罪人にアーサーは塵《ごみ》を見るような目で冷ややかな声を浴びせる。

「そういうわけで、叔父上には反逆者どもを捕らえる餌になってもらう。エリックがアンバーと結婚すれば、皆エリックを仲間だと思い、貴方を牢から出そうとするに違いない。このまま死にたくなければ、連中に手紙を出してここに呼び出せ。全員を捕らえたら、そのときは叔父上をもう少しましな牢に移してあげますよ」

「そ、そんな……」

男は崩れるようにその場に座り込むと、悔しげに両手を床に叩きつけ我が身を呪う言葉を吐いた。

「行くぞ、エリック」

「うん、兄様」

　ふたりで肩を並べて歩きだすと、エリックがアーサーに尋ねてくる。

「ねえ、兄様。これから僕たち、少しずつ仲が悪いふりをするんだよね？　僕の婚約者だったライラを兄様に横取りされたってことで」

「そうだ。アンバーを通じて敵にそれが伝わるよううまくやってくれ」

「わーい、楽しみだなあ」

　エリックによると、当初は政治的なことに関心のなかったアンバーも、王太子妃になれる可能性を知ってからは、父やほかの貴族たちの陰謀に加担することにしたらしい。

　権力や地位というものは、一度旨みを知ってしまうと歯止めが利かなくなってしまう。

　アーサーは立ち止まると、可愛い弟の頭を撫でる。

「ライラだけは傷つけないでくれよ」

「わかってるよ」

　エリックは頬をぷっと膨らませ、壁を見つめた。

「ライラって良い子だよね。だけどあのままでアンバーと渡り合えるのかな？　アンバーって絶対、王宮にきたらライラに嫌がらせすると思うけど」

「そうだな。ライラのやさしさは美徳だが、城で生き抜くにはあまりも頼りない」

　王家の人間として城で暮らす以上、ある程度の危険はつきものだ。

　彼女を怖がらせたくはないが、ここでの生活はどうしても危機感や人を疑う警戒心が必要になる。

「ねえ、兄様がライラの執事になったって本当なの？」

「ああ、あのときライラはバーネット伯爵が作った借金返済のために、領主代行を務めていたからな。ひとりで抱え込もうとする姿が放っておけなかったんだ」

「へえ、なんだか変わってるね、厄介者を排除しないでじぶんだけを犠牲にするなんて」

「それが彼女にとっては〈普通〉のことらしい」

アーサーはライラと過ごした二年間を振り返る。

彼女の〈普通〉と、王族の〈普通〉の感覚は、驚くほど異なっていた。

「じゃあさ、ライラの父親はアンバーの父親みたいに娘を利用しないってこと？」

「そうだな、おれたちの父とは違う。おれとライラが結婚しても、彼は領地に留まって芸術に浸りたいと願うだろう」

「ふうん、世の中にはいろんな父親がいるんだね」

ふたりの王子の父親はじつはアヴァロン王ではなかった。

国王は四人の妻を迎えるほど女好きではあったが、残念なことに子種がなかった。

そのためアヴァロン王の弟、ウィリアムが王妃を身ごもらせるという務めを果たすことになる。

そうして生まれたのがアーサーとエリックで、彼らは生まれた瞬間からじつの両親から遠ざけられて育った。

そのような環境の中で、アーサーとエリックは人知れず兄弟仲を深めていた。

そんな中アヴァロン王が病に冒され、もって数年の命と密かに宣告されたのが二年前。どうもその頃から王弟ウィリアムに野望が生まれたらしい。

跡継ぎとなる兄弟が誕生したことで、王妃と同衾する役目は解かれたが、王弟は以前から人妻を寝取ることに悦びを見出すところがあった。

叔父は保険として、いまの王妃と関係を持とうとしたが、それをいち早く察知したアーサーが叔父に籠絡される前に王妃を手懐け、王弟から王妃を遠ざけていた。

まさかそのことで叔父が一部の貴族と結託して、暗殺を企てるとは思いもしなかった。命を狙われるとしたら、王が死んでからだと想定していたからだ。

「僕ね、兄様がいないあいだ王妃の相手をしてたんだよ。あの人ってそばに誰かいないと駄目なタイプなんだよね。叔父上にちょっとやさしくされたら、すぐにその気になっちゃいそうでさ。だから僕、叔父上に懐いたふりして王妃から注意を逸らしたりしてたんだ」

「気を遣わせて悪かったな。だがエリックのおかげで叔父は捕らえられたし、残る一派も捕まえられそうだ。これからは無理に王妃の相手なんかしなくてもいいんだぞ」

「だけど僕とアンバーが結婚したら、王妃って彼女と一悶着起こしてくれそうで、手持ちのカードとしては面白いんだよね。だけどいま本当に相手して欲しいのは」

エリックはねだるように兄を見つめた。

「ねえ、ライラと遊んじゃだめ？」

「だめだ、彼女だけは諦めろ」

「どうして？　いままでは僕が欲しいと言ったら、兄様は従者でも取り巻きの子でもすぐに譲ってくれたのに」

「ライラには手を出させない」

きつく言うと、エリックがつまらなそうにうな垂れる。

「友だちは？　遊ぶだけならいいでしょ？　ライラって僕に意見してくるから、いっしょにいると面白いんだ」

「……考えておく」

その会話を最後に、アーサーは暗い地下から地上への階段を上っていく。

その先にあるのはライラという明るい光だ。

じぶんは闇に潜む人間なのに、眩しい光を望んでしまった。

そのせいで彼女は一生血なまぐさい王家に囚われることになるだろう。

「じゃあ僕は人に見られないよう、ここから出るね」

城には王家の人間しか知らない秘密の通路や地下通路がある。

そこは修道院にも繋がっていて、これから挙式が行われる礼拝堂への近道もある。

アーサーは秘密の通路を抜けると、礼拝堂の裏に出た。

今朝は見事なくらいの晴天で、梢を渡る風も清々しい。

地下牢でまとわりついたすえた臭いは、身の内から溢れる臭い。王家に染みついた宿業だ。

アーサーは花嫁の待つ礼拝堂へと急ぐ。

じぶんは汚れた人間で、これからも策略を巡らしながら生きていくだろう。

それでも彼女だけは汚さない。一生そばに置いて守り続ける。

そのためなら王位をエリックに譲ってもいいし、逆にどんな汚い手を使っても王座にしがみつきもする。

降りかかる災難は小さな芽のうちに、彼女に気づかれる前に摘み取る必要がある。

アーサーは晴れ晴れとした気分で空を仰ぐ。

雲ひとつない澄みきった空がライラとの未来を祝福してくれているようで、いつになくアーサーの心を浮き立たせた。

「アーサー、ここよ！」

入場のため待機していたのか、礼拝堂の横に設置されたテントの前でライラが大きく手を振っている。

その笑顔を見るだけで、じぶんに巣くう闇が浄化されていくように感じた。

アーサーは自然と駆け足になりながら、あっという間にライラのもとへたどり着くと、麗しい花嫁を両手に抱き締めて、その唇に誓いのキスをする。

「もう一生君を逃がさない」

あとがき

こんにちは、山田椿《やまだつばき》です。

このたびはお買い上げいただきありがとうございます。

創作活動に費やす時間が増えたせいか、愛猫が猫じゃらしを咥えて遊んでニャアという技を習得しました。可愛いが爆発！

このあとがきを書いている最中にも猫じゃらし攻撃を受けたので、早々と書きあげて猫奴隷に徹したいと思います。ご主人さま！

今回のヒーローはコスプレシーンが多く、天路《あまじ》ゆうつづ先生の素敵な挿絵でいろんなサイラスを見ることができて幸せでした。

個人的には怯えるダンテが一番のツボです。ありがとうございます。

ライラの後日談をエリック視点のSS（メルマガ会員用特典）で書いておりますので、興味がございましたらぜひご一読ください。

この本が無事発売できているとしたら、ひとえに担当様とお買い上げくださった読者様のお力添えのおかげです。またなにかでお目にかかれますように。

山田椿

Sonya
ソーニャ文庫

この本を読んでのご意見・ご感想をお待ちしております。

◆ あて先 ◆

〒101-0051
東京都千代田区神田神保町2-4-7 久月神田ビル
㈱イースト・プレス　ソーニャ文庫編集部
山田椿先生／天路ゆうつづ先生

ワケあり執事《しつじ》の策略愛《さくりゃくあい》

2021年7月4日　第1刷発行

著　　者　山田《やまだ》 椿《つばき》
イラスト　天路《あまじ》ゆうつづ
装　　丁　imagejack.inc
D T P　松井和彌
編集・発行人　安本千恵子
発 行 所　株式会社イースト・プレス
〒101－0051
東京都千代田区神田神保町2－4－7 久月神田ビル
TEL 03－5213－4700　FAX 03－5213－4701
印 刷 所　中央精版印刷株式会社

ISBN 978-4-7816-9702-4
定価はカバーに表示してあります。